रस्किन बॉन्ड

रस्किन बॉन्ड का जन्म 1934 में कसौली में हुआ था। उनका पालन-पोषण जामनगर, देहरादून, नई दिल्ली और शिमला में हुआ। युवावस्था में कुछ वर्ष उन्होंने लन्दन में बिताए। लेकिन वहाँ उनका मन नहीं लगा और 1955 में वह भारत लौट आए। उनके प्रथम उपन्यास *द रूम ऑन द रूफ़* के लिए उन्हें जॉन लेवेलीन राइस पुरस्कार प्रदान किया गया। यह पुरस्कार कॉमनवेल्थ के तीस वर्ष से कम आयु के साहित्यकार को उसकी उत्कृष्ट साहित्यिक कृति के लिए प्रदान किया जाता है। उसके बाद से उनकी पैंतीस पुस्तकें प्रकाशित हो चुकी हैं। उनकी कुछ पुस्तकों का हिन्दी में अनुवाद हो चुका है, जिसमें से *रूम ऑन द रूफ़, वे आवारा दिन, उड़ान, अब दिल्ली दूर नहीं* उल्लेखनीय हैं। 1993 में उनको साहित्य अकादमी पुरस्कार, 1999 में पद्मश्री और 2014 में पद्मभूषण से अलंकृत किया गया।

एडवेंचर्स ऑफ़ रस्टी

रस्किन बॉन्ड

राजपाल

अनुवाद

ऋषि माथुर

स्थापित 1912
100 वर्षों की श्रेष्ठ प्रकाशन परम्परा
राजपाल

₹ 285
ISBN : 9789350643280
पहला संस्करण : 2015, चौथा संस्करण : 2023

ADVENTURES OF RUSTY (Stories) by Ruskin Bond
(Hindi edition of *The Adventures of Rusty*)
मुद्रक : जी.एस. ऑफसेट, दिल्ली

राजपाल एण्ड सन्ज़
1590, मदरसा रोड, कश्मीरी गेट, दिल्ली-110006
फोन : 011-23869812, 23865483, 23867791
e-mail : sales@rajpalpublishing.com
www.rajpalpublishing.com
www.facebook.com/rajpalandsons

क्रम

प्रस्तावना

अभी पिछले दिनों ही मैं उदयपुर में एक स्कूल के चुलबुले बच्चों से घिरा उनके लिए अपनी किताबों पर दस्तख़त करने बैठा था। इससे पहले कि मैं एक किताब के पहले पन्ने पर अपना नाम लिखता, कई बच्चे ज़ोर देकर कहने लगे—'रस्टी की ओर से दस्तख़त कीजिए! अपने नाम के ऊपर रस्टी लिखिए!'

मैंने ख़ुशी-ख़ुशी उनकी बात मान ली और इसी बात पर एक बाँका छैला बोल पड़ा—'आप ख़ुद ही रस्टी हैं, हैं न?'

और मुझे मानना पड़ा कि कहानियों में जो रस्टी नाम का लड़का है वह मेरा ही बचपन और नौजवानी के दिनों का रूप है। सच कहानियों में ढल जाता है और कहानियाँ सच हो जाती हैं। *डेविड कॉपरफ़ील्ड* या *रॉबिन्सन क्रूसो* की तरह सच और कहानी एक दूसरे में समा जाते हैं और बन जाती है ज़िन्दगी की दास्तान।

हाल में एक तेज़-तर्रार समीक्षक ने लिखा कि रस्टी को रस्टी नाम 'जंग' के लिए अंग्रेज़ी शब्द 'रस्ट' से बना है और उसे यह नाम इसलिए दिया गया क्योंकि लोहे के कबाड़ की तरह वह ज़ंग खा गया है।

ग़लत, मेरे दोस्त, मेरा नाम 'रस्टी' *पंचतंत्र* की कहानियों के अंग्रेज़ी अनुवाद में रस्टी नाम के शेर से प्रेरित है, जो दूसरों को अपना दोस्त बनाता है और यही मेरे 'रस्टी' का काम है—दोस्त बनाना, दोस्ती निभाना।

रस्टी की कहानियाँ दोस्ती की दास्तान हैं जिनमें सोमी और रनबीर के साथ उसे भारत का एक अलग रूप देखने को मिलता है। वह दलजीत के साथ भाग जाता है। बुड्ढी-ठुड्डी मिस मेकेंज़ी के जंगली फूलों में दिलचस्पी लेता है। दोस्तों और चाहने वालों के साथ रहते हुए जो कुछ घटता है, उसी से उसके रिश्तों में नज़दीकियाँ बढ़ती हैं। छोटी-छोटी बातें अक्सर अकेले रहने वाले रस्टी के दिल को छू जाती हैं, और प्यार करने वालों को वह भी चाहने लगता है। दोस्ती उसका ईमान बन जाती है।

पहली बार 1925 में यूनिवर्सिटी ऑफ़ शिकागो से प्रकाशित संस्कृत के *पंचतंत्र* के अंग्रेज़ी अनुवाद में आर्थर डब्ल्यू रायडर ने एक कौवे और हिरन के संवाद में कहा है—

मुश्किल से ज़िन्दगी में मिलते हैं
एक दोस्त, एक बीवी, एक कमान,
मज़बूत, लचीले और टिकाऊ,
सच्चाई से भरे, नस-नस तक खरे,
जो साबित हो अचूक, जब ख़तरे में हो जान।
दिखावे के दोस्त होते हैं आम, लेकिन
जब मिलते हैं दो जिनका यारी हो ईमान,
सबसे अलग होती है, ऐसी दोस्ती की शान।

इस संग्रह के लिए कहानियों का चुनाव करते हुए इस बात का ध्यान रखा गया है कि नए पाठकों को इसे पढ़ने में मज़ा आए। जो रस्टी और उसके दोस्तों को जानते हैं, वे ख़ुश हो जाएँ!

—रस्किन बॉन्ड

किस्म-किस्म के जानवर प्यारे

भारत में परवरिश के दौरान भाई-बहनों के बजाय मेरे साथी थे किस्म-किस्म के पालतू जीव-जन्तु जिनमें एक बन्दर, एक कछुआ, एक अजगर और एक राज धनेश शामिल थे। घर में इतने जंगली जीव मेरे दादा जी की वजह से थे। क्योंकि घर उनका खुद का था, इसलिए परिवार के दूसरे सदस्य उन्हें इतनी तरह के पालतू जानवर रखने से रोक नहीं सकते थे, लेकिन उनके इस शौक के खिलाफ़ जो कहना चाहते थे, वह कहने से बाज़ नहीं आते थे। क्योंकि घर में लोगों के नाम पर औरतें ज़्यादा थीं—मेरी दादी, बुआएँ जो आती-जाती रहती थीं और कभी-कभी उनके ससुराल वाले (मेरे माता-पिता उन दिनों बर्मा में थे)। दादाजी और मुझे इन सब से निपटने के लिए बहुत चौकन्ना रहना पड़ता था, बड़ी होशियारी से काम लेना पड़ता था। पालतू जानवरों के मुद्दे पर मेरी और दादाजी की खूब पटती थी, और जब कभी दादी किसी सफ़ेद चूहे या गिलहरी से छुटकारा पाने का मन बना लेती थीं, तब मैं उसे कटहल के पेड़ के मोखले में छुपा देता था, लेकिन मोटे तौर पर देखा जाए तो दादाजी के जानवरों के शौक को दादी सह जाती थीं। बल्कि उन्हें तो दादाजी के कुछ पालतू जानवरों से लगाव भी हो गया था, जबकि बुआएँ उन्हें बिलकुल बरदाश्त नहीं करती थीं।

दादाजी का घर और उनके जीव-जन्तुओं का जमावड़ा देहरा (देहरादून) में था, और मुझे अब भी याद है कि मैं बग्गी में बैठकर उनके पास जाया करता था। हालाँकि उन दिनों मोटर कार भी थीं—क्योंकि यह बहुत ज़्यादा पुरानी बात है—लेकिन हिमालय की तलहटी की निचली पहाड़ियों में ताँगे से बड़े मज़े में काम चल जाता था और शहर में भी ताँगा ज़्यादातर दूरियाँ उतनी ही तेज़ी से तय कर लेता था। बल्कि बरसात के दिनों में तेज़ बहाव वाली छोटी सी टोंस नदी को पार करने में कार से बेहतर साबित होता था।

बारिश के मौसम में, जब नदी का बहाव भी तेज़ होता था और पानी भी गहरा होता था, तब धातु की रस्सी तानकर बनाई गई रोप-वे के ज़रिये खुद दम लगाकर उस रस्से से लटकर खुद को ठेलते हुए नदी पार करनी पड़ती थी। लेकिन गर्मी के दिनों में घोड़ा छपा-छप करता चलता था और उसके पीछे जुती गाड़ी के पहिये पहाड़ से आ रहे साफ़ पानी को मथते हुए नदी के पार निकल जाते थे। अगर घोड़े को नदी पार करने में कोई दिक्कत होती, तो हम अपने जूते-चप्पल उतार पैंट-पायजामा-घाघरे को ऊँचा उठाकर पानी में उतर जाते और पानी में चलते हुए दूसरे किनारे पर पहुँच जाते।

इस सदी के शुरू में जब दादाजी पहली बार देहरा में रहने गए, तब वहाँ पहुँचने का इकलौता साधन था रात को चलने वाली डाक गाड़ी। डाक गाड़ियों में जोते जाने वाले घोड़ों के बारे में उन्होंने मुझे बताया था कि वे बड़े बिगड़ैल होते थे और हमेशा पीछे घूमकर गाड़ी में सवार लोगों के पास घुसने की कोशिश करते थे। जब गाड़ीवान अच्छी तरह चाबुक चलाने के साथ उनकी तीन-चार पुश्तों को तबीयत से गरिया नहीं लेता था, तब तक वह आगे बढ़ने का नाम नहीं लेते थे। लेकिन एक बार जो चल पड़ें, तो फिर रुकते भी नहीं थे। अपने पड़ाव पर पहुँचने तक वह सरपट दौड़ते थे, जहाँ घोड़े बदले जाते थे और उस समय गाड़ीवान बिगुल बजाया करते थे।

सफ़र में एक पड़ाव ऐसा भी आता था जब ढोल-ताशे बजाए जाते थे और रात के समय मशाल जलाकर चलते थे ताकि जंगली हाथी दूर रहें, क्योंकि कभी-कभी डाक गाड़ियों के इस बेढंगे से काफ़िले को देखकर हाथी नाराज़ हो जाते थे और बिगुल के जवाब में चिंघाड़कर चुनौती दे डालते थे, जिससे घोड़े घबरा जाते थे।

दादाजी को सज-धज कर कहीं जाना कतई नापसन्द था। उन्हें यही अच्छा लगता था कि दूसरे चाहें तो खरीदारी करने या सिनेमा देखने चले जाएँ—हैरल्ड लॉयड और एडी कैंटर की फ़िल्में खूब लगा करती थीं उन दिनों देहरा के छोटे से सिनेमाघर में—ताकि वह घर में अकेले रह जाएँ और अपने पालतू जानवरों को खिलाएँ-पिलाएँ और बगीचे के छिट-पुट काम निपटाएँ। कितने सारे जानवर तो थे, जिन्हें खिलाना होता था। उनमें कुछ समय के लिए दो ग्रेट डेन कुत्ते और शामिल हो गए थे। उनकी भूख शान्त होने का नाम ही नहीं लेती थी और इसी वजह से उन्हें एक रईस परिवार को दे देना पड़ा।

दोनों ग्रेट डेन बड़े ही भले थे। मैं उनमें से एक की पीठ पर सवार होकर बगीचे में घूमा करता था। बड़ी कद-काठी के बावजूद उनके कदम ज़रा भी नहीं डगमगाते थे और वे कभी लोगों या चीज़ों से नहीं टकराते थे। टोटो, जो कि एक छोटा सा बन्दर था, वह कहीं ज़्यादा तोड़फोड़ मचाता रहता था।

दादाजी एक ताँगे वाले से टोटो को पाँच रुपये में खरीद लाए थे। ताँगे वाला उस लाल मुँह वाले बन्दर को घोड़े के चारे के नाँद पर बाँधे रखता था और वहाँ बँधा टोटो ऐसा बेचारा सा लगता था—जैसे उसे अपने किसी काम के न होने का एहसास सालता हो। दादाजी ने फ़ौरन उसे अपने जीव-जन्तु दल में शामिल करने का फ़ैसला कर डाला।

टोटो वास्तव में बड़ा ही सलोना सा, छोटा सा बन्दर था। बाहर को निकली भौहों के नीचे उसकी आँखों में हमेशा शरारत की कनी चमकती रहती थी। वह जब देखो तब खुशी से खींस निपोर देता था, तो उसके मोती जैसे दाँत देखकर ऐंग्लो-इंडियन महिलाओं की डर के मारे जान निकलने लगती थी। उसके हाथ दादाजी की अकेली पसन्दीदा अदाकारा तलुल्लाह बैंकहेड जैसे तो नहीं थे, बल्कि ऐसे झुर्रियोंदार और सूखे-सिकुड़े से थे जैसे धूप में कई साल तक पकाया हुआ अचार। लेकिन उसकी उंगलियों में हमेशा हरकत रहती थी और उन्हें चलाए बिना उसे चैन नहीं पड़ता था। उसकी पूँछ तमाम हरकतें करते हुए सन्तुलन बनाए रखने में बखूबी काम आने के साथ उसकी खूबसूरती में भी चार चाँद लगाती थी—दादाजी का दावा था कि पूँछ होने से किसी का भी हुस्न खुद-ब-खुद बढ़ जाता है। टोटो अपनी पूँछ की बदौलत पेड़ों की डालों पर बेखटके झूल जाया करता था और जिस शीशी-मर्तबान में हाथ न घुसे उसमें अपनी पूँछ डालकर अन्दर की चीज़ का ज़ायका ले सकता था।

दूसरे रिश्तेदारों का खयाल रखते हुए, दादाजी जब कभी किसी नए जानवर या परिंदे को घर लाते थे, दादी उनका विरोध करती थीं। इसलिए कुछ समय के लिए हमने टोटो की मौजूदगी का उन्हें पता नहीं लगने दिया और उसे दादी की नज़रों से बचा कर अपने कमरे की दीवार में बनी एक छोटी सी अलमारी में रखा। लेकिन वहाँ कुछ ही घंटों में उसने दादी के पसन्दीदा वॉल पेपर और मेरे स्कूल की वर्दी के ब्लेज़र को निपटा दिया। तब उसे दो-एक दिन के लिए घुड़साल में भेज दिया गया। लेकिन उसी बीच दादाजी को अपनी रेलवे की पेंशन लेने के लिए पास के शहर सहारनपुर जाना था। टोटो को दिक्कत का सामना न करना पड़े यह ध्यान

में रखते हुए दादाजी ने उसे अपने साथ ले जाने का फ़ैसला किया।

बदकिस्मती से, मुझे दादाजी के साथ इस सफ़र पर जाने का मौका नहीं मिला, लेकिन उन्होंने इसके बारे में मुझे बाद में सब कुछ बताया।

टोटो को एक कैनवस के बैग में रखा गया, और उसकी डोरियाँ कस देने के बाद टोटो के लिए उसमें से निकलने का कोई रास्ता नहीं बचता था। उसका कैनवस इतना मज़बूत था कि वह उसे अपने दातों से काट कर बाहर नहीं निकल सकता था। पहले-पहल उसने बैग के अन्दर इस तरह हरकतें करनी शुरू कीं, कि थैला ज़मीन पर लुढ़कता-पुढ़कता और बीच-बीच में ज़मीन से उछल पड़ता और देहरादून के रेलवे प्लेटफ़ॉर्म पर उसके इस तमाशे को हैरत से देखने वालों का एक छोटा सा मजमा लग गया।

सहारनपुर तक टोटो बैग में ही बना रहा, लेकिन जब स्टेशन से बाहर जाने के लिए दादाजी घूमने वाले गेट से बाहर निकलते समय टिकट कलेक्टर को दिखाने के लिए अपना टिकट निकाल रहे थे, तभी जिस जगह बैग का मुँह बन्द करने वाली डोरी बँधी थी, वहाँ से अपना हाथ बाहर निकालने में टोटो कामयाब हो गया। उसने डोरी खींच कर ढीली कर दी और फिर थोड़ी जगह बनाकर अपना सिर बाहर निकाल लिया।

बेचारा टिकट कलेक्टर भौचक्का रह गया। लेकिन होशियारी से काम लेते हुए दादाजी से बोला—'सर, आप कुत्ते को साथ लेकर सफ़र कर रहे थे? आपको इसका जो खर्च बनता है, वह चुकाना होगा।' उसकी इस बात पर दादाजी को बड़ी खीज आई।

दादाजी को और कुछ नहीं सूझा तो उन्होंने यह साबित करने के लिए टोटो को बैग में से निकाल लिया कि वह कुत्ता नहीं है, बल्कि चौपाया जानवर भी नहीं है। इससे टिकट कलेक्टर बुरी तरह चिढ़ गया और टोटो के भाड़े के कुत्ते के बराबर किराये के हिसाब से तीन रुपये चार आने वसूलने पर अड़ गया। तब दादाजी ने उसे जानबूझ कर चिढ़ाने के लिए अपनी जेब से एक जीता-जागता कछुआ निकाल लिया और उससे बोले, 'इसके लिए मैं तुम्हें क्या दूँ, क्योंकि तुम तो सारे जानवरों के पैसे लेते हो?'

टिकट कलेक्टर हड़बड़ाकर एक-दो कदम पीछे हट गया। फिर होशियारी से आगे बढ़कर कछुए को ऐसे गौर से देखने लगा जैसे वह कोई बहुत बड़ा जानकार हो और कुछ पल बाद उसने ऐलान किया—'इसका कोई टिकट नहीं लगेगा, सर।

क्योंकि कीड़ों का कोई किराया नहीं लगता।'

बाद में हमें पता चला कि टोटो को खाली समय में चूहे पकड़ने में बड़ा मज़ा आता है। तब टोटो को घर में रखने के लिए दादी को मनाना हमारे लिए आसान हो गया। अस्तबल में चूहे-चुहियाँ रात को अपने बिलों से घोड़े के गिराए मकई के दाने खाने के लिए निकलते, तो उन्हें टोटो के सामने से गुज़रने की चुनौती का सामना करना पड़ता था। उसे मालूम था कि चूहे निकलेंगे, और वह सोने का नाटक करते हुए एक आँख की कनखियों से चूहों पर नज़र रखता था। चूहा झटपट दौड़ लगाता था, लेकिन उसकी सारी कोशिश बेकार साबित हो जाती थी—टोटो बिल्ली की तरह उसे धर दबोचता था। दादी ने तय कर लिया कि वह उसे एक रात के लिए रसोई के भंडारघर में बाँधकर उसके इस हुनर का फ़ायदा उठाएँगी, जहाँ चूहों का एक छापामार दस्ता हमारे खाने की चीज़ों पर कहर ढा रहा था।

टोटो को अस्तबल में पुआल के आरामदेह बिस्तर से हटाकर रसोई के भंडारघर में जैम-मुरब्बे के मर्तबान वाली अलमारी के नीचे बाँध दिया गया। टोटो के लिए वह बड़ी कठिन रात थी। वह सोच रहा होगा कि उसने ऐसा क्या कर दिया, जिसकी सज़ा के तौर पर उसे ऐसा बर्ताव झेलना पड़ा। चूहे रात भर सारे घर में धमाचौकड़ी मचाते रहे, जबकि वह नींद लेने की फ़िराक में सूप रखने की कूँडी में गुड़मुड़िया कर पड़ा रहा—जैसा कम से कम कोई बिल्ली तो कतई नहीं कर सकती थी। पौ फटने पर चूहे वापस अपने बिलों में जा घुसे और टोटो जागा। खुद को यहाँ-वहाँ खुजलाया और सूप वाली कूँडी में से निकल कर खाने के लिए कुछ ढूँढने लगा। जैम के मर्तबानों पर उसका ध्यान गया और ज़ोर लगाकर उनके ढक्कन खोलने में टोटो को देर नहीं लगी। बहुत सँजो कर रखे दादी के जैम—बेहद कम समय में सफ़ाचट हो गए। जब दादी ने यह देखने के लिए रसोई के भंडारघर का दरवाज़ा खोला कि कितने चूहे टोटो के हाथ लगे, तब मैं भी वहीं मौजूद था। बारिश के देवता इन्द्र किसी तूफ़ान की तैयारी करते समय भी इतने गुस्से में नहीं आते जितने गुस्से में दादी थीं। दादी ने टोटो को जैसे कोसा—वैसे बोल महारानी विक्टोरिया के ज़माने की तमीज़ और तहज़ीब वाले माहौल में पली-बढ़ी दादी के मुँह से सुनकर मैं हैरान रह गया।

बाद में बन्दर पर दादी की कृपा बहाल हो गई। सर्दियों के दिन थे। दादी ने उसे नहाने के लिए एक बड़ा तसला भर कर गर्म पानी देना शुरू किया। नहाने से पहले, टोटो होशियारी बरतते हुए पहले पानी में अपनी उंगलियाँ डालकर यह देखता था कि पानी ज़्यादा गर्म तो नहीं है। फिर वह पहले एक पैर, फिर दूसरा पैर

तसले में डालकर उसमें बैठ जाता था। उसने मुझे भी इसी तरह टब में नहाते देखा था। तसले में बैठने के बाद वह हाथ या पैर से साबुन पकड़कर अपने सारे बदन पर मलता था। जब पानी ठंडा होने लगता तो वह झटपट उसमें से निकल आग के पास जा पहुँचता था और अपने शरीर को सुखाता था। इस बीच अगर कोई उसे देखकर हँस देता था, तो उसे बहुत ज़्यादा ठेस पहुँचती थी और वह उसी समय नहाने का सिलसिला बन्द कर देता था।

एक दिन टोटो बस बाल-बाल बचा, वरना वह खुद को ही उबाल डालता।

रसोई में चाय बनाने के लिए पानी से भरी एक बड़ी केतली आँच पर चढ़ा दी गई थी और चन्द मिनटों के लिए रसोई में कोई रोकने-टोकने वाला नहीं था। टोटो ने केतली का ढक्कन खोला और जब उसने पाया कि केतली का पानी गुनगुना है, तो नहाने के इरादे से केतली में उतर गया। सिर्फ़ उसका सिर केतली के बाहर था। कुछ देर तो उसे बड़ा मज़ा आया, लेकिन जब पानी ज़्यादा गर्म होने लगा, तो टोटो ने उचक कर थोड़ा शरीर और बाहर निकाला। लेकिन बाहर सर्दी लगी, तो वह फिर अन्दर हो गया। बाहर की बेहद सर्द हवा को बर्दाश्त करने की हिम्मत न जुटा पाने की वजह से टोटो कई बार अन्दर-बाहर कर चुका था कि तभी दादी वहाँ पहुँच गईं, वरना उस दिन तो वह केतली में ही ज़िन्दा उबल जाता।

अगर दिमाग का कोई खास हिस्सा होता है जिसमें शरारत सूझती है, तो टोटो के दिमाग का वह हिस्सा ज़रूर कुछ ज़्यादा विकसित रहा होगा। वह हमेशा जो भी चीज़ हाथ लगे, उसकी चिन्दी-चिन्दी करके छोड़ता था। जब कभी मेरी बुआ उसके करीब होतीं, तो वह उनके कपड़ों में कहीं न कहीं सूराख करने की फ़िराक में रहता था। कई बुआएँ थीं, जो अकसर मेरे दादा-दादी के पास कुछ दिन बिताने के लिए आ जाया करती थीं लेकिन जब तक टोटो रहा वह एक-दो दिन से ज़्यादा नहीं ठहरती थीं, जिससे मेरे दादा-दादी बड़े दुःखी हो जाते थे।

दादी के हाथों अकसर चपत खाने के बावजूद टोटो को उनसे कुछ ज़्यादा ही लगाव हो गया था। जब वह उसे छूट देतीं, तो टोटो उनकी गोद में चुपचाप लेट जाता, जबकि ज़्यादातर दूसरे लोगों पर लटकने-झटकने से वह बाज़ नहीं आता था।

एक साल से कुछ ज़्यादा समय तक टोटो हमारे साथ रहा, लेकिन अगले जाड़े में कुछ ज़्यादा नहाने के चक्कर में उसे निमोनिया हो गया। दादी ने उसे फ़लालेन में लपेट कर रखा और दादाजी ने उसके लिये चिकिन सूप और आइरिश स्टू की

आई। अगले ही पल वह हड़बड़ाई हुई खुद बरामदे में मौजूद थीं, और उनके चेहरे पर ऐसे हवाईयाँ उड़ रही थीं, जैसे किसी भूत-प्रेत से आमना-सामना हो गया हो।

'अमरूद के पेड़ पर है!' वह हाँफते हुए बोलीं, 'मैंने एक अमरूद की तरफ़ हाथ बढ़ाया ही था कि मैंने देखा वह मुझे घूर रहा था। ऐसे देख रह था जैसे मुझे खा जाएगा।'

'घबराओ नहीं, मेबेल,' दादी ने उन्हें तसल्ली देते हुए कहा और उन पर यू-डि-कोलोन छिड़का। शान्त होकर बताओ कि तुमने क्या देखा?'

'साँप!' मेबेल आंटी सुबकते हुए बोलीं। 'बहुत बड़ा अजगर है। यही कोई बीस फ़ीट का होगा! अमरूद के पेड़ में। उसकी आँखें बेहद डरावनी हैं और मुझे अजीब से ढंग से देख रहा था...।'

दादा और दादी ने एक दूसरे की ओर देखा और आँखों ही आँखों में एक दूसरे की बात समझ गए। दादाजी ने फिर झेंपते हुए छाता उठाया और चलते हुए बोले—'मै जाता हूँ... उसे मार डालूँगा।' लेकिन जब वह अमरूद के पेड़ तक पहुँचे, अजगर वहाँ से जा चुका था।

'मेबेल आंटी से डर कर भाग गया होगा,' मैंने कहा।

'चुप!' दादाजी ने मुझे डपटा, 'आंटी के लिए इस तरह नहीं कहते।' लेकिन उनकी आँखों में हँसी झलक रही थी।

इस घटना के बाद अजगर कई बार प्रकट हुआ और अकसर अजीब-अजीब जगह। मेबेल आंटी ने जब उसे गद्दी के नीचे से उनकी ओर चाहत भरी नज़रों से ताकते हुए देखा, तो उन्हें फिर चीख-पुकार का दौरा पड़ा। उन्होंने अपना सामान बाँधा और जल्दी से अजगर को ढूँढ निकालने के लिए दादी हमारे पीछे पड़ गईं।

अगली सुबह मैंने अजगर को ड्रेसिंग टेबल के आईने के सामने कुंडली मारकर बैठे-बैठे अपनी ही सूरत निहारते हुए देखा। मैं दादाजी को बुलाने के लिए गया, लेकिन जब तक हम वहाँ पहुँचे, वह वहाँ से कहीं और जा चुका था। कुछ समय बाद उसे फिर बगीचे में देखा गया। उसके बाद फिर उसे ड्रेसिंग टेबल के आईने के सामने खुद की शक्ल निहारते हुए पाया। ऐसा लगता था जैसे वह अपनी ही सूरत पर रीझ गया हो। दादाजी का मानना था कि उस पर हर कोई इतना ध्यान देने लगा है इसीलिए वह खुद पर मगरूर हो गया।

'वह मेबेल आंटी की खातिर बेहतर दिखने की कोशिश कर रहा है,' मैंने कहा। यह कहते ही मुझे लगा कि मैंने ऐसा क्यों कहा, क्योंकि अगले ही पल दादी

की चपत लगी मेरे सिर पर।

'चलो, अब हमें उसकी कमज़ोरी पता लग चुकी है,' दादाजी बोले।

'तो तुम भी मज़ाक करने की कोशिश कर रहे हो?' दादी ने दादाजी को घूरते हुए पूछा।

'मैं तो सिर्फ़ यह कहना चाहता था कि उसे खुद पर कुछ ज़्यादा ही घमंड होने लगा था,' दादाजी ने हड़बड़ाकर सफ़ाई दी, 'अब उसे पकड़ना आसान हो जाएगा।'

उन्होंने एक बड़े से पिंजरे में एक तरफ़ आईना लगाकर तैयार किया। पिंजरे में उन्होंने मुर्गे की मुलायम बोटियाँ और खाने की दूसरी बढ़िया चीज़ें रखीं और उसके दरवाज़े पर ऐसा इंतज़ाम किया कि उसमें घुसने के बाद जानवर बाहर न निकल सके। जब तक हमारा यह पिंजरा बनकर तैयार हो सका, उससे पहले ही मेबेल आंटी जा चुकी थीं, लेकिन हमें अजगर को पकड़ने की मुहिम जारी रखनी थी, क्योंकि हम उसे घर भर में कहीं भी घूमते रहने के लिए नहीं छोड़ सकते थे।

कुछ दिन तक कुछ भी नहीं हुआ। फिर, एक दिन जब मैं स्कूल जा रहा था तो मैंने अजगर को पिंजरे में कुंडली मारकर बैठे देखा। खाने की सारी चीज़ें वह साफ़ कर चुका था, और आईने के सामने आराम फ़रमा रहा था—उसके चेहरे पर एक किस्म की मुस्कान झलक रही थी, ज़रा सोचिए कैसा लग रहा होगा! मैंने होशियारी से पिंजरे का दरवाज़ा बन्द कर दिया, लेकिन उसने ध्यान नहीं दिया—उसका ध्यान तो आईने पर था और वह उसमें अपनी छवि निहारते हुए निहाल हुआ जा रहा था! दादाजी और माली ने मिलकर पिंजरे को घोड़ागाड़ी में लादा और नदी के उस पार जाने का रास्ता पकड़ा। जंगल में पहुँच, उन्होंने उसका दरवाज़ा खोलकर पिंजरे को वहीं छोड़ दिया।

'उसने बाहर निकलने की कोशिश भी नहीं की,' दादाजी ने बाद में बताया। 'और उसमें से आईना हटाने का मेरा मन नहीं हुआ। मैंने पहली बार किसी साँप को प्यार में डूबते देखा था।'

जब कभी हम घर के पिछवाड़े वाले बरसाती पोखर पर जाते थे, दादाजी प्राचीन रोमन कवि वर्जिल की एक रचना की अपनी पसन्दीदा पंक्ति ज़रूर दोहराते थे—जिसका मतलब था—'और कीचड़ में मेंढकों ने गाया वही पुराना गीत...।' पोखर में न कीचड़ की कमी थी, और न मेंढकों की, बल्कि कभी-कभी एकाध भैंस भी मिल जाया करती थी वहाँ। दरअसल, एक बार दादाजी कहीं से कांच के

मर्तबान में बन्द करके कई मेंढक घर ले आए थे। वह मर्तबान को खिड़की की मुँडेर पर रख कर भूल गए। सुबह चार बजे अचानक ज़ोर की डरावनी आवाज़ें गूँजने लगीं जिससे सारे घर में जगार मच गई। सोने वाले कपड़ों में ही दादी के साथ-साथ घबराए हुए कई कुनबेवाले बरामदे में जमा हो गए। जैसे ही उन्हें पता चला कि वह डरावनी आवाज़ें दादाजी के लाए मेंढक निकाल रहे थे, उनका सारा डर गुस्से में बदल गया। पौ फटते देख मेंढकों ने एक सुर में अपना भोर का राग छेड़ दिया था।

दादी तो मेंढकों को मर्तबान समेत खिड़की से बाहर फेंक देना चाहती थीं, लेकिन दादाजी ने कहा कि अगर वह मर्तबान को अच्छी तरह हिला देंगे, तो मेंढक शान्त रहेंगे। उन्हें मजबूरी में जागना पड़ा ताकि जब कभी मेंढक अपना गीत छेड़ने को हों, तो मर्तबान हिलाकर उन्हें शान्त कर दिया जाए। भला हुआ जो दूसरे दिन, मर्तबान में क्या था, यह देखने के लिए एक नौकर ने ढक्कन खोल दिया। अन्दर कई बड़े-बड़े मेंढक देखकर वह ऐसा हड़बड़ाया कि बिना ढक्कन ढके ही वहाँ से भाग खड़ा हुआ। मेढक कूद-कूद कर बाहर आ गए और, मेरा अन्दाज़ा है, खुद रास्ता ढूँढकर पोखर तक पहुँच गए।

पोखर के किनारों और उसके कम गहराई वाले हिस्सों को जानने के लिए, अकेले ही पोखर पर जाने की मेरी भी आदत पड़ गई। कुमुदनी के फूल तोड़ने के लिए मैं जूते उतार कर घुटनों तक गहरे गंदले से पानी में घुस जाता था।

एक दिन मैंने देखा कि पोखर में पहले से ही भैंसों ने कब्ज़ा जमा रखा था। मुझसे उम्र में थोड़ा बड़ा एक लड़का उनका रखवाला था, जो पोखर के बीच में तैर रहा था। तैरने के बाद किनारे पर आने के बजाय, अपनी एक भैंस की पीठ पर चढ़कर उसने अपने उघारे साँवले हाथ-पैरों को फैलाया और उसकी दमकती गीली खाल पर बैठ कर गाना गाने लगा।

जब उसने देखा कि पोखर के किनारे से मैं उसी को देख रखा हूँ, तो वह मुस्करा दिया। धूप से काले पड़े उसके साँवले चेहरे पर उसके सफ़ेद दाँत अलग से चमचमा रहे थे। उसने मुझे अपने साथ तैरने का न्योता दे डाला। मैंने उसे बताया कि मुझे तैरना नहीं आता, तो उसने मुझे तैरना सिखाने की पेशकश कर डाली। पहले तो मैं हिचकिचाया, क्योंकि मुझे याद था कि गाँव के बच्चों के साथ घुलने-मिलने को लेकर दादी का नज़रिया सख़्त और दकियानूसी था। लेकिन फिर मैंने सोचा कि दादाजी भी तो कभी-कभी चुपचाप कहीं हुक्का गुड़गुड़ा लिया करते थे—वह ज़रूरत पड़ने पर किसी भी मुश्किल से मुझे निकाल लेंगे। मैंने उस लड़के के बुलावे

पर पानी में उतरने का दिलेरी भरा कदम उठा ही लिया। लेकिन जब यह कदम उठाया तो समझ में आया कि यह कदम इतना दिलेरी भरा भी नहीं था।

उसने भैंस की पीठ से पानी में छलाँग लगाई, और तैर कर मेरे पास आ गया। मैं कपड़े उतार कर तैयार था ही, जैसे-जैसे वह कहता गया, वैसा ही करता गया। कुछ ही पलों में कुमुदनी के फूलों के बीच पहुँचकर हाथ-पैर चला रहा था। उसका नाम रामू था, और उसने मुझसे वादा किया कि वह मुझे हर रोज़ दोपहर को तैरना सिखाएगा। इस तरह, दोपहर को, जब सब सो रहे होते थे, आमतौर पर तब हम मिलते थे। जल्दी ही मैं रामू के साथ पोखर के मटमैले पानी में समुद्र के बीच किसी टापू की तरह खड़ी खा-पीकर मस्त भैंस की पीठ पर बैठने के लिए तैर कर पोखर पार करना सीख गया।

कभी-कभी हम भैंसों से दौड़ लगवाते थे। दौड़ का मुकाबला होता था हमारे बीच—एक भैंस पर रामू, और एक पर मैं। लेकिन भैंस ठहरीं आलसी जीव, एक आरामदेह जगह छोड़कर दूसरी आरामदेह जगह की तलाश में लगी रहती थीं और जब उनका खेलकूद का मन नहीं होता था, तो वह हमें लिये-लिये ही पोखर की कीचड़ और काई में जाकर उसमें लोट जाती थीं। हरे और मटमैले के बीच के तमाम रंगों में रंगा मैं, दबे पाँव घर में घुसता था और साफ़ कपड़े पहनने से पहले नल के नीचे नहा लेता था।

एक दोपहर मुझे और रामू को पोखर के किनारे एक कछुआ मिला, जो एक छोटे से गड्ढे पर बैठा था, जिसमें उसने कई अंडे दिए हुए थे। अंडे रामू ने रख लिये रात के खाने के लिए, और कछुआ मैंने दादाजी को दे दिया, जो कि उनके लिए किसी तोहफ़े से कम नहीं था। कछुए उनकी कमज़ोरी थे और उसे अपने जीव-जन्तुओं के जमावड़े में शामिल करके उन्हें खुशी हुई। उन्होंने उसे एक बड़ा सा टब दे दिया, जिसके बीच में पत्थरों का टापू भी उन्होंने बना दिया था। लेकिन कछुआ हमेशा टब से निकलकर सारे घर में घूमा करता था। क्योंकि ऐसा लगता था कि वह अपना खयाल खुद रखने के लिए काफ़ी है। हम भी उसकी ज़िन्दगी में दखल नहीं देते थे। अगर कुत्तों में से कोई उसे ज़्यादा परेशान करता था तो वह अपने पैर और सिर अपने खोल के अन्दर कर लेता था, और इस तरह अपने ढंग से उनकी बदमाशी भरी हरकतों का जवाब देता था।

रामू के परिवार वाले बंधुआ मज़दूरी करते थे और उसने स्कूल का मुँह नहीं देखा था। लेकिन उसे कहावतें और पौराणिक कहानियाँ खूब आती थीं, और इसके

साथ ही जानवरों और परिंदों के बारे में भी उसकी जानकारी बहुत अच्छी थी।

जब पीपल के पेड़ पर बैठे नीलकंठ ने झपट्टा मारा और एक टिड्डे को पकड़ कर ले गया, तब रामू बोला, 'कई चिड़ियाँ ऐसी होती हैं जिनके दर्शन होने पर पुण्य मिलता है।' उसने मुझे बताया कि नीलकंठ का यह नाम भगवान शिव के नाम पर पड़ा, जिनका गला नीला होने के कारण उन्हें नीलकंठ भी कहा जाता है। उसने बताया कि उन्होंने मानव जाति की रक्षा के लिए सारे संसार का विनाश करने लायक हलाहल विष पी लिया था, लेकिन उसे गले के नीचे नहीं गटका जिससे उनका गला नीला पड़ गया था।

एक गिलहरी को पीपल के तने से उतरकर भागते हुए देखा, तो मैंने रामू से पूछा—'क्या गिलहरी भी पवित्र होती हैं?'

'बिलकुल, एक गिलहरी ने भगवान राम की मदद की थी और उन्होंने उसकी पीठ पर हाथ फेरा था। तब से सिर से लेकर पूँछ तक गिलहरियों की पीठ पर चार काली धारियाँ होने लगीं। भगवान राम का रंग बहुत साँवला था न!'

रामू और दादाजी, दोनों का यही मानना था कि हमें जीव-जन्तुओं पर दया करनी चाहिए और उनके अन्धाधुन्ध शिकार का सिलसिला बन्द करना चाहिए।

'यह बिलकुल ज़रूरी है कि हम उनका आदर करें,' दादाजी बोले, 'हमें मानना चाहिए कि उनके भी कुछ अधिकार हैं।' जहाँ देखो वहाँ चिड़ियों और जानवरों का जीना दूभर हो रहा है, क्योंकि हम उन्हें और उनके जंगलों को खत्म करने में लगे हैं। उन्हें रहने की नई जगह ढूँढनी पड़ रही हैं, क्योंकि पेड़ गायब होते जा रहे हैं।'

यह बात देहरा के आसपास के जंगलों पर खासतौर से सही बैठती है, क्योंकि वहाँ से बाघ, चीतल और फ़ेज़ेंट पक्षी खत्म होने शुरू हो गए हैं।

रामू के साथ मैंने गर्मी की कई लम्बी दोपहरी पोखर पर बिताईं। हालाँकि मेरे देहरा छोड़ने के बाद से हम कभी नहीं मिले, लेकिन मैं अब भी अपनेपन से उसे याद करता हूँ। वह पढ़-लिख नहीं सकता था, इसलिए हम एक दूसरे से चिट्ठी-पत्री के ज़रिये जुड़े नहीं रह सके और फिर, न उसके घरवालों को हमारी दोस्ती का पता था, और न ही मेरे घर वालों को। सिर्फ़ भैंसें और मेंढक ही हमारे हमराज़ थे। उन्होंने हमें अपनी दुनिया, कीचड़ में रची-बसी लेकिन आनन्ददायी दुनिया, के हिस्से के तौर पर क़ुबूल किया हुआ था। जब मैं देहरा से गया, उन्हें और रामू को ज़रूर लगा होगा कि मैं फिर लौटकर आऊँगा, परिंदों की तरह।

पेड़ों के चाहने वाले

मैं इस सोच से कभी नहीं उबर पाया कि पेड़-पौधे दादाजी को उतनी ही गहराई के साथ चाहते थे जितनी शिद्दत से दादाजी उन्हें प्यार करते थे। एक दिन मैं उनके साथ बरामदे की सीढ़ियों पर बैठा हुआ था। तभी मेरा ध्यान ज़मीन पर फैलने वाली बेल की उस प्रतान की ओर गया जो मेरे पैरों के पास से गुज़र रही थी। उत्तर भारत की कड़क ठंड के दिनों में हम वहाँ बैठे गुनगुनी धूप का मज़ा ले रहे थे, कि तभी मेरा ध्यान इस बात पर गया कि बेल की वह छल्लेदार प्रतान धीरे-धीरे मुझसे दूर होती जा रही थी, और दादाजी की ओर बढ़ रही थी। बीस मिनट में ही वह बरामदे की सीढ़ी को पार कर गई और दादाजी के पैर छूने लगी।

बेल की इस हरकत के पीछे ज़रूर कोई वैज्ञानिक वजह होगी—हो सकता है रोशनी या गर्माहट से जुड़ी कोई बात हो—लेकिन मैं तो यही सोच कर खुश हूँ कि वह इस तरह एक तरफ़ से दूसरी तरफ़ इसलिए हो गई क्योंकि वह दादाजी को चाहती थी। हमारा भी तो मन करता है न उनके करीब रहने का। कभी-कभी जब मैं किसी पेड़ के नीचे बैठा होता था, तो कुछ अकेलापन सा लगता था, कुछ खोया-खोया सा महसूस करता था, लेकिन जैसे ही दादाजी वहाँ आ जाते, बगीचा खुशनुमा हो जाता और वही पेड़ दोस्त जैसे लगने लगते थे।

दादाजी बहुत साल इंडियन फ़ॉरेस्ट सर्विसेज़ यानी भारतीय वन सेवा में रहे थे, इसलिए उनका पेड़ों को जानना, समझना और चाहना स्वाभाविक था। वन विभाग से रिटायर होने के बाद उन्होंने देहरा के बाहरी इलाके में बंगला बनवाया था, और उसके चारों ओर पेड़ लगाए थे—मौसमी, आम, सन्तरे, अमरूद के अलावा यूकेलिप्टस, जकरान्डा यानी नीली गुलमोहर और पर्शियन लिलेक यानी फ़ारसी बकाइन जैसे पेड़ भी। दून की उपजाऊ मिट्टी में पेड़-पौधे खूब पनपते हैं, ज़ोरदार ढंग से बढ़ते हैं।

मकान बनने के पहले से वहाँ कई पेड़ थे, जिनमें एक पीपल का पुराना पेड़ भी था, जो बेकार पड़े उससे भी पुराने आउटहाउस की दीवार में उगा हुआ था। उसकी ज़बरदस्त बढ़वार की वजह से दीवार से ईंटें उखड़ने लगी थीं। पीपल के पेड़ दिखावा करने में अव्वल होते हैं। जब हवा नहीं चल रही होती है, तब भी उनकी चौड़ी छाती और पतली कमर वाली पत्तियाँ लट्टू की तरह घूमने लगती हैं, जैसे नाच-नाच कर आपको छाया में बुलाने का पक्का इरादा कर चुकी हों।

दादीमाँ चाहती थीं कि पीपल के पेड़ को कटवा दिया जाए, लेकिन दादाजी ने कहा था, 'रहने दो उसे। हम जब चाहें दूसरा आउटहाउस बनवा सकते हैं।'

माली दुक्खी, जो कि हिन्दू था, इस बात से खुश था कि हमने पेड़ को जीता छोड़ दिया। हिन्दुओं में पीपल के पेड़ के साथ लोगों की आस्था जुड़ी होती है और कुछ लोग मानते हैं कि पीपल की डालों में भूत-प्रेत रहते हैं।

'अगर हम पेड़ को कटवा दें, तो क्या भूत कहीं और नहीं चले जाएँगे?' मैंने पूछा।

'पता नहीं,' दादाजी बोले, 'शायद वह घर के अन्दर चले आएँ।'

दुक्खी रात के समय पीपल के पेड़ के नीचे से नहीं निकलता था। उसने बताया था कि जब वह नौजवान था, तब एक बार वह देर रात पीपल के नीचे से चला गया था, और वहाँ कोई भारी सी चीज़ उसके कन्धों पर गिरी थी। उसने समझाया कि उसके बाद से वह हमेशा थोड़ा सा झुक के चलता है।

'बेकार की बात करता है,' दादी माँ बोलीं, क्योंकि वह भूत-प्रेत में ज़रा भी विश्वास नहीं करती थीं। 'वह झुक कर इसलिए चलता है क्योंकि देर तक उकड़ूं बैठ कर छोटी सी खुर्पी से निराई करते-करते उसकी रीढ़ ऐसी हो गई है!'

मुझे अपने पीपल के पेड़ में कभी कोई भूत नहीं दिखाई दिया। भारत भर में पीपल के पेड़ हैं, और कभी-कभी लोग पीपल के पेड़ के नीचे दूध और फूल चढ़ा जाते हैं ताकि उसमें रहने वाली प्रेतात्माएँ खुश रहें। लेकिन क्योंकि हमारे पेड़ के नीचे कोई कुछ नहीं चढ़ाता था, इसलिए मुझे लगता है कि भूत हमारे पेड़ को छोड़ किसी दूसरे पीपल पर चले गए होंगे जहाँ रहने के साथ-साथ खाने को भी मिलता हो।

दादाजी करीब साठ के होंगे, दुबले-पतले लेकिन चुस्त-दुरुस्त इतने कि अब भी पूरी रफ़्तार से साइकिल चलाते थे। उन्होंने बस पिछले साल ही तो पेड़ों पर चढ़ना छोड़ा था, जब वह कटहल के पेड़ पर बिलकुल ऊपर तक चढ़ गए थे और

वहाँ से उतरना उनके लिए मुश्किल हो गया था। हमें उनके लिए सीढ़ी मँगवानी पड़ी थी।

दादाजी जब देखो नहा के निकलते दिखाई देते थे, लेकिन नहाने के फ़ौरन बाद फिर अपने बागबानी वाले कपड़े पहन लेते थे। खाना खाते समय अकसर उनकी आस्तीनों से बीरबहूटी (लेडीबर्ड) और इल्लियाँ (कैटरपिलर) जैसे कीड़े रेंगते हुए मेज़पोश पर आ जाते थे जिससे दादी बड़ा चिढ़ती थीं।

वह दादाजी पर खूब बिगड़ती थी, लेकिन उन्हें कोई फ़र्क नहीं पड़ता था क्योंकि उन्हें मालूम था कि दादी उन्हें चाहती हैं।

मेरा पसन्दीदा पेड़ वह बरगद था जो घर के पिछवाड़े खड़ा था। उसकी फैलती हुई डालें झुक कर ज़मीन तक आ गई थीं और उन्होंने जड़ भी पकड़ ली थी, और उनके बीच से कई घुमावदार रास्ते से बन गए थे। यह पेड़ घर से भी पुराना था, और मेरे दादा-दादी से भी बूढ़ा! मैं उसकी डालों पर चढ़, मोटे हरे पत्तों के पीछे छुप कर नीचे दुनिया भर की ताक-झाँक कर सकता था।

बरगद का पेड़ अपने आप में एक अलग संसार था, जिसमें छोटे-छोटे जानवर और बड़े-बड़े कीड़े रहते थे। जब नए पत्तों ने अपनी गुलाबी रंगत और नरमी नहीं खोयी होती थी, तब एक किस्म की चितकबरी तितली आती थी, और उनके बीच अपने अंडे छिपा जाती थी। पत्तों पर एक किस्म का चिपचिपा और मीठा शहद सा होता था जिसके लिए नन्हीं धारीदार गिलहरियाँ भी खिंची चली आती थीं। क्योंकि मैं उन्हें अकसर पेड़ पर मिलता था, इसलिए वह बड़ी निडर हो गई थीं और चने के दाने मेरे हाथ से लेने में भी नहीं हिचकती थीं।

रात को बरगद पर पपीहा आता था। उमस भरी गर्म रातों को अपनी तीखी आवाज़ में शोर मचाकर हमारा सिर खाता था, सोने नहीं देता था। हमारे इलाके के लोग इस पंछी को 'पावसाला' कहते थे, क्योंकि उन्हें यह 'पावस आला!' यानी 'बारिश आई' पुकारता सा लगता है। लेकिन दादाजी का कहना है कि जब पपीहा अपनी धुन में पुकारता है तो ऐसा लगता है जैसे वह चीख-चीख कर कह रहा हो— 'पी कहाँ,...पी कहाँ! ...कितनी गर्मी, कितनी गर्मी, इतनी गर्मी!

दादाजी सिर्फ़ बगीचे में पेड़-पौधे लगाकर खुश रहने वाले नहीं थे। बरसात के दिनों में हम पेड़ों की कलम और पौध लेकर नदी के उस पार वाले जंगल में चले जाते थे और वहाँ उन्हें ऊँचे-ऊँचे साल और शीशम के पेड़ों के बीच रोपते थे।

पहली बार जब हम वहाँ गए थे, तभी मैंने वहाँ पेड़ लगाने का विरोध करते

हुए उनसे कहा—'कोई तो यहाँ आता नहीं है, इन्हें देखेगा कौन?'

'हम सिर्फ़ लोगों के लिए पेड़ नहीं लगा रहे हैं,' दादाजी बोले। 'हम जंगल के लिए यह पौध रोप रहे हैं और परिंदों और जानवरों के लिए जो यहाँ रहते हैं, जिन्हें खाने और रहने की जगह की और ज़रूरत है।'

उन्होंने मुझे बताया कि किस तरह पेड़ सिर्फ़ परिंदों और जानवरों के लिए ही नहीं, इंसान के लिए भी ज़रूरी हैं—रेगिस्तानों के फैलाव को थामने के लिए अच्छी बारिश के लिए, नदियों के किनारों को बाढ़ में बह जाने से रोकने के लिए और इसलिए भी ताकि उनके नीचे जंगली पौधे और घास पनप सके।

'और इमारती लकड़ी?' मैंने साल और शीशम के पेड़ों की तरफ़ इशारा करते हुए पूछा।

'हाँ, लकड़ी के लिए भी। लेकिन इंसान पेड़ों को काटे चला जा रहा है, उनकी जगह नए पेड़ लगाए बिना। एक पेड़ कटता है, तो उसके बदले हमें दो पेड़ लगाने चाहिए। वरना, एक दिन ऐसा आएगा कि जंगलों का कहीं नामोनिशान भी नहीं रहेगा और दुनिया एक बहुत बड़ा सा रेगिस्तान बन कर रह जाएगी।'

बिना पेड़ों की दुनिया के बारे में सोचना भी मेरे लिए किसी डरावने सपने से कम नहीं था—मैं कभी चाँद पर रहना पसन्द नहीं करूँगा क्योंकि वहाँ पेड़ नहीं हैं। और इन्हीं बातों को सोचते हुए मैं और भी ज़्यादा जोश के साथ पेड़ लगाने के काम में दादाजी का हाथ बटाने में जुट गया। उन्होंने मुझे जॉर्ज मॉरिस की एक कविता सिखाई जिसे हम मिल के दोहराते थे और जिसके बोल कुछ यूँ थे-

वुडमैन, स्पेयर दैट ट्री!
टच नॉट अ सिंगल बाओ!
इन यूथ इट शेलटर्ड मी,
एण्ड आई विल प्रोटेक्ट इट नाओ।

हटो लकड़हारे इस पेड़ से दूर!
इक डाल को भी न हाथ लगाना!
जवां था तब इसने दी छांव भरपूर,
अब फ़र्ज मेरा है इसे बचाना।

'एक दिन आएगा जब पेड़ फिर से चलने लगेंगे,' दादाजी ने कहा। 'ये हज़ारों साल से एक ही जगह खड़े हैं, लेकिन एक दिन ज़रूर अपनी जगह से चल पड़ेंगे।

एक समय था जब पेड़ भी लोगों की तरह चल-फिर सकते थे, लेकिन दुरात्मा ने उन पर ऐसा जादू फेरा कि पेड़ जहाँ के तहाँ खड़े रह गए और जड़ पकड़ ली। लेकिन वह हमेशा चलने की कोशिश करते रहते हैं—देखो कैसे अपनी बाँहें फैलाकर दूर तक अपनी पहुँच बनाना चाहते हैं! और इनमें से कुछ तो, जैसे बरगद का पेड़, अपनी घुमक्कड़ जड़ों के भरोसे काफ़ी दूर तक पहुँचने में कामयाब भी हो जाते हैं!'

बरसात के बाद, सर्दी का मौसम आने से पहले दादाजी मुझे पहाड़ों पर ले गए। देवदार, बांज, शाहबलूत और चिनार के पेड़ उन पेड़ों से बहुत अलग थे जिनके साथ मैं देहरा में बड़ा हुआ था। हॉर्स चेस्टनट यानी बनखौर के पत्ते पीले पड़ चुके थे और पेड़ों से गिरे चिकने भूरे शाहबलूत सड़कों पर बिखरे पड़े थे। दादाजी और मैंने उनसे अपनी जेबें भर लीं, फिर एक बिना पेड़ों वाली पहाड़ी पर चढ़ने के साथ ज़मीन में चेस्टनट बोते चले गए।

मुझे नहीं पता कि हमारे बोये शाहबलूत के पेड़ निकले या नहीं क्योंकि मैं वहाँ दोबारा गया ही नहीं। उस पहाड़ पर बकरियाँ और गाय-भैंस खुली चरती फिरती थीं, और अगर बसन्त में वहाँ पौधे निकले भी होंगे, तो हो सकता है उन्हें जानवर चर गए हों। लेकिन मुझे यह सोचकर अच्छा लगता है कि हिमालय की निचली पहाड़ियों में कहीं शाहबलूत के पेड़ों का एक समूह होगा जिनमें चिड़ियों और चमगादड़ों और झींगुरों ने अपने बसेरे बना रखे होंगे।

उधर देहरा में हमें एक टापू मिल गया—सूखी नदी के बीच एक छोटा सा पथरीला टापू। यह एक बरसाती नदी थी। ऐसी नदियाँ दून घाटी में बुहतेरी हैं—जो गर्मियों में पूरी तरह सूख जाती हैं, लेकिन मानसून की बारिश से उनमें बाढ़ आ जाती है। नदी के उस टापू के बीच में एक आम का पेड़ उगा हुआ था। दादाजी बोले, 'अगर यहाँ आम उग सकता है, तो दूसरे पेड़ भी उग सकते हैं।'

जैसे ही बरसात होनी शुरू हुई, लेकिन नदी इतनी भी नहीं भरी थी कि उसे पार न किया जा सके—हम तमाम सारी इमली, अमलतास और मंदार की पौध और कलम लेकर निकल जाते थे और उन्हें रोपने में सारा दिन बिताते थे।

मानसून के ज़ोर पकड़ने के साथ पौधे पनपते नज़र आने लगते थे।

मानसून का समय दूर तक घूमने का समय होता था। हर मोड़ पर कुछ नया देखने को मिलता था। मानसून की बारिश के जादुई असर से ज़मीन, चट्टानों और नंगी डालियों में नई जान आ जाती थी, हरियाली फूट पड़ती थी। ध्यान से देखने पर आप चौड़े पत्ते वाली बेलों को अपनी आँखों के सामने बढ़ते हुए देख सकते

थे। जहाँ आप सोच भी नहीं सकते, ऐसी-ऐसी जगह से पौधे निकल आते थे। छत में पीपल का बिरवा फूट पड़ता था और खिड़की की मुँडेर पर आम की गुठली अंकुरित हो जाती थी। हम नहीं चाहते थे कि उन्हें हटाया जाए, लेकिन घर को गिरने से बचाने की खातिर उन्हें उखाड़ना पड़ता था।

'अगर आप पेड़ में ही रहना चाहते हैं, तो वह घर के बिलकुल बगल में भी है,' दादी ने कहा, 'लेकिन मुझे तो अपने सिर पर एक अदद छत अच्छी लगती है, और जंगल उसे रौंद डाले, ऐसा मैं नहीं होने दूँगी!'

मानसून के दिनों में भारत की सड़कों के किनारे के आम नज़ारे हमेशा बड़े मनोहारी होते थे—दूर तक फैला सपाट इलाका, जहाँ रात के लिए घर हाँक कर ले जाई जाती गंदली सी सफ़ेद गायों के झुंड, साथ में कुछ बेडौल सी भैंसों, बकरियों और लम्बी पूँछ वाली काली भेड़ों के झुंड। फिर आप पहुँचते हैं एक पोखर पर जहाँ कुछ भैंसें मज़े कर रही थीं, और नाक के नथुनों के सिवा उनके शरीर का कोई भी हिस्सा पानी के बाहर नहीं रहता, और उनकी पीठ पर होते खुशी से चहकते बच्चे, पूरी तरह नंग-धड़ंग, और पूरी तरह मस्त।

बरगद का पेड़ तो वास्तव में मानसून में जी उठता था, जब उसकी डालें लाल-लाल गूलरों से लद जाती थीं। भले ही वह इंसान के खाने लायक न हों, लेकिन पेड़ में आकर जुटने वाले तमाम सारे परिंदों—चकर-चकर करने वाले तिलयर, झगड़ालू मैना, हँसमुख बुलबुल और टुकटुकिया और कभी-कभी दादागिरी दिखाने वाला कौआ—सारे बरगद के गूलरों की दावत उड़ाते थे। जब दिन ढल जाता था और परिंदों के आराम करने का वक़्त हो जाता था, तब चमगादड़ अपने डैने फड़फड़ाते पेड़ के चक्कर लगाते और एक डाल से दूसरी डाल पर जा-जा कर खूब आवाज़ करते हुए गूलर कुतरते-चबाते थे।

पेड़ों में रहने वाले झींगुर ऐसे फनकार थे जिनकी संगीत मंडली दिन के किसी भी समय अपने सुर बिखेरने के लिए तैयार रहती, लेकिन शाम का वक़्त उन्हें कुछ ज़्यादा ही रास आता था। नाजुक से हल्के हरे रंग और पारदर्शी पंखों वाले इन जीवों को बरसाती हरियाली के बीच ढूँढना मुश्किल होता था, लेकिन अगर मिल जाएँ, तो बस उस पत्ती को छू देने भर से ही ये अपनी चिकि-मिकि की प्रस्तुति उसी पल बन्द कर देते थे।

जब मानसून अपने चरम पर होता, तब बरगद के पेड़ पर ऐसा लगता था जैसे किसी वाद्य वृन्द के वादक लगातार सुर साधने में लगे हों। परिंदे, कीड़े और

गिलहरियाँ सब मिलकर गर्मी के मौसम के बीतने और मानसून से ठंडक भरी राहत मिलने का जश्न मनाते थे।

खिलौने वाली बाँसुरी हाथ में लेकर मैं भी उसकी फटी सी आवाज़ से उनके साथ सुर में सुर मिलाने की कोशिश करता था। लेकिन उन्हें शायद मेरी बाँसुरी की आवाज़ पसन्द नहीं आती थी, क्योंकि जब भी ऐसा करता, चिड़ियाँ और कीड़े न जाने क्यों चुप होकर मुझे परेशान कर देते थे, उलझन में डाल देते थे।

मैं सोचता हूँ कि क्या इन सारे जीवों को मेरी कमी अखरती होगी—क्योंकि जब विश्व युद्ध छिड़ा और उसके बाद भारत आज़ाद हुआ, तब मुझे पहाड़ में एक बोर्डिंग स्कूल में भेज दिया गया था। दादाजी का बंगला बेचने की बात तय हो गई। छुट्टियों में मैं अपने माता-पिता के पास रहने दिल्ली गया। उनसे मुझे पता चला कि मेरे दादा-दादी इंग्लैंड चले गए हैं।

जब मेरी स्कूल की पढ़ाई पूरी हुई, मैं भी अपने माता-पिता के साथ इंग्लैंड चला गया और कई साल भारत से बाहर रहा। लेकिन हाल ही में मैं फिर देहरा चला आया और आने के बाद पहले पुराने घर गया, जहाँ मैंने पाया कि बरगद का पेड़ बंगले की दीवार को पार करके सड़क के किनारे तक निकल आया था, जैसे दादाजी के नक्श-ए-कदम पर चलना चाहता हो। मैं भी टापू वाली बरसाती नदी की ओर चल दिया।

फ़रवरी का महीना था, और जब मैंने उस रास्ते के पार देखा जहाँ से बरसात में धारा बहती होगी, तो मेरी नज़र मंदार के चटख लाल कलगी जैसे फूलों पर पड़ी। सूखी नदी के फीकेपन से बिलकुल अलग, टापू एक छोटा सा हरियाली का स्वर्ग सा लग रहा था। जब मैं टापू के पेड़ों तक पहुँचा, तो मैंने देखा कि बहुत सारी गिलहरियाँ उन पर रह रही थीं और एक कोयल 'तू' को कुछ ज़्यादा ही लम्बा खींचते हुए बार-बार 'कौन है तू... कौन है तू...' की रट लगाए मुझे चुनौती सी दे रही थी।

लेकिन ऐसा लग रहा था कि पेड़ मुझे पहचानते थे। वह आपस में कानाफूसी करते हुए मुझे अपने पास बुला रहे थे। जब मैंने इधर-उधर देखा, तो पाया कि हमने वहाँ जो पेड़ लगाए थे, उनके साये में दूसरे छोटे पेड़, जंगली पौधे और घास उग आई थी। पेड़ गिनती में बढ़ रहे थे! आगे बढ़ रहे थे। दुनिया के इस छोटे से कोने में दादाजी का सपना सच हो रहा था और पेड़ फिर से चल पड़े थे।

घर का बाघ

बाघ का बच्चा टिमथी दादाजी को देहरा के पास वाले तराई के जंगल में तब मिला था जब वह वहाँ शिकार के लिए गए थे।

दादाजी खुद शिकारी नहीं थे, लेकिन क्योंकि वह शिवालिक की पहाड़ियों को दूसरे लोगों के मुकाबले बेहतर ढंग से जानते थे, इसलिए शिकारियों की एक टोली ने जंगल में रास्ता दिखाने के लिए उन्हें साथ लिया। इस जत्थे में दिल्ली के कुछ खास लोग भी थे। जंगल के अलग-अलग इलाकों की जानकारी देना और बाघ दिख जाने के बाद उसे घेरने के लिए हाँका लगाने वालों को किस तरफ़ से आगे बढ़ना चाहिए ऐसी बातों के बारे में सलाह-मशविरा देना उनका काम था।

शिकारियों का खेमा अपने आप में काफ़ी शानदार था—सात बड़े तम्बू लगाए गए थे, हरेक शिकारी के लिए एक अलग तम्बू था। एक में खाने-पीने का इंतज़ाम था, और कई तम्बू नौकर-चाकरों के लिए थे। जैसा कि दादाजी बाद में ज़िक्र किया करते थे, खाना बहुत उम्दा होता था। जंगल में तम्बू-कनात में ऐसा बढ़िया खाना आमतौर पर देखने को नहीं मिलता था—गरमाई हुई प्लेट, फ़िंगर बाउल, सात-आठ किस्म की खाने की चीज़ें! लेकिन वायसरॉय के ज़माने में सब कुछ ऐसे ही किया जाता था। उनके साथ यही कोई पन्द्रह तो हाथी थे, जिनमें से चार पर शिकारियों के लिए हौदे थे और बाकी हाथी हाँके में हिस्सा लेने के लिए खासतौर से प्रशिक्षित थे।

शिकारियों को तो बाघ देखने को भी नहीं मिला और न ही उन्होंने कुछ और मारा, जबकि हिरन, मोर और जंगली सुअर उन्हें खूब दिखाई दिए। वह तो बाघ दिखाई देने की सारी उम्मीद खो चुके थे और गीदड़ों पर गोलियाँ दागने लगे थे, कि शिकारियों से कुछ दूर पर जंगल में पैदल चल रहे दादाजी की नज़र एक छोटे से, करीब अट्ठारह इंच लम्बे, बाघ के बच्चे पर पड़ गई। वह बरगद की उलझी हुई

जड़ों के बीच दुबका हुआ था। दादाजी ने उसे उठा लिया और जब शिकारी अपने-अपने रास्ते गए, तो दादाजी उसे अपने साथ घर ले आए। वह दूसरों से खास इसलिए बन गए क्योंकि वह टोली के इकलौते सदस्य थे जिनके हाथ कोई शिकार लगा, मुर्दा या ज़िन्दा।

बाघ के बच्चे का नाम दादी ने टिमथी रख दिया। शुरू में तो उसे सिर्फ़ दूध पर पाला गया, जो हमारा खानसामा महमूद उसे बच्चों वाली बोतल से पिलाता था। लेकिन दूध पचाना उसे बहुत भारी पड़ता था, इसलिए पहले तो उसे कच्चा बकरे का मीट और कॉड लिवर ऑयल के कैप्सूल देना शुरू किया गया। बाद में खाने में उसे कबूतर और खरगोश दिए जाने लगे—जिन्हें वह ज़्यादा चाव से खाता था!

टिमथी के दो साथी थे—टोटो बन्दर, जो इतना निडर हो गया था कि जब चाहे टिमथी की पूँछ खींच लेता था। और अगर नन्हे बाघ को गुस्सा आ जाए, तो वह जल्दी से पर्दों पर चढ़ जाता था। टिमथी का दूसरा साथी था मिली-जुली नस्ल का वह पिल्ला जो दादाजी सड़क से उठा लाए थे।

शुरू-शुरू में तो टिमथी पिल्ले से बहुत डर जाता था। अगर वह ज़्यादा पास आता तो टिमथी उछल कर पीछे हट जाता और अपने बड़े-बड़े अगले पंजों से उस पर झपट्टे मारता। फिर झटपट इतनी दूर भाग जाता था कि देखकर हँसी आती थी। लेकिन बाद में, उसने पिल्ले को अपनी पीठ पर चढ़कर वहाँ आराम फ़रमाने की इजाज़त दे दी!

टिमथी को जिन बातों में मज़ा आता था, उनमें से एक थी साथ खेलने वाले पर झूठमूठ में घात लगाने का खेल खेलना। इसलिए जब मैं दादाजी के घर रहने आ गया, तो मैं उन लोगों में शामिल हो गया जिनके साथ उसे यह खेल खेलना पसन्द था। चौकन्नी आँखों में चालाकी भरी चमक के साथ वह अपने शरीर को ज़मीन से सटाकर धीरे-धीरे मेरी ओर बढ़ता था। फिर अचानक दौड़कर मेरे पाँव पकड़ लेता, मेरे आगे खुशी से लोट कर हवा में अपने पाँव चलाता और ऐसा नाटक करता जैसे मेरे टखने चबा जाएगा।

अब वह एक औसत कद के कुत्ते जितना बड़ा हो चुका था। जब मैं उसे सड़क पर घुमाने के लिए ले जाता था, तो लोग हमारे रास्ते से दूर हट, हमारे निकलने के लिए खूब सारी जगह छोड़ देते थे।

जब वह अपनी ज़ंजीर को ज़ोर लगाकर खींचता था, तो मुझे उसे संभालने में दिक्कत होती थी। घर की बैठक उसकी पसन्दीदा जगह थी, जहाँ वह लम्बे से

सोफ़े पर आराम से पसर कर बैठ जाता और अगर उसे कोई वहाँ से हटाने की कोशिश करता तो उस पर गुर्राता था।

लेकिन टिमथी था सफ़ाईपसन्द और बिलकुल बिल्ली की तरह पंजों से अपना मुँह साफ़ किया करता था। रात को वह खानसामा के कमरे में सोता था और सुबह जब वह उसके बाहर जाने के लिए कमरे का दरवाज़ा खोलता, तो टिमथी बहुत खुश हो जाता था।

'देखना, एक दिन,' दादीमाँ ने अपने भविष्यदृष्टा वाले अन्दाज़ में ऐलान किया, 'हमें टिमथी महमूद के बिस्तर पर बैठा मिलेगा और उस दिन मदमूद के जूते और कपड़ों के सिवा उसका कोई नामोनिशां नहीं होगा!'

ज़ाहिर है, ऐसा हुआ नहीं, लेकिन जब टिमथी करीब छह महीने का था, तब उसके व्यवहार में बदलाव ज़रूर आ गया। अब उसका मिज़ाज लगातार बिगड़ता जा रहा था। पहले वाला दोस्ताना रवैया बदलने लगा था। जब मैं उसे बाहर घुमाने के लिए ले जाता था, तो वह अचानक किसी बिल्ली या किसी के पालतू कुत्ते पर झपटने की कोशिश करता था। कभी-कभी रात को हमें मुर्गियों के दड़बे से हड़बड़ी और बेचैनी भरी आवाज़ें आती थीं और सवेरे सारे बरामदे में पंख ही पंख बिखरे मिलते थे। अब टिमथी को अकसर ज़ंजीर से बाँध कर रखना पड़ता था और, फिर जब घर भर में महमूद का पीछा करने लगा, उसे शिकार जैसी नज़रों से देखते हुए अकसर घात लगाने लगा, तब दादाजी ने तय किया कि अब उसे किसी चिड़ियाघर में भेजने का वक़्त आ गया है।

सबसे पास था लखनऊ का चिड़ियाघर, दो सौ मील दूर। दादाजी ट्रेन में प्हले दर्जे का एक कम्पार्टमेंट रिज़र्व करवा कर उसमें टिमथी को अपने साथ लखनऊ ले गए। वैसे भी उन दोनों के साथ भला और कौन सफ़र करना चाहता। लखनऊ में चिड़ियाघर के अधिकारी मुफ़्त में खाते-पीते घर का सुलझा हुआ बाघ पाकर खुश थे।

करीब छह महीने बाद, जब दादा-दादी अपने रिश्तेदारों के पास लखनऊ गए, तो दादाजी को मौका मिल गया कि देखें टिमथी चिड़ियाघर मे कैसे रह रहा है। मैं साथ नहीं गया था इसलिए चिड़ियाघर जाने का वह मौका चूक गया, लेकिन जब वह देहरा लौटे तो मुझे सब कुछ जानने को मिला।

चिड़ियाघर पहुँचकर दादाजी सीधे उस कटघरे पर गए जिसमें टिमथी को रखा गया था। उस कटघरे के एक कोने में दुबका बैठा था वह—शानदार धारियों

वाला पूरा बड़ा बाघ।

'हेलो टिमथी!' दादाजी उसे देखकर बोले और झट से कटघरे के आगे लगी रेलिंग फाँदकर अपना हाथ सींखचों के अन्दर डाल दिया।

बाघ उनके पास आ गया। दादाजी ने दोनों हाथ अन्दर डाल उसका सिर पकड़ लिया। बाघ ने कुछ नहीं कहा। दादाजी ने उसके माथे को थपथपाया और कानों में गुदगुदाया और जब वह गुर्राया तो उसके मुँह पर एक थप्पड़ जड़ दिया। उसे चुप करने के लिए वह पहले भी ऐसा ही करते थे।

वह भी दादाजी के हाथों को चाटता रहा और जब बगल वाले कटघरे में बन्द तेंदुआ उस पर खौखियाया तो दुम दबाकर कटघरे के दूसरी ओर चला गया। दादाजी ने तेंदुए को 'डपटा' तो वह फिर आकर उनके हाथ चाटने लगा। लेकिन थोड़ी-थोड़ी देर में तेंदुआ गुर्राता हुआ कटघरे के सींखचों तक दौड़कर आता और बाघ अपने कटघरे के उसी कोने में चला जाता।

एक इंसान और बाघ का अनोखा मिलन देखने के लिए काफ़ी सारे लोग इकट्ठे हो गए थे वहाँ। तभी जानवरों की देखरेख करने वाला एक कर्मचारी लोगों के बीच से रास्ता बनाता हुआ वहाँ आया और दादाजी से पूछने लगा कि वह कर क्या रहे हैं?

'मैं टिमथी से बातें कर रहा हूँ,' दादाजी बोले। 'क्या छह महीने पहले जब मैंने इसे चिड़ियाघर को दिया था, तब तुम यहाँ नहीं थे?'

'मुझे अभी यहाँ नियुक्त हुए ज़्यादा समय नहीं हुआ है,' हैरत से दोनों को देखते हुए उसने कहा। 'आप अपनी बातचीत जारी रखिए। लेकिन मैं तो इसे कभी छू भी नहीं सका। इसका तो हमेशा मिज़ाज ही गरम रहता है।'

'तुम लोग इसे कहीं और क्यों नहीं रखते?' दादाजी ने सुझाया। 'वह तेंदुआ इसे डराया करता है। इस बारे में मैं खुद जाकर बड़े साहब से बात करता हूँ।'

दादाजी चिड़ियाघर के सुपरिटेंडेंट की तलाश में निकले, लेकिन उन्हें पता चला कि वह जल्दी घर चले गए थे। इसलिए, कुछ देर चिड़ियाघर में इधर-उधर घूमने के बाद वह टिमथी के कटघरे पर लौट आए—जाने से पहले उससे अलविदा कहने। शाम ढलने को आई थी।

उन्हें टिमथी को थपथपाते और चपत लगाते करीब पाँच मिनट हो गए तब उन्होंने देखा कि जानवरों की देखभाल करने वाला एक दूसरा कर्मचारी फटी-फटी आँखों से उन्हें देख रहा है। दादाजी उसे पहचान गए क्योंकि वह उस समय भी

वहीं तैनात था जब दादाजी टिमथी को चिड़ियाघर छोड़ने आए थे।

'तुमने पहचान लिया न मुझे,' दादाजी ने कहा। 'भई, तुम लोग टिमथी को किसी दूसरे कटघरे में क्यों नहीं रखते, इस बेहूदे तेंदुए से दूर?'

'लेकिन, ...हुजूर! ...यह!' रखवाला बोला, 'यह आपका वाला बाघ नहीं है।'

'हाँ, हाँ, मुझे पता है,' दादाजी ने चिढ़ते हुए कहा। 'मुझे इस बात का एहसास है कि यह अब मेरा नहीं रहा, लेकिन अगर मैं इसके बारे में कुछ सलाह दे रहा हूँ, तो तुम्हें ऐतराज़ नहीं होना चाहिए।'

'आपका वाला बाघ मुझे बखूबी याद है,' वह बोला। 'वह तो दो महीने पहले मर गया।'

'मर गया!' दादाजी चौंके।

'जी, हुजूर। उसे निमोनिया हो गया था। इस बाघ को पिछले महीने ही पहाड़ों में पकड़ा गया है और यह बेहद खतरनाक है!'

अब दादाजी को कहने के लिए कुछ भी नहीं सूझा। वह बाघ अब भी दादाजी की बाँहों को चाट रहा था, पहले से भी ज़्यादा चटखारे लेकर। दादाजी को अपना हाथ कटघरे से बाहर निकालने में जैसे एक युग लग गया। वह अपना मुँह बाघ के मुँह के करीब ले गए और धीरे से बुदबुदाए, 'गुड नाइट, टिमथी!' इसके साथ ही उस कर्मचारी को ऐसी नज़रों से देखा जैसे उसकी बात उन्होंने सुनी ही न हो। फिर तेज़ कदमों से चिड़ियाघर से बाहर निकल गए।

नटखट बन्दरिया टूटू

टोटो के गुज़र जाने के बाद जल्दी ही दादाजी दस रुपये में एक मदारी से एक और बन्दर—न, न बन्दरिया ले आए। उसके पास तीन बन्दर थे। टूटू उनमें से सबसे छोटी थी, लेकिन सबसे ज़्यादा शरारती भी। ज़्यादातर समय वह बँधी रहती थी। गले में पट्टा और उससे लगी ज़ंजीर से बँधी नन्ही टूटू को देखकर दादाजी का दिल ऐसा पसीजा कि वह उसे घर ले आए, यह सोचकर कि वह हमारे घर ज़्यादा खुश रहेगी। अजीब-अजीब जानवर पालना उनकी ऐसी कमज़ोरी थी जिसे सात साल की उस छोटी सी उम्र में भी मैं दिल खोलकर बढ़ावा देता था।

दादी नहीं चाहती थीं कि घर में कोई दूसरा बन्दर आए, क्योंकि वह टोटो को बहुत चाहती थीं। उनका मानना था कि टोटो से उनका जैसा लगाव था, उसकी कमी किसी दूसरे बन्दर से नहीं पूरी हो सकती। 'पहले ही आपने इतने जानवर पाल रखे हैं,' वह बोलीं। उनका इशारा दादाजी की बकरी, कई सफ़ेद चूहों और एक छोटे से कछुए की ओर था।

'लेकिन मेरे पास तो नहीं है,' मैंने कहा।

'तुम तो दो बन्दरों के बराबर शैतान हो। अपने घर में एक लड़के से ज़्यादा मुझे नहीं चाहिए।'

'अरे, टूटू लड़का नहीं है,' दादाजी ने ऐसे ज़ोर देकर कहा जैसे वह इस बहस में जीत ही गए हों—'यह तो छोटी सी, नन्ही-मुन्नी बन्दरिया है!'

आखिरकार दादी मान गईं। हमेशा से उनकी यह चाहत थी कि घर में एक लड़की ज़रूर हो। उनका मानना था कि लड़कियाँ लड़कों के मुकाबले कम परेशान करती हैं। यह बात और है कि बाद में टूटू ने उन्हें गलत साबित कर दिया।

बड़ी सलोनी सी नन्हीं बन्दरिया थी वह। दूसरी कई बातों से पहले मैंने उसे यह सिखाया कि किसी से हाथ कैसे मिलाते हैं। फिर वह घर आने वाले हर शख़्स

से हाथ मिलाने के लिए ज़ोर देने लगी। कड़क मिज़ाज वाले मेजर मलिक को हमारे ड्रॉइंग रूम में घुसने से पहले टूटू से हाथ मिलाने के लिए झुकना पड़ता था और उनके ऐसा न करने पर वह उनके कन्धों पर चढ़कर उनके बाल बिगाड़ती और मूँछों से खेलने लगती थी।

दादी के एक भतीजे, हमारे केन अंकल, जो जब देखो तब हमारे यहाँ रहने चले आते थे, उन्हें हमारे पालतू जानवर कतई पसन्द नहीं थे। वह खासतौर से टूटू से चिढ़ते थे, जो उन्हें मुँह चिढ़ाया करती थी। लेकिन क्योंकि केन अंकल की नौकरी कभी ज़्यादा समय तक नहीं चली और उनकी गाड़ी दादाजी की भलमनसाहत के भरोसे चलती थी, इसलिए उन्हें भी दूसरे सभी लोगों की तरह टूटू से हाथ मिलाना पड़ता था।

रूबी आंटी, जो हमारे घर आकर कई दिनों से टिकी हुई थीं, उन्हें टूटू के आने के बारे में नहीं बताया गया था। उनके सोने के कमरे से ज़ोर-ज़ोर से चीखने की आवाज़ें आईं, तो मैं देखने के लिए दौड़ा कि क्या गड़बड़ हो गई। कुछ नहीं हुआ था। टूटू रूबी आंटी के पेटीकोट पहन कर देख रही थी! ज़ाहिर है, उनके पेटीकोट तो बहुत बड़े थे, इसलिए जब आंटी कमरे में घुसीं तो उन्हें बिना चेहरे का सफ़ेद गोला सा बिस्तर पर ऊपर-नीचे फुदकता-कूदता मिला।

हमने आंटी के पेटीकोट में फँसी टूटू को बाहर निकाला और रूबी आंटी को शान्त किया। मैंने टूटू को खुश करने के लिए बगीचे से तोड़े मीठे मटर के फूलों का एक गुलदस्ता दिया। दादी को पसन्द नहीं था कि कोई उनके बगीचे से फूल तोड़े। इसलिए जब मेजर मलिक दोपहर की झपकी ले रहे थे, तब कुछ फूल मैंने उनके बगीचे से तोड़ लिये थे।

फिर केन अंकल ने अपना बाल सँवारने का ब्रश गायब होने की खबर दी। जल्दी ही हमें ब्रश टूटू के पास मिल गया, जो धूप का मज़ा लेते हुए उससे अपनी बगलों को खुजला रही थी। मैंने टूटू से ब्रश लिया और परेशानी के लिए माफ़ी माँगते हुए केन अंकल को थमा दिया, लेकिन उन्होंने गुस्से से बड़बड़ाते हुए ब्रश को दूर फेंक दिया।

'बिना बात ही इतना हंगामा,' मैंने कहा, 'टूटू के पिस्सू नहीं हैं!'

'बिलकुल नहीं है, और केन उतना नहीं नहाता जितना वह नहाती है,' दादाजी बोले। उन्होंने टूटू को नहलाने के लिए रूबी आंटी का शैंम्पू इस्तेमाल किया था।

उधर, दादी को टूटू के सारे घर में आज़ादी से फिरने पर एतराज़ था। टूटू

को रातें बगीचे के एक ओर बने कमरे में बकरी से साथ बितानी पड़ रही थीं। उनमें अच्छी पटती थी और जल्दी ही टूटू बकरी की पीठ पर आराम से बैठ कर घूमती दिखाई देने लगी। उस समय, जब बकरी पिछवाड़े वाले बगीचे में अपनी पसन्दीदा घास तलाश रही होती थी।

रूबी आंटी अकसर नहाती थीं। यह बात टूटू को खूब रास आती थी—इतनी ज़्यादा, कि एक दिन जब रूबी आंटी बालों में शैम्पू लगाने के बाद उन्हें धो रही थीं, तभी उन्हें बुलबुलों और झाग के पीछे टूटू नज़र आई, जो उनकी देखादेखी खुद के शैम्पू लगाए बैठी थी।

एक दिन रूबी आंटी ने हम सब को हैरत में डाल दिया। उन्होंने ऐलान किया कि उन्होंने अपनी शादी पक्की कर ली है। हम सब समझते थे कि रूबी आंटी कभी शादी नहीं करेंगी—और वह खुद यही कहा भी करती थीं—लेकिन ऐसा लगा जैसे रॉकी फ़र्नान्डिस के रूप में उनका मनचाहा मर्द उनकी ज़िन्दगी में आया था, जो कि गोवा के एक स्कूल में पढ़ाता था।

रॉकी का कद लम्बा और ठोड़ी चौड़ी थी और वह रूबी आंटी से एक-दो साल छोटे थे। उनकी आवाज़ में मर्दानगी थी और महान नेलसन एडी की तरह गाते थे। क्योंकि दादी भारी आवाज़ में गाने वालों को पसन्द करती थीं, रॉकी जल्दी ही उनके चहेते बन गए।

'लेकिन उसने इसमें ऐसा क्या देखा?' केन अंकल ने सवाल दागा।

'जो अब तक किसी लड़की ने तेरे अन्दर नहीं देखा!' दादी ने डपटते हुए जवाब दिया। 'रूबी अच्छी लड़की है। और दोनों पढ़ाते हैं। हो सकता है आगे चलकर अपना खुद का स्कूल खोल लें।'

रॉकी अकसर हमारे घर आ जाया करते थे और मेरे लिए चॉकलेट और काजू लाते थे। ऐसा लगता था कि उनके पास इन दोनों चीज़ों का कभी न खत्म होने वाला भंडार था। उन्होंने मुझे कदमताल करते हुए गाए जाने वाले कई गीत सिखाए। ज़ाहिर है, मेरी तरफ़ से भी उनके लिए हाँ थी। अपनी इतनी अच्छी पसन्द की वजह से ही मेरे न चाहने के बावजूद अब रूबी आंटी मुझे पसन्द आने लगी थीं।

एक दिन दोनों बाज़ार जाकर सगाई की अंगूठी खरीदने की बात कर रहे थे और यह बात मेरे कान में पड़ गई। मैंने तय कर लिया कि मैं भी साथ जाऊँगा। लेकिन क्योंकि रूबी आंटी ने पहले ही साफ़ कर दिया था कि वह नहीं चाहतीं कि मैं उनके आसपास भी फटकूँ, इसलिए मैंने तय किया कि इतनी दूर रहकर उनका

पीछा करूँगा कि उन्हें पता भी न चले। टूटू को इस बात का एहसास हो गया था कि मैं किसी खास काम से निकल रहा हूँ। सो उसने भी मेरे पीछे-पीछे आने का मन बना लिया था। लेकिन क्योंकि मैंने उसे साथ चलने के लिए नहीं कहा था, इसलिए उसने भी मुझसे दूरी बनाकर चलने का फ़ैसला किया।

बाज़ार की भीड़भाड़ में मैं रूबी आंटी और रॉकी के काफ़ी नज़दीक पहुँच गया और वह मुझे देख भी नहीं पाए। मैं तब तक इंतज़ार करता रहा जब तक वह एक बड़ी सी गहनों की दुकान में जाकर ठहर नहीं गए। फिर मैंने चलते-चलते अचानक ठहर कर अपने हावभाव से ऐसा जताया जैसे मैं कहीं और जा रहा था और हम अचानक ही टकरा गए हों। रूबी आंटी तो मुझे देख कर कतई खुश नहीं हुईं, लेकिन रॉकी ने हाथ हिलाकर आवाज़ लगाई—'आओ, इधर आओ! एक खूबसूरत सी अंगूठी चुनने में अपनी आंटी की मदद करो!'

मुझे तो यह सब ढेर सारे पैसों की बरबादी के सिवा कुछ नहीं लग रहा था, लेकिन मैंने ऐसा कहा नहीं—रूबी आंटी मुझे ऐसी नज़रों से देख रही थीं जिनमें दुत्कार के सिवा कुछ नहीं था।

'देखिए, यह बड़ी सुन्दर हैं!' मैंने सफ़ेद धातु की गोमेद जड़ी अंगूठियों की ओर इशारा करते हुए कहा। लेकिन रूबी आंटी उस तरफ़ देख ही नहीं रही थीं। उनकी निगाहें तो उधर टिकी थीं, जिधर हीरे सजे थे।

'रूबी आंटी के लिए रूबी यानी माणिक्य क्यों नहीं लेते?' मैंने सुझाया, ताकि वह खुश हो जाएँ।

'वह तो उनका भाग्यशाली रत्न है,' रॉकी बोले, 'लेकिन सगाई के लिए तो हीरा ही ठीक रहता है।' फिर वह एक गीत गुनगुनाने लगे जिसमें हीरे के लड़की के दिल के नज़दीक होने की बात की गई थी।

जब जौहरी और रूबी आंटी हीरे की अंगूठियों को देखने-छाँटने में लगे हुए थे, और रॉकी एक दूसरी धुन निकालने में खो गए थे, तभी टूटू दुकान में चुपचाप घुस आई और उसे मेरे सिवा कोई देख भी नहीं पाया। उसने बस अपनी मौजूदगी का एहसास कराने के लिए खुशी से एक किलकारी सी मारी। फिर जब सबकी नज़रें उसकी ओर घूमीं, तब देखा कि उसने सुन्दर सा मोतियों का हार अपने गले में डाल रखा है, जैसे यह देखने के लिए पहना हो कि वह उस पर कैसा लगता है।

'और वह कौन से रत्न के मनके हैं?' मैंने पूछा।

'लगते तो मोती जैसे हैं?' रॉकी ने कहा।

'वह मोती ही हैं,' जौहरी ने कहा, और उनकी ओर झपटा।

'यह तो वही बदमाश बन्दर है! रूबी आंटी ने खीज कर कहा। 'मुझे पता था कि यह लड़का उसे यहाँ ले आएगा!'

हार अब टूटू के गले की शोभा बढ़ा रहा था। मैं सोच रहा था कि टूटू को गौर से देखूँगा कि मोतियों का हार पहन कर कैसी लगती है, लेकिन उसने हार की रौनक को सराहने का मौका ही नहीं दिया। एक छलाँग में वह हमारी पहुँच से दूर हो गई और रॉकी को दाँव देकर उनकी पकड़ से दूर हुई। फिर मेरे पैरों के बीच से निकलती हुई भीड़ भरी सड़क की ओर भागी। मैं उसके पीछे-पीछे दौड़ा, लेकिन वह सुन ही नहीं रही थी।

वहाँ पेड़ की डाल तो थीं नहीं जो टूटू को आराम से भागने का मौका मिलता, लेकिन उसने लोगों के सिर और कन्धों को इस्तेमाल किया, और बाज़ार में तेज़ी से आगे बढ़ने लगी। जौहरी अपनी दुकान से निकल हमारे पीछे दौड़ा। रॉकी ने भी दौड़ लगाई। वहाँ इस घटना को घटते देखने वाले कई लोग भी हमारे पीछे दौड़ पड़े। और दूसरे लोग जिन्हें कुछ भी पता नहीं था कि क्या हो रहा है, वे भी पीछे हो लिये। जैसा कि दादाजी कहा भी करते थे, 'भीड़ में हर कोई आगे चलने वाले का पीछा करने लगता है, चाहे उन्हें पता भी न हो कि आगे-आगे कौन चल रहा है।'

उसने और भी तेज़ी से वहाँ से बच निकलने के चक्कर में उधर से गुज़र रहे एक स्कूटर सवार की पीठ पर छलाँग लगा दी। स्कूटर लहराया और एक फल की दुकान से जा टकराया और रुका तो उसपर केलों का ढेर लग गया, जबकि स्कूटर वाले ने खुद को गुस्से से बौखलाए फल वाले की बाँहों में जकड़ा पाया। इस बीच टूटू ने एक केला छीला और थोड़ा सा खाया, फिर आगे बढ़ने का फ़ैसला किया।

एक दुकान के आगे लगे टट्टर पर से कहीं और जाने की जगह न मिली, तो टूटू ने आव देखा न ताव एक धोबी के गधे पर छलाँग लगा दी। गधा हड़बड़ाया और सड़क पर तेज़ी से दौड़ पड़ा जबकि उस पर लदे कपड़ों के गट्ठर वहीं सड़क के किनारे गिर गए। यूँ इस आपाधापी में धोबी भी शामिल हो गया। स्कूल जा रहे बच्चों को लगा कि यह भागमभाग कम से कम स्कूल जाने से तो ज़्यादा मज़ेदार है, और जल्दी ही वे टूटू के पीछे दौड़ रहे लोगों की भीड़ में शामिल हो गए, और हाँफते हुए बड़ों के आगे-आगे दौड़ने लगे।

आखिर में टूटू ने बाज़ार छोड़ हमारे घर की तरफ़ जाने वाली एक सड़क पकड़ी। लेकिन उसे मालूम था कि अगर वह घर गई, तो वहाँ उसे पकड़ कर ताले में बन्द कर दिया जाएगा, उसने खुद ही हार से छुटकारा पाकर इस भागमभाग को खत्म करने का फ़ैसला कर लिया। होशियारी दिखाते हुए उसने अपने गले से हार उतारा और उसे सड़क के बगल में बहने वाली नहर में फेंक दिया।

जौहरी का कलेजा फट गया—मुँह से आह निकल गई और उसने नहर में छलाँग लगा दी। रॉकी भी कूद पड़े नहर में। मैंने भी पानी में छपाका मारा। और भी कई लोग—बड़े और बच्चे—नहर में कूद पड़े। ऐसा माहौल बन गया जैसे किसी खज़ाने की खोज चल रही हो!

करीब बीस मिनट बाद रॉकी ने पुकारा, 'मिल गया!' हम सब नहर से निकलने लगे। कीचड़ से सने और उसके साथ जलकुंभी के टुकड़े, काई और मेंढ़क के टैडपोल शरीर पर लगे, रॉकी ने मोतियों का हार उसके हवाले किया, तो जौहरी को राहत मिली।

सब बाज़ार की ओर लौट पड़े और वहाँ हमने पाया कि रूबी आंटी अब भी दुकान में बैठी इसी उधेड़बुन में लगी थीं कि कौन सी अंगूठी सगाई के लिए चुनी जाए।

आखिरकार अंगूठी खरीद ली गई, सगाई का ऐलान हुआ और शादी की तारीख पक्की की गई।

'मैं नहीं चाहती कि यह बन्दरिया हमारी शादी के दिन हमारे आसपास भी फटके,' रूबी आंटी ने ज़ोर देकर कहा।

'हम इसे बाहर वाले कमरे में बन्द कर देंगे,' दादाजी ने वादा किया। 'और इसे तब खोलेंगे जब तुम हनीमून के लिए चली जाओगी।'

शादी के कुछ दिन पहले मैंने टूटू को रसोईघर में शादी का केक बनाने में दादी का हाथ बँटाते पाया। टूटू अकसर खाना बनाने में मदद करती थीं, और जब दादी का ध्यान कहीं और होता, तो वह बर्तनों में मसाले और दूसरी मज़ेदार चीज़ें डाल कर खाने को दिलचस्प बनाने की कोशिश करती थी—और हमें कभी कस्टर्ड में मिर्च, जेली में प्याज़, या फिर चिकिन सूप में स्ट्रॉबेरी तैरती मिल जाती थी।

कभी उसकी डाली चीज़ों से खाने का स्वाद बढ़ जाता था और कभी नहीं। एक दिन तो केन अंकल ने जो सैंडविच दाँतों से काटा, तो वह अपना एक दाँत ही गँवा बैठ, क्योंकि सैंडविच में अखरोट के छिलके थे।

मुझे पूरी तरह नहीं पता कि जब दादी नहीं देख रही थीं, तब शादी के केक में क्या-क्या डाला गया—क्योंकि दादी तो यही कहती रहीं कि टूटू रसोई में बड़े सलीके से पेश आती है, लेकिन मैंने खुद अपनी आँखों से टूटू को लाल मिर्च वाली चटनी, करेले के बीज और खुले हाथों से अंडे के छिलके डालकर मिलाते हुए देखा था!

यह सच है कि कुछ मेहमान शादी के बाद कई दिनों तक कहीं नज़र नहीं आए, लेकिन किसी ने केक की शान के खिलाफ़ कुछ नहीं कहा। ज़्यादातर लोगों को केक का स्वाद कुछ अनोखा सा लगा।

शादी वाले दिन, सारे मेहमान देहरा शहर के एक सिरे पर बने छोटे से चर्च में इकट्ठे हुए। शहर में इस इकलौते गिरजाघर के अलावा दो मसजिद और कई मंदिर थे।

मैंने सुझाया कि टूटू को दुलहन की सखी की तरह पहना-ओढ़ा कर उसे भी साथ ले चलें, लेकिन दादाजी के अलावा किसी ने मेरे सुझाव को नहीं सराहा। इसलिए मैंने बड़ों की बात मानने वाले लड़के की तरह चुपचाप टूटू को बगीचे वाले कमरे में बन्द कर दिया। हाँ, मैंने रोशनदान ज़रूर थोड़ा सा खुला छोड़ दिया, क्योंकि दादीमाँ कहती रहती थीं कि ताज़ी हवा बढ़ते हुए बच्चों के लिए अच्छी होती है, और मुझे लगा कि टूटू को भी उसके हिस्से की ताज़ी हवा मिलनी ही चाहिए।

शादी की रस्में बिना किसी रुकावट के पूरी हो गईं। रूबी आंटी ऐसी सुन्दर लग रही थीं जैसे सचमुच की न होकर कोई खूबसूरत बुत हों, और रॉकी फ़िल्मी सितारे से लग रहे थे।

दादाजी ने चर्च का ऑर्गन बजाया, और वह भी इतने जोश के साथ कि छोटी सी भजन मंडली के गायकों की आवाज़ बड़ी मुश्किल से सुनाई दे रही थी। दादी थोड़ा सा रोईं। मैं चुपचाप एक कोने में बैठा रहा, छुटके से कछुए को अपनी गोद में लेकर।

जब भजन-पूजन और शादी की रस्में पूरा हो गईं, तो हम सब बाहर निकले और दावत खाने के लिए गुनगुनी धूप में पैदल ही घर की ओर चल पड़े।

खाने-पीने की चीज़ें बगीचे में लगी मेज़ों पर सजी थीं। माली को इस काम की ज़िम्मेदारी सौंपी गई थी और सारा इंतज़ाम बिलकुल दुरुस्त था। मुझे लगता है कि टूटू थोड़ी सी ताज़ी हवा लेने के चक्कर में रोशनदान से बाहर निकल आई थी। लेकिन वह बिलकुल अच्छे बच्चों की तरह पेश आ रही थी। अब वह

तिमंज़िले शादी के केक के बगल में बैठी, उसे कौवों, गिलहरियों और बकरी से बचाने के लिए पहरा दे रही थी। खुशी की किलकारियों से वह मेहमानों का स्वागत कर रही थी।

रूबी आंटी को इतना कहाँ बरदाश्त होता, वह गुस्से से टूटू की ओर झपटीं। जैसे ही टूटू को इस बात का एहसास हुआ कि उन्हें उसकी मौजूदगी फूटी आँखों नहीं सुहा रही है, वह कूद कर वहाँ से हट गई और केक का ऊपर वाला हिस्सा अपने साथ ले गई।

मेजर मलिक की अगुआई में हम टूटू का पीछा करते हुए फलों के पेड़ों की तरफ़ गए, लेकिन वहाँ पहुँचकर हमने देखा कि वह तो कटहल के पेड़ के बिलकुल ऊपर जाकर बैठ गई है। वहीं से वह केक के छोटे-छोटे टुकड़े हमारे ऊपर फेंकने लगी। वह सजावट में काम आने वाली चमकी का एक पैकेट भी अपनी साथ ले गई थी, और जब केक खत्म हो गया, तो उसने चमकी की झड़ी लगा दी।

'यह हुई न कोई बात!' खुशमिज़ाज रॉकी ने कहा। चलिये, अब हम सब चलकर पार्टी का मज़ा लें!'

बाकी लोग तो आ गए, लेकिन केन अंकल टूटू को वहाँ से भगाने के इरादे से मेजर मलिक के साथ वहीं बने रहे, जब तक कि टूटू ने बचा कर रखा हुआ केक का एक बड़ा सा टुकड़ा उनकी नाक पर नहीं दे मारा। टूटू को देख लेने की धमकियाँ देते हुए केन अंकल मोर्चे पर मेजर को अकेला छोड़ वापस आकर पार्टी में शामिल हो गए।

शादी का जश्न जब खत्म हुआ, तब केन अंकल बेकार खड़ी कार को गैराज से निकाल कर बरामदे की सीढ़ियों तक ले आए। रूबी आंटी और रॉकी को करीब में ही, पहाड़ की सैरगाह मसूरी पहुँचाने के लिए, जहाँ उन्हें अपना हनीमून मनाने जाना था।

दोस्तों और रिश्तेदारों की मौजूदगी में रूबी आंटी और रॉकी कार की पीछे वाली सीट पर बैठे। रवाना होते वक़्त रूबी आंटी राजसी शान से सब की ओर देख-देख कर हाथ हिला रही थीं। उन्होंने आगे को बढ़कर खिड़की से अपना सिर निकाला और अपना गाल मेरे आगे कर दिया। मुझे उनके गाल चूम कर उन्हें विदा करना था। सब के होठों पर उनकी खैरियत और खुशी की दुआएँ थीं।

तभी रॉकी ने एक गीत छेड़ा। और केन अंकल ने गियर लगाकर एक्सेलरेटर पर पैर रख उसे दबा दिया। कार धूल का गुबार उड़ाती आगे को दौड़ पड़ी।

रॉकी और रूबी आंटी ने हमें देखते हुए हाथ हिलाना जारी रखा। पीछे वाले बम्पर पर बैठी टूटू भी हाथ हिला रही थी! उसने चमकी का एक पैकेट अपने बगल में दबा रखा था और रास्ते में खड़े सारे लोगों पर वह चमकी निकाल-निकाल कर फेंकती जा रही थी।

'उन्हें पता नहीं है कि टूटू भी उनके साथ है!' मैं चिल्लाया। 'अब तो वह मसूरी तक उनके साथ जाएगी! क्या रूबी आंटी उसे अपने साथ टिकने देंगी?'

'टूटू उनके हनीमून में रंग में भंग डाल सकती है,' दादाजी बोले। 'लेकिन चिन्ता मत करो, हमारा केन उसे अपने साथ वापस लेकर आएगा!'

जानवरों के साथ रेल का सफ़र

जैसे ही परिवार के सारे लोग लखनऊ एक्सप्रेस पर चढ़े, दादी के पालतू तोते पॉपाई ने आवाज़ लगाई—'सब बैठ गए!' हम देहरा से लखनऊ जा रहे थे और क्योंकि दादी ने कहा कि वह अपने पालतू तोते को साथ ले जाएँगी, इसलिए दादाजी और मैं भी अपने-अपने पालतू जानवरों को साथ ले चलने के लिए अड़ गए। दादाजी ने अपने बाघ को लिया, जो न तो पूरी तरह बड़ा हुआ था और न ही बच्चा था और मैंने अपनी गिलहरी को साथ लिया। लेकिन हमने अजगर को साथ न ले चलने में ही समझदारी समझी।

उन दिनों भारत में रेलगाड़ियों में इतनी भीड़ नहीं होती थी और तरह-तरह के पालतू जानवरों के साथ सफ़र करना भी मुमकिन था। दादाजी ने तय कर लिया था कि उनकी शान में कोई कमी नहीं आनी चाहिए इसलिए हम फ़र्स्ट क्लास से सफ़र कर रहे थे और चार बर्थ वाला एक पूरा केबिन हमारे पास था। हमारे बाघ टिमथी ने एक पूरी बर्थ पर कब्ज़ा जमा लिया था। बाद में सब ने इस बात को माना कि टिमथी ने सारे सफ़र में हमें ज़रा भी परेशान नहीं किया। यहाँ तक कि गार्ड ने भी माना कि उससे बेहतर मुसाफ़िर की वह उम्मीद भी नहीं कर सकते थे—जिसने न खोमचे वालों के साथ झांय-झपट की, न कुलियों पर चीखा, न रेलवे की सम्पत्ति को नुकसान पहुँचाया और न ही प्लेटफ़ॉर्म पर थूका।

लेकिन सफ़र में कुछ घटा ही न हो, ऐसा भी नहीं था। इससे पहले कि हम लखनऊ पहुँचते, किसी न किसी के लिए हलचल पैदा करने वाला काफ़ी कुछ होता रहा।

गिनना शुरू करें, तो पॉपाई को खाने-पीने की चीज़ें बेचने वालों और दूसरे लोगों के हमारे केबिन की खिड़कियों पर हाथ रखने से एतराज़ था। ट्रेन के देहरा के स्टेशन से निकलने से पहले ही उसने दो लोगों की उंगलियों में काट खाया और

एक टी.टी. के कान को चोंच में दबा लिया था।

ट्रेन अभी चलनी शुरू ही हुई थी कि मेरी गिलहरी चिप्स आसपास के माहौल का मुआयना करने के लिए जेब में से निकल पड़ी। इससे पहले कि मैं उसे रोकता, वह हमारे केबिन के दरवाज़े से निकल कर गलियारे के किनारे-किनारे दौड़ गई।

चिप्स ने पाया कि ट्रेन गिलहरियों के लिए स्वर्ग से कम नहीं है। लगभग सभी यात्रियों ने गाड़ी चलने से पहले खूब सारी मूंगफली खरीद ली थीं। चिप्स को बच्चों और बड़ों से दोस्ती करने में ज़रा भी दिक्कत नहीं हुई और करीब घंटे भर बाद जब वह हमारे केबिन में लौटी, तो उसकी तोंद इतनी फूली हुई थी जैसे अभी फट जाएगी।

'मैं तो अब सोना चाहती हूँ,' दादी बोलीं, और टिमथी के सामने वाली बर्थ पर पैर पसार कर कम्बल ओढ़ते हुए बोलीं, 'आज का दिन थका डालने वाला था।'

'तुम कुछ खाओगी नहीं?' दादाजी ने पूछा।

'मुझे भूख नहीं लग रही है—चलने से पहले मैंने थोड़ा सा सूप लिया था। तुम कुछ खा लो खाने की टोकरी में से निकाल कर।'

दादी की आँख लग गई और पॉपाई भी ऊँघने लगा। पटरियों पर पहियों की घड़-घड़, खट-खट और भाप वाले इंजन की लगातार एक सी छुक-छुक की आवाज़ें लोरी का काम कर रही थीं।

'देखिए, मुझे तो भूख लग रही है,' मैंने कहा। 'दादी ने हमारे लिए क्या बनाया है?'

'चिकन सैंडविच हैं, उबले अंडे हैं, एक भुना हुआ मुर्गा है और करोंदे की कचौड़ी है। सब कुछ खाने वाली टोकरी में है, तुम्हारी बर्थ के नीचे।'

मैंने उस बड़ी सी टोकरी को ज़ोर लगाकर दोनों बर्थ के बीच वाली जगह में खींच लिया। उसे खोलने में कोई ज़ोर नहीं लगा। हलके हाथ से ही उसका ढक्कन झट से खुल गया और उसके साथ ही मेरा मुँह भी!

टोकरी में दादाजी का अजगर हमारे खाने के बचे-खुचे चन्द टुकड़ों पर कुंडली मारे बैठा था। दादी ने ज़ोर देकर कहा था कि अजगर को नहीं ले चलना है और इसीलिए दादाजी ने उसे बगीचे में खुला छोड़ दिया था। न जाने कैसे वह हमारे खाने की टोकरी में घुसने में कामयाब हो गया।

'अरे, ऐसे क्या ताक रहे हो टोकरी में?' बर्थ के दूसरे छोर पर बैठे दादाजी ने पूछा।

'इसमें अजगर है और वह हमारा सारा खाना सफ़ाचट कर चुका है।'

दादाजी उठकर मेरे पास आ गए और हम दोनों मिलकर अपने खाने के बचे-खुचे टुकड़ों को हसरत भरी निगाहों से ताकते रहे। अजगर चबाते तो हैं नहीं, निगलते हैं इसलिए मुर्गा और करोंदे की कचौड़ी और छह उबले अंडों के पहचाने जाने लायक उभार उसके पतले और लम्बे शरीर पर साफ़ दिखाई पड़ रहे थे। सैंडविच के उभार नहीं नज़र आ रहे थे, लेकिन हमने मान लिया कि वह भी अजगर ने ही खाए होंगे क्योंकि वह अब टोकरी से नदारद थे। कुछ सेब बचे थे। ज़ाहिर है, इसलिए क्योंकि अजगरों को फल-सब्ज़ी में कोई दिलचस्पी नहीं होती।

दादाजी ने झट से टोकरी का ढक्कन बन्द किया और उसे फिर वहीं बर्थ के नीचे सरका दिया।

'हमें ध्यान रखना है तेरी दादी न देख लें इसे,' दादाजी ने कहा, 'वरना वह यही सोचेंगी कि हम इसे जान-बूझ कर लाए हैं।'

'लेकिन मेरे पेट में तो चूहे कूद रहे हैं!' मैंने कहा। तभी चिप्स न जाने कहाँ का दौरा करके लौटी और एक मूंगफली मेरे आगे रख दी।

'शुक्र है!' अगर तू ऐसे ही रात भर मेरे लिए मूंगफली लाती रही, तब तो किसी तरह रात कट जाएगी और मैं भूख से तड़प कर नहीं मरूँगा।'

लेकिन जल्दी ही मुझे नींद आने लगी। दादाजी भी ऊँघने लगे। बस हमारी गिलहरी थी जिसकी आँखों में नींद का नामोनिशान नहीं था और वह अब भी गाड़ी के दूरदराज़ हिस्सों का मुआयना करने पर आमादा थी।

आधी रात के कुछ बाद गलियारे के एक छोर पर हो-हल्ला मचा तो मेरी और दादाजी की नींद टूटी। टिमथी नींद में ही भुन्नाया और पॉपाई भी खीज कर कुड़कुड़ाने लगा।

अचानक 'साँप, साँप!' की पुकार सुनाई दी।

दादाजी झट खड़े हो गए। उन्होंने बर्थ के नीचे झाँक कर देखा। खाने की टोकरी खाली थी।

'अजगर निकल गया है,' वह बोले और वैसे ही पायजामा पहने-पहने फ़ुर्ती के साथ केबिन से निकल पड़े। मैं भी उनके पीछे हो लिया।

शौचालय के बाहर कोई दर्जन भर लोग एक-दूसरे पर लदे-फदे जा रहे थे।

'क्या दिक्कत है भई?' दादाजी ने यूँ ही पूछा।

'हम संडास नहीं जा सकते,' कोई बोला। 'अन्दर बड़ा सा साँप है!'

'ज़रा मुझे देखने तो दो,' दादाजी ने कहा। 'मैं साँपों के बारे में बहुत कुछ जानता हूँ।'

मुसाफ़िरों ने दादाजी के लिए रास्ता छोड़ दिया। वह जैसे ही अन्दर घुसे, वहाँ वॉश-बेसिन में अजगर कुंडली मारे पड़ा दिखा। इतना सारा खाने के बाद उसे प्यास लगने लगी होगी और टोकरी का ढक्कन बिलकुल आसानी से खुल जाता था, इसलिए वह निकल कर पानी की तलाश में शौचालय जा पहुँचा होगा।

दादाजी ने ज़्यादा खा लेने से आलस और नींद से बोझिल अजगर को समेटा और बाहर निकल आए। मुसाफ़िरों ने झटपट उन्हें रास्ता दिया।

'चिन्ता की कोई बात नहीं है,' दादाजी ने चहकते हुए कहा, 'ये तो बस अजगर का छोटा सा बच्चा है और यह कोई नुकसान नहीं पहुँचाएगा। यह खा-पी भी चुका है, इसलिए इससे किसी को कोई खतरा नहीं है!' इतना कहते हुए वह तेज़ी से अपने केबिन में चले आए और अन्दर घुसते ही अन्दर से चटखनी लगा ली।

दादी माँ अपनी बर्थ पर बैठी थीं।

'मुझे मालूम था कि तुम मेरे पीठ पीछे कोई बेवक़ूफ़ी भरी हरकत करोगे,' उन्होंने झिड़कते हुए कहा। 'मुझसे कह रहे थे कि इस मुए को छोड़ चलोगे और तब से मेरी नज़रों से बचाए रखा।'

दादाजी ने समझाने की कोशिश की इसमें हमारी कोई गलती नहीं और अजगर अपने आप ही खाने की टोकरी में घुस आया था, लेकिन दादी ने उनकी बात नहीं मानी। वह इसी बात पर अड़ी रहीं कि दादाजी को अजगर के बिना चैन नहीं पड़ता इसलिए उनकी नज़रों से बचा कर उसे जानबूझ कर साथ लाए हैं।

'मेबेल इसे देखेगी तो क्या करेगी?' दादी को फ़िक्र हो गई।

हमारी मेबेल आंटी लखनऊ के एक स्कूल में पढ़ाती थीं। नए घर में वह हमारे साथ रहने आ रही थीं और वह रेंगने वाले जानवरों, खासतौर से साँपों से खौफ़ खाती थीं।

'हम इसे उसके सामने पड़ने ही नहीं देंगे,' दादाजी बोले। 'ये लो, मैं इसे फिर से खाने की टोकरी में बन्द किए देता हूँ।'

अगली सुबह तड़के हमारी गाड़ी लखनऊ के रेलवे स्टेशन पर पहुँची। दादाजी ने पहले सभी दूसरे यात्रियों को गाड़ी से उतर जाने दिया, फिर चेन में बँधे टिमथी को लेकर रेल के डिब्बे से निकले। मेरी जेब में चिप्स थी और दोनों हाथों

में एक-एक सूटकेस। पॉपाई दादी के कन्धे पर बैठे-बैठे प्लेटफ़ॉर्म की गहमा-गहमी को शक की निगाहों से देख रहा था।

बढ़िया खाने की शौकीन मेबेल आंटी की नज़र फ़ौरन खाने की टोकरी पर पड़ी और उन्होंने उसे उठाते हुए कहा—'यह कोई ज़्यादा भारी नहीं है। इसे मैं बाहर टैक्सी तक लिये चलती हूँ। ज़रूर आपने मेरे लिए इसमें कुछ बचाया होगा।'

'एक पूरा मुर्गा है,' मैंने कहा।

'हमने कुछ भी नहीं खाया,' दादाजी बोले।

'सब आपके लिए ही है, आंटी!' मैंने और जोड़ दिया।

'अरे, वाह! मज़ा आ गया।' मेबेल आंटी चहक उठीं। 'तुम्हारी दादी के हाथ का बना कुछ भी चखे हुए युग बीत गए हैं।' इसके बाद उन्होंने टोकरी को अपने हाथों में से नहीं छोड़ा।

टोकरी पर मेरी नज़र पड़ी तो मुझे लगा कि उसका ढक्कन कुछ उठा हुआ सा है, लेकिन इस बार दादाजी ने उसे खूब अच्छी तरह बन्द करके बाँध दिया था, और उसके अचानक खुलने का कोई डर नहीं था।

1950 के उस दौर में, बड़ी सी शेवरले टैक्सी स्टेशन के बाहर हमारा इंतज़ार कर रही थी और हम सब उसमें बैठ गए। टिमथी पीछे वाली सीट पर बैठ गया और उसके बाद सीट पर मेरे और दादाजी के लिए किसी तरह जगह बन पाई। खाने की टोकरी को अपनी गोद में रख मेबेल आंटी दादी माँ के साथ आगे वाली सीट पर बैठीं।

'मैं यह देखने को बेचैन हूँ कि इसमें है क्या।' वह बोलीं। 'मैं इसमें ज़रा सा झांक के देख लूँ?'

'अभी नहीं,' दादाजी ने कहा। 'पहले चलकर हम नाश्ता करेंगे, जो तुमने हमारे लिए बनाकर रखा है।'

'हाँ, घर पहुँचने तक तो सब्र करो,' दादी ने कहा। 'बेटा, फ़िलहाल टैक्सी वाले को बताओ कि हमें किधर चलना है। ये कुछ खोया-खोया सा लग रहा है।'

मेबेल आंटी ने ड्राइवर को बताया कि कहाँ जाना है और धूल का गुबार पीछे छोड़ टैक्सी आगे दौड़ पड़ी।

'चलो भई! हम चल पड़े।' दादाजी बोले। 'मैं तो जल्दी से नए घर में पहुँच कर आराम से बैठना चाहता हूँ।'

दादी के कन्धे पर शान से बैठा पॉपाई बीच-बीच में धीरे से हिलती हुई खाने

की टोकरी पर एक आँख टिकाए था।

'सब बैठ गए!' वह अचानक चहक उठा—'सब बैठ गए!'

हम नए घर पहुँचे, तो हमने देखा कि वहाँ हल्का-फुलका नाश्ता मेज़ पर लगा था, बस हमारा इंतज़ार था।

'ज़्यादा कुछ नहीं है,' मेबेल आंटी बोलीं। 'लेकिन आपकी टोकरी में जो कुछ है, उसे निकाल लेंगे तो पूरा पड़ जाएगा।' इतना कहते ही उन्होंने टोकरी को मेज़ पर रखा और उसका ढक्कन खोल दिया।

अजगर आधा सोया-आधा जागा सा पड़ा था—एक सेब को मुँह में दबाए। मेबेल आंटी कोई आदम और हव्वा वाली हव्वा तो थी नहीं, जो अजगर के मुँह में सेब देख कर ललचा जातीं। वह बेहोश हो गईं।

दादाजी ने झटपट अजगर को उठाया और बगीचे में ले जाकर अमरूद के पेड़ की एक डाल पर छोड़ आए।

जब मेबेल आंटी को होश आया तो वह कहने लगीं कि खाने की टोकरी में बहुत बड़ा सा साँप है। हमने उन्हें दिखाया कि देखो टोकरी बिलकुल खाली है।

'तुम्हें तो यूं ही न जाने क्या-क्या दिखाई देता है,' दादाजी बोले।

'यह तो मन की बात है, जो सोचो वही दिखाई देता है,' मैंने चुटकी लेते हुए कहा।

दादी कुछ नहीं बोलीं। लेकिन पॉपाई पागलों की तरह हँसने लगा और फिर हम सभी उसकी हँसी में शामिल हो गए। कुछ बौखलाई, कुछ सकपकाई सी मेबेल आंटी भी हँसते-हँसते दोहरी हुई जा रही थीं।

ताँगे पर हो के सवार

बसंत के उस दिन देहरादून में धूप खिली हुई थी और बंगले की दीवारों पर बोगनविलिया का रंग हावी था। पपीते पकने लगे थे। बगीचे में स्वीट पी के फूलों की खुशबू छाई थी। बरामदे के छायादार कोने में आराम कुर्सी में बैठी दादी की सलाइयाँ चल रही थीं—उनके टकराने की आवाज़ आ रही थी। बीच-बीच में दादी का सिर हिलने लगता था। वह पिता जी के लिए पुलोवर बुन रही थीं। 'दिल्ली में बड़ा जाड़ा पड़ता है,' यह उनके शब्द थे! हालाँकि सर्दी का मौसम आने में आठ महीने थे, लेकिन वह हमारे लिए ऊनी कपड़ों के इंतज़ाम में अभी से लग गई थीं।

काठियावाड़ रियासत के समुद्र तट पर अरब सागर की गुनगुनी लहरें मचलती हैं, इसलिए वहाँ कभी ठंड नहीं पड़ती। लेकिन देहरा हिमालय की शुरुआती पर्वत श्रृंखला की तलहटी में बसा है।

दादी के बाल सफ़ेद थे और उनकी आँखों में ज़्यादा जान नहीं रही थी, लेकिन सलाइयों के साथ उनकी उंगलियाँ जो सुबह से चलनी शुरू होतीं तो दोपहर तक किट-किट किट-किट चला करती थीं।

जब दादी नहीं देख रही होती थीं, तब मैं जेरेनियम की पत्तियाँ तोड़कर उन्हें अपनी उंगलियों से मसल कर उनकी मीठी सुगंध सूंघा करता था।

मैं करीब महीने भर तक दादी के पास देहरा में था। इस बीच अपने पिता से मेरी एक भी मुलाकात नहीं हुई। इससे पहले इतने लम्बे समय तक हम दोनों बिना एक-दूसरे से मिले नहीं रहे थे। वह मुझे हर हफ़्ते चिट्ठी लिखते, मुझे किताबें और पिक्चर पोस्ट-कार्ड भेजते और मैं भी पहले से ही सड़क पर दूर तक डाकिये को देखने निकल जाया करता था ताकि अगर हमारी चिट्ठी आई हो तो जल्दी से जल्दी मिल जाए।

हमें फाटक पर ताँगे के घुंघरुओं की खन-खन सुनाई दी और एक जानी-पहचानी घोड़ा गाड़ी हमारे दरवाज़े पर आ कर रुकी।

'मैं देखता हूँ, कौन आया है,' मैंने कहा और बरामदे की सीढ़ियाँ उतरता हुआ बगीचे को पार कर गया।

बंसी लाल अपने ताँगे में आया था। देहरा में बहुत से ताँगे और ताँगेवाले थे, लेकिन बंसी मेरा पसन्दीदा ताँगेवाला था। वह नौजवान और शक्ल-सूरत का अच्छा था और हमेशा साफ़ सफ़ेद कुर्ता और सफ़ेद पायजामा पहना करता था। उसका घोड़ा भी दूसरे ताँगे वाले घोड़ों के मुकाबले कद का ऊँचा और चाल का तेज़ था।

बंसी बिना सवारी के आया था इसलिए मैंने उससे पूछा—'कैसे आना हुआ, बंसी?'

'तुम्हारी दादी ने मुझे किसी को भेजकर बुलवाया है, दोस्त।' वह मुझे 'छोटे साहब' या 'बाबा' के बजाय 'दोस्त' कह कर पुकारता था और इससे मुझे लगता था कि मेरी भी कोई हस्ती है। यूँ ही कोई छोटा सा लड़का किसी ताँगेवाले से दोस्ती का दावा नहीं कर सकता!

मैं दौड़कर बरामदे में गया और दादी से पूछा—'तुम कहाँ जा रही हो, दादी?'

'बैंक जा रही हूँ।'

'मैं भी चलूँ?'

'काहे के लिए? बैंक में तुम्हारा क्या काम?'

'ओ दादी, मैं बैंक के अन्दर नहीं चलूँगा, बंसी के साथ ताँगे में बैठा रहूँगा।'

'तो फिर, चलो।'

हमने दादी को ताँगे की पीछे वाली सीट पर बैठने में मदद की और फिर मैं आगे वाली सीट पर बंसी के पास आ गया। उसने अपने घोड़े से कुछ कहा और घोड़ा दुलकी चाल में दौड़ पड़ा। ताँगा फाटक के बाहर निकला और सड़क पर आगे बढ़ने लगा।

'अब इतना भी तेज़ मत चलाओ, बंसी,' दादी ने कहा। उन्हें किसी का भी तेज़ चलना पसन्द नहीं था, चाहे वह ताँगा हो, मोटरकार हो, रेलगाड़ी हो या बैलगाड़ी हो।

'तेज़?' बंसी बोला। 'फ़िक्र मत कीजिए, मेमसाहब। यह घोड़ा तो ज़िन्दगी में कभी तेज़ दौड़ा ही नहीं है। अगर हमारे पीछे बम भी फट जाए, तब भी हम इससे तेज़ नहीं जा सकते। मेरे पास एक दूसरा घोड़ा है, जिसे मैं तब दौड़ाने के लिए

जोतता हूँ जब मेरी सवारियों को ज़्यादा जल्दी होती है। यह घोड़ा आप ही के लिए रख छोड़ा है, मेमसाहब।'

कोई दूसरा घोड़ा नहीं था उसके पास, लेकिन दादी को पता नहीं था और बंसी के इस तरह समझाने से उन्होंने मान लिया था कि वह देहरा के सबसे धीमे चलने वाले ताँगे में बैठी हैं।

दस मिनट में हम बाज़ार पहुँच गए। दादी का बैंक, इलाहाबाद बैंक, घंटाघर के पास था। वह आधे घंटे के लिए चली गई थीं और इस बीच बंसी और मैं दुकानों के आगे चहलकदमी करते रहे। घोड़े को घास दे दी थी चबाने के लिए।

'तुम्हारे पास कुछ पैसे हैं?' बंसी ने पूछा।

'चार आने हैं,' मैंने कहा।

'बस इतने हैं कि दो कप चाय आ सकती है,' बंसी बोला और अपनी बाँह मेरे कन्धों पर डाल मुझे चाय वाले की गुमटी की तरफ़ ले जाने लगा। पैसे मेरे पास से उसके हाथ में चले गए।

'तुम चाहो तो चाय पी सकते हो,' मैंने कहा, 'लेकिन मैं तो लेमन सोडा पीयूँगा।'

'ऐसा ही सही, दोस्त। एक चाय और एक लेमन सोडा और ज़रा जल्दी देना भई,' बंसी ने दुकान में काम करने वाले लड़के से कहा। जल्दी ही दोनों चीज़ें हमारे सामने लाकर रख दी गईं। चाय पीते समय बंसी काफ़ी कुछ वैसी ही सुड्डप-सुड्डप की आवाज़ें कर रहा था जैसे उसका घोड़ा पानी पीते समय करता था, जबकि मैं बीच-बीच में डकारें लेते हुए अपना गैस से भरा हरा-हरा सा सोडा पीता रहा जो स्वाद में नीबू जैसा कम और साबुन जैसा ज़्यादा लग रहा था।

जब दादी बैंक से बाहर आईं, तो उनके चेहरे पर गहरी सोच में डूबे होने वाली गम्भीरता थी और घर लौटते समय घोड़े के पुट्ठों को थपथपाने के लिए मेरे आगे को झुकने पर मुझे टोकने के सिवा, वह रास्ते भर मुझसे और कुछ नहीं बोलीं। बंसी को किराया चुकाने के बाद वह सीधे घर के अन्दर चली गईं।

'अब तुम कब आओगे, बंसी,' मैंने पूछा।

'जब मेरी ज़रूरत होगी, दोस्त। तुम जानते हो, जीने के लिए मुझे कमाना पड़ता है। लेकिन मैं तुम्हें बता देता हूँ, क्योंकि हम दोस्त हैं, अगली बार जब कभी सवारी छोड़ कर इस तरफ़ से लौटूँगा, फाटक पर ताँगे के घुंघरू खनका दूँगा, अगर तुम खाली होगे और तुम्हारा घूमने का मन हो, तो आ जाना मेरे पास—झटपट सैर

के लिए! तुम्हें कोई किराया नहीं देना पड़ेगा। बस एक प्याली चाय के लिए पैसे लेते आना।'

'ठीक है—क्योंकि हम दोस्त हैं,' मैंने कहा।

'क्योंकि हम दोस्त हैं।'

और फिर उसने अपनी चाबुक की डंडी को बहुत धीरे से घोड़े के छुआया और उतने से ही ताँगा फाटक तक की चढ़ाई चढ़ गया। ताँगे के सड़क पर आगे बढ़ने तक मुझे बंसी के गाने की आवाज़ सुनाई देती रही।

सोने के कमरे में आया मेरे इंतज़ार में अपनी चौड़ी सी कमर पर हाथ रखे खड़ी थी—जो इस बात का पक्का इशारा था कि तूफ़ान आने वाला है।

'तो तुम बिना मुझे बताए बाज़ार चले गए,' वह बोली। (जैसे दादी की इजाज़त लेना काफ़ी नहीं था!) 'और तब से मैं तुम्हें नहलाने के लिए बैठी हूँ।'

'अब तो बहुत देर हो चुकी है न?' मैंने पूछा—इस उम्मीद के साथ कि शायद नहाने से बच सकूँ।

'नहीं, बिलकुल नहीं। अभी खाना तैयार होने में एक घंटा बाकी है। चलो कपड़े उतारो!'

जब मैं कपड़े उतार रहा था, तब आया बंसी जैसे ताँगे वालों की संगत के लिए मुझे फटकारती रही। मुझे लगता है, उसे कुछ जलन हो रही थी।

'आवारा है, बदमाश है वह आदमी। वह शराबी है, जुआ खेलता है और चरस पीता है। उसे टीबी है और न जाने कौन-कौन सी भयानक बीमारियाँ हैं। इसलिए तुम उससे ज़्यादा दोस्ती मत बढ़ाना, समझ गए न, बाबा?'

मैंने पूरी गम्भीरता से सिर तो हिला दिया, लेकिन बोला कुछ नहीं। मुझे लग रहा था कि आया कुछ बढ़ा-चढ़ा कर बोल रही है, जैसा कि वह हर किसी के बारे में किया करती थी। वैसे भी, मुफ़्त में ताँगे की सैर के मौके छोड़ने की मेरी कोई मंशा नहीं थी।

जैसा कि मेरे पिता जी ने बताया था, पेड़ों के लिए देहरा अच्छी जगह थी और दादी का घर कई तरह के पेड़ों से घिरा हुआ था—पीपल, नीम, आम, कटहल, पपीता और एक बहुत पुराना बरगद का पेड़। इनमें से कुछ पेड़ मेरे पिता जी और दादाजी के लगाए हुए थे।

'कटहल का पेड़ कितना पुराना है?' मैंने दादी से पूछा।

'अब, ज़रा मुझे सोचने दो,' दादी बोलीं। गहरी सोच में डूबने के भाव भी

उनके चेहरे पर आ गए। 'कटहल के पेड़ की तो मुझे याद होनी चाहिए। अरे, हाँ! तुम्हारे दादाजी ने लगाया था सन् 1927 में। बारिश के दिनों की बात है। मुझे इसलिए याद है, क्योंकि उस दिन तुम्हारे पिता जी की सालगिरह थी और यह पेड़ लगा कर हमने वह सालगिरह मनाई थी—14 जुलाई, 1927। तुम्हारी पैदाइश से बहुत पहले की बात है!'

बरगद का पेड़ घर के पिछवाड़े था। उसकी फैली हुई शाखाएँ ज़मीन तक झुकी हुई थीं और उन्होंने दोबारा जड़ पकड़ ली थीं। इन शाखाओं के बीच ऐसे घुमावदार रास्ते बन गए थे जिनके बीच से होकर निकलने में मुझे बड़ा मज़ा आता था। यह पेड़ घर से भी पुराना था, मेरे दादा-दादी से भी बूढ़ा, देहरा जितना पुराना! मैं जब चाहता उसकी डालों में, घने हरे पत्तों की आड़ में छुप जाता और गुपचुप नीचे की दुनिया पर नज़र रखता।

बहुत बड़ा पेड़ था वह। होगा कोई साठ फ़ीट ऊँचा। जब पहली बार मैंने उसे देखा था, तो मेरे मन में ऐसी हलचल मची कि मैं काँप गया, क्योंकि इतना शानदार पेड़ मैंने पहले कभी नहीं देखा था। मैं धीरे-धीरे उसकी तरफ बड़ी होशियारी से बढ़ा, क्योंकि मुझे समझ में नहीं आ रहा था कि वह मुझसे दोस्ती करना भी चाहता है या नहीं। ऐसा लगता था जैसे बहुत सारे रहस्य छुपा रखे हैं उसने अपने अन्दर। उसकी डालों में हरकत हो रही थीं, उनमें से आवाज़ें आ रही थीं, लेकिन ये आवाज़ें कैसे पैदा हो रही हैं, कौन कर रहा है, मुझे कोई नज़र नहीं आ रहा था।

पहल पेड़ ने ही की, दोस्ती का हाथ उसी ने आगे बढ़ाया—एक पत्ता गिरा दिया। पत्ता लहराता हुआ आया और मेरे चेहरे को छूता हुआ नीचे गिरने लगा। लेकिन इससे पहले कि वह ज़मीन पर गिरता, मैंने लपक कर उसे पकड़ लिया। हाथ में पकड़े रहा। मैंने उसे गौर से देखा और उसकी चिकनी और दमकती सतह पर अपनी उंगलियाँ फेरीं। फिर मैंने हाथ बढ़ाकर पेड़ की खुरदुरी छाल को महसूस किया। मुझे बहुत अच्छा महसूस हुआ। मैंने अपने जूते-मोज़े उतारे, जैसा कि लोग तब करते हैं जब वह किसी पवित्र जगह कदम रखते हैं। इसके बाद, पहले पैर टिकाने की जगह और फिर उसके चौड़े तने पर हाथ से पकड़ने लायक जगह ढूँढ, मैंने उसकी जटाओं सी लटकती हवाई जड़ों को थामा और उस पर चढ़ने लगा।

जब मैं चढ़ रहा था, तब ऐसा लग रहा था जैसे कोई मेरी मदद कर रहा हो। अदृश्य हाथ, उस पेड़ में बसी आत्मा के हाथ मुझे छू रहे थे और चढ़ने में मेरी मदद कर रहे थे।

भले ही पेड़ मुझे चाहता था, लेकिन मेरे आने से कुछ को उलझन हो गई थी, उनका चैन खो गया था। तोते का एक जोड़ा तने में बने एक मोखले से तोप के गोलों की तरह निकला और चीखें मारता हुआ बगीचे के दूसरी ओर को उड़ गया—हरे, लाल, सुनहरे रंगों की आभा बिखेरते हुए। एक गिलहरी ने एक डाल के पीछे से झाँक कर मुझे देखा और हड़बड़ा कर अपने दोस्तों और रिश्तेदारों को खबर करने भागी।

मैं और ऊपर को चढ़ता गया, ऊपर देखा तो एक बड़ी सी लाल चोंच मेरे सिर के ठीक ऊपर थी। लेकिन उस हॉर्नबिल यानी धनेश पक्षी ने मुझपर हमला करने की कोई कोशिश नहीं की। वह अपने घर में आराम कर रहा था—पेड़ के तने में बड़ा सा कोटर, जिसमें से सिर्फ़ उसका सिर और विशालकाय चोंच बाहर निकली हुई थी। वह मुझे ऐसे देखता रहा जैसे उसे मुझमें ज़रा भी दिलचस्पी नहीं हो, सोयी-सोयी सी पलकें झपकते-खोलते हुए।

'इतने सारे जीव यहाँ रहते हैं,' मैंने खुद से कहा। 'सोचता हूँ, कहीं इनमें से कोई खतरनाक न हो!'

उसी पल धनेश उधर से गुज़र रहे झींगुर पर झपटा। तने पर चोंच की चोट से एक ज़ोरदार 'खटाक' की आवाज़ गूँज गई!

मैं तो ऐसा चौंका कि बस पेड़ से गिरने ही लगा था। लेकिन उस पेड़ से गिरना आसान नहीं था! उसमें तो कितनी ही ऐसी जगह थीं जहाँ कोई बड़े आराम से बैठ सकता था, बल्कि लेट भी सकता था। फिर मैं धनेश के पास से हट, एक ऐसी डाल पर आगे बढ़ा जिससे हर ओर तमाम सारी शाखाएँ सहारे के लिए निकली हुई थीं। इस तरह मैं पेड़ के मुख्य तने से काफ़ी दूर चला गया। उसकी सर्द और अंधेरी गहराई से परे मैं उस ओर बढ़ने लगा जिधर पत्तों के बीच से छन-छन कर सूरज की किरणें पहुँच रही थीं।

मुझे कोई नहीं देख सकता था। पत्तों की ओट में मैं एक चौड़ी सी डाल पर पेट के बल लेटा था। नीचे सड़क से लोग गुज़र रहे थे। एक साहब धूप से बचाने वाला सख्त टोप पहने निकले, उनकी मेमसाहब छाया देने वाला रंगीन रेशमी छाता फिरकी सा घुमाती जा रही थीं। ज़ाहिर है वह ज़्यादा साँवली नहीं होना चाहती थीं, ताकि कोई उन्हें इसी देश में जन्मे हुए लोगों में शुमार करने की गलती न कर बैठे। उनके पीछे एक आया बच्चों वाली गाड़ी धकेलती चल रही थी।

कितने ही हिन्दुस्तानी निकल कर जा रहे थे—कुछ सफ़ेद धोतियों में, कुछ

पश्चिमी पहनावे में, कुछ लंगोटी बाँधे और कुछ सिर पर टोकरे लिये। कुछ के साथ उनके टोकरे लिये कुली चले जा रहे थे।

धूल के एक गुबार और भोपूँ की चौंकाने वाली आवाज़ के साथ किसी थकेले ड्रैगन की तरह एक नई मॉरिस कार निकली। फिर कुछ साइकिल सवार। फिर पपीतों से भरी टोकरी सिर पर रखे एक आदमी निकला। उसके ठीक पीछे थे—एक मदारी और उसके साथ तमाशा दिखाने वाली बन्दरिया। उसके हाथ में छोटा सा डमरू था जिसे वह बजा रहा था और बच्चे उसके और बन्दरिया के पीछे-पीछे चल रहे थे। वह सड़क के दूसरी ओर आम के पेड़ के नीचे ठहर गए। छोटी सी बन्दरिया ने घेरदार घाघरा और बच्चों वाली टोपी पहन रखी थी। बन्दरिया बच्चों के लिए नाची और मदारी ने अपना डमरू बजाते हुए गाना सुनाया।

घोड़े की टापों के साथ बंसी का ताँगा पेड़ तक चला आया। मैंने आवाज़ लगाई, तो उसने चौंक कर मेरी पुकार का जवाब देते हुए घोड़े की लगाम खींच कर उसे वहीं रोक दिया और बरगद के पेड़ की डालों में ऊपर की ओर देखा।

'तुम ऊपर क्या कर रहे हो?' उसने पूछा।

'दादी के डर से दुबका हुआ हूँ,' मैंने कहा।

'और सैर पर चलने के लिए तुम कब आ रहे हो?'

'मंगलवार की दोपहर,' मैंने कहा।

'आज क्यों नहीं?'

'आया नहीं आने देगी। लेकिन मंगलवार को उसकी छुट्टी रहती है।'

बंसी ने वहीं सड़क पर पान की लाल-लाल पीक की पुचकी मारी। 'तुम्हारी आया जलती है,' वह बोला।

'पता है,' मैंने कहा। 'औरतें हमेशा ईर्ष्या करती हैं, करती हैं न? मुझे लगता है कि उसके पास ताँगा नहीं है इसलिए जलती है।'

'नहीं। बल्कि इसलिए जलती है, क्योंकि उसके पास ताँगे वाला नहीं है,' बंसी मेरी ओर देख कर खींसें निपोरते हुए बोला। 'कोई बात नहीं, मैं मंगलवार को आ जाऊँगा—परसों ही तो है, है न?'

मैंने सिर हिलाकर हामी भरी। फिर डाल पर पीछे को लौटने लगा, क्योंकि मुझे दूर से आया के पुकारने की आवाज़ आ रही थी। बंसी ने आगे को झुक कर अपने घोड़े के पुट्ठों पर एक हाथ मारा, और ताँगा आगे को दौड़ पड़ा।

'तुम वहाँ ऊपर क्या कर रहे थे?' कुछ देर बाद आया ने पूछा।

'एक साँप सड़क के पार जा रहा था, उसी को देख रहा था,' मैंने कहा। मुझे पता था कि साँपों की बातें करो तो वह सब कुछ भूल जाती है। देहरा में उतने साँप नहीं थे जितने काठियावाड़ में थे और मुझे साँप दिखाई देने की बात से ही वह जोश में आ गई थी।

'वह तुम्हारी तरफ़ आ रहा था या तुमसे दूर जा रहा था?' उसने पूछा।

'दूर जा रहा था।'

आया के चेहरे की रौनक उड़नछू हो गई। 'इसका मतलब है कि देखने वाले से लक्ष्मी रूठेगी,' वह उदास होकर बोली।

बाद में, गुसलखाने में मेरे बदन को रगड़ते हुए, उसने लोगों के बारे में जो सोच बना रखी थी, वह एक-एक करके बताने लगी। शराबी हर हाल में जल्दी मरते हैं, कंजूसों का आगे-पीछे कत्ल होता है और ताँगे वालों को सारी बुरी लत होती हैं।

'तुम बड़े खुशकिस्मत हो,' वह अचानक बोली। उस वक़्त उसकी नज़रें मेरी तोंद पर टिकी थीं।

'क्यों?' मैंने पूछा। 'अभी-अभी तो तुमने कहा था कि मैं गरीब रहूँगा क्योंकि मैंने साँप को अपने से दूर जाते हुए देखा।'

'देखो, तुम्हारे पास ज़्यादा दिन पैसों की कमी नहीं रहेगी। तुम्हारी नाभि पर तिल है जो कि बहुत शुभ होता है और एक यहाँ तुम्हारे बाजू की काँख में है जिसका मतलब होता है कि तुम मशहूर होगे। क्या तुम्हारी गर्दन पर भी तिल है? नहीं है। भगवान का शुक्र है। गर्दन पर तिल कातिल होने की निशानी होता है!'

'तुम्हारे कहीं तिल हैं?' मैंने पूछा।

आया ने बड़ी गम्भीरता से सिर हिलाया और अपने ब्लाउज़ की आस्तीन ऊपर कन्धे की तरफ़ समेटते हुए उसने मुझे बाजू पर बड़ा सा तिल दिखाया।

'इसका क्या मतलब है?' मैंने पूछा।

'इसका मतलब है खूब दुःख भरी ज़िन्दगी,' आया ने उदास होकर कहा।

'मैं इसे छू कर देखूँ?' मैंने पूछा।

'हाँ, छू लो,' वह बोली और मेरा हाथ पकड़ कर उसने तिल तक पहुँचा दिया।

'यह तो बड़ा अच्छा तिल है,' मैंने कहा, क्योंकि मैं आया को खुश करना चाहता था। 'मैं इसे चूम लूँ?'

'चूम लो,' आया बोली।

मैंने उसके तिल की जगह चूम लिया।

'कितने अच्छे हो!' वह बोली।

आखिर मंगलवार की दोपहर आ गई। और जैसे ही दादी सोईं और आया बाज़ार गई, मैं फाटक पर जा पहुँचा। वहीं खड़े होकर बंसी और उसके ताँगे की बाट जोहने लगा। ज़्यादा देर उसका इंतज़ार नहीं करना पड़ा। ताँगे के मोड़ पर नज़र आने से पहले ही ताँगे के घुंघरुओं की ताल पर बंसी के गाने की आवाज़ आने लगी थी।

उसने हाथ बढ़ाया और मेरा हाथ पकड़ कर मुझे ऊपर ताँगे पर खींच लिया और उठाकर सीट पर अपने बगल में बैठा लिया। फिर हम खुली सड़क पर निकल पड़े मस्त चाल से, न ज़्यादा तेज़ न बहुत धीमें। जब ताँगा शहर के बाहरी हिस्से में पहुँच गया, तब बंसी ने अपने घोड़े को तेज़ दौड़ने के लिए उकसाया। वह सीट से उठ खड़ा हुआ, आगे को झुका और घोड़े के पुट्ठों पर एक हाथ जड़ा। मज़े-मज़े की चाल छोड़ घोड़ा बेपरवाह होकर सरपट भागने लगा। ताँगा इधर-उधर डोल रहा था। मैंने बंसी का खाली वाला हाथ थाम लिया, तो उसने मेरी तरफ़ देख कर दाँत दिखाए—उसका मुँह पान से लाल था।

'हमें कहाँ चलना चाहिए, दोस्त?' उसने पूछा।

'कहीं नहीं,' मैंने कहा। 'कहीं भी।'

'हम नदी पर चलते हैं,' बंसी बोला।

नदी दरअसल तेज़ बहने वाली एक पहाड़ी धारा थी, जो देहरा के बाहर के जंगलों से होकर बहती थी और तकरीबन पन्द्रह मील दूर जाकर गंगा में मिल जाती थी। गर्मियों की शुरुआत और जाड़े के मौसम में तो वह लगभग सूखी ही रहती थी, लेकिन मानसून के दिनों में वह उफनने लगती थी।

देहरा से बाहर जाने वाली सड़क की हल्की ढलान पर हम सीधे बढ़ते चले जा रहे थे, चाय बागान और यूकेलिप्टस के जंगलों के बीच होकर। पक्की सड़क पर घोड़े के खुरों की रगड़ से चिंगारियाँ निकल रही थीं और ताँगे के पहिये इतनी ज़ोर से चरमरा और रिरिया रहे थे कि मुझे डर था कि कहीं उनमें से कोई निकल न जाए और हम सीधे सड़क के साथ बहने वाली नहर या किसी खाई-खंदक में न चले जाएँ। आम के झुरमुट, अमरूद और लीची के बाग, चौड़े पत्तों वाले साल, और शीशम के पेड़ पीछे छोड़ते हम आगे बढ़े जा रहे थे। एक जगह साल के जंगल

में घुसने के बाद बंसी ने ताँगे को बैलगाड़ियों वाले कच्चे रास्ते पर उतार दिया और हम यही कोई एक फ़र्लांग तक उसी पर आगे बढ़ते रहे, जब तक कि रास्ते के तीखे ढाल से उतर कर धारा तक नहीं पहुँच गए।

'चलो, सीधे पानी में चलते हैं,' बंसी ने कहा। 'तुम और मैं और मेरा घोड़ा। वह ताँगे को हाँकता हुआ पानी के बीचोंबीच ले गया, जहाँ पानी घोड़े के घुटनों तक था।

'मुझे तो नहाने-वहाने का कोई शौक नहीं है,' बंसी ने कहा। 'लेकिन इसे नहलाने की ज़रूरत है। लेकिन मालिक के मुकाबले घोड़े से ज़्यादा अच्छी महक क्यों आए?' इतना कहते-कहते बंसी ने अपने कपड़े उतार कर दूर किनारे पर फेंके और पानी में कूद पड़ा।

'नल के नीचे नहाने से कहीं अच्छा है!' अपने सीने और जाँघों को ठोकते हुए बोला—'चले आओ, दोस्त, आ जाओ मेरे साथ!'

कुछ देर दुविधा में रहने के बाद मैं पानी में उतर गया, लेकिन तेज़ बहाव में अपने पैर जमाए रखने में मुझे कुछ दिक्कत हो रही थी। मैंने घोड़े की पूँछ थाम ली और उसे पकड़े रहा। बंसी उस सहनशील जानवर की पीठ पर पानी उलीचता रहा।

इसके बाद बंसी मुझे और घोड़े को पकड़ कर धारा के बहाव से बाहर लाया, और फिर हमने ताँगे की खूब अच्छी तरह धुलाई की। मुझे मुफ़्त में ताँगे की सैर करने को मिली और बंसी को बहुत दिनों से टलती जा रही उसके ताँगे की सालाना सफ़ाई में हाथ बँटाने वाला मुफ़्त में मिल गया। जब हमारा काम पूरा हो गया, तब उसने मुझे आम पापड़ का एक पैकेट दिया—आम के गूदे को सुखाकर बनाया हुआ पतली-पतली तमाम सारी पर्तों वाला। मैं कुछ देर तक ऐसे नोच-नोच कर खाता रहा जैसे कुत्ता किसी चमड़े के टुकड़े को चबाता है। फिर मुझे नींद आने लगी, और मैं वहीं धूप से गर्मायी पीली-भूरी सी घास पर लेट गया। झींगुर और टिड्डे पेड़ों और झाड़ियों से एक-दूसरे को दूरसंचार सन्देश भेज रहे थे। नीलकंठ का एक जोड़ा उड़ते हुए अठखेलियाँ करता रहा, हवा में गोते लगाता, झपट्टे मारते हुए कलाबाज़ी दिखाता रहा।

बंसी के पास घड़ी नहीं थी। उसने सूरज की ओर देखा और बोला—'तीन बज चुके हैं। तुम्हारी आया कब घर आएगी? तुम्हारी दादी से ज़्यादा डर तो उससे लगता है!'

'वह चार बजे आती है।'

'तो फिर हमें झटपट लौट चलना चाहिए। उसे बताना नहीं कि हम कहाँ गए थे, वरना मैं फिर कभी तुम्हारे घर नहीं आ पाऊँगा। तुम्हारी दादी मेरी सबसे अच्छी सवारियों में से एक हैं।'

'इसका मतलब, अगर वह मर गईं तो तुम्हें दुःख होगा।'

'ज़रूर होगा, मेरे दोस्त।'

बंसी ने ताँगे को सरपट शहर की ओर दौड़ाया। उस ज़माने में सड़कों पर मोटरगाड़ियाँ तो इतनी थीं नहीं, जबकि ताँगे और बैलगाड़ियाँ आज के मुकाबले बहुत ज़्यादा हुआ करती थीं।

हम आया के लौटने से पाँच मिनट पहले ही पहुँच गए। जाने से पहले बंसी ने मुझसे वादा किया कि वह मुझे अगले हफ़्ते फिर सैर पर ले जाएगा।

अंतिम संस्कार

'मुझे नहीं लगता कि उसे जाना चाहिए,' एक आंटी बोलीं।

'बहुत छोटा है,' कहकर दूसरी आंटी ने पहली को सही ठहराया। 'हो सकता है ज़्यादा परेशान हो जाए और संभाले न संभले। और फिर तुम्हें तो पता है पादरी लाल को अन्तिम संस्कार के समय बच्चों की मौजूदगी पसन्द नहीं है।'

लड़का चुप रहा। अंधेरे कमरे के सबसे अंधेरे कोने में बैठा था वह। वह क्या सोच रहा था, कैसा महसूस कर रहा था, उसके चेहरे से इसका ज़रा भी अन्दाज़ा नहीं लगाया जा सकता था। उसके पिता का ताबूत बगल वाले कमरे में रखा था और बोझिल चेहरे पर पड़ने वाली शिकन के साथ, वह शख़्स जो उसके लिए बहुत मायने रखता था, अब हमेशा के लिए उसकी नज़रों से दूर हो चुका था। ताबूत के ढक्कन को हमेशा के लिए कीलों से जड़ दिया गया था। और कोई भी इतना मायने नहीं रखता था लड़के के लिए—न चाची-चाचा और न ही दादा-दादी। और माँ तो बिलकुल भी नहीं—माँ! जो सैकड़ों मील दूर अपने दूसरे पति के साथ थी। जिसे उसने आखिरी बार तब देखा था जब वह चार साल का था—और इस बात को पाँच साल से ज़्यादा हो चुके थे। अब तो उसकी यादें भी धुंधली पड़ चुकी थीं।

घर लोगों से भरा था—दोस्त, रिश्तेदार, पड़ोसी। कुछ ने उसके घाव को कुरेदने की कोशिश भी की, लेकिन उसकी चुप्पी और सूखी आँखों के आगे उनके हौसले पस्त हो गए। जो ज़्यादा समझदार थे, उन्होंने उससे दूरी बनाए रखना ही बेहतर समझा। अफ़सोस के बोल इधर से उधर चक्कर काट रहे थे, चिउरे यानी ड्रैगनफ़्लाई के झुंड की तरह। 'अफ़सोस!'... 'कुल चालीस के ही तो थे!'... 'किसी को पता भी नहीं चला कि मर्ज़ इतना गहरा था!'... 'बच्चे की खातिर जी रहा था!'

बच्चा देख रहा था कि हिल स्टेशन पर जितने भी जाने-माने लोग थे, सभी मौजूद थे। जहाँ पहली बार वह घर में चाहे वहाँ आ-जा रहे थे, क्योंकि उसके पिता

कोई ऐसे बड़े शख्स नहीं थे कि उनके घर लोगों का आना-जाना लगा रहता हो। अपने बेटे के अलावा, किताबें, संगीत, फूल और उनका डाक-टिकटों का संग्रह—इसी सब में उनका वक़्त बीतता था।

एक छोटी सी मुर्दे ले जाने वाली गाड़ी फाटक से घर के अन्दर आई, जिसे पहाड़ी टट्टू खींच रहा था। कई तंदुरुस्त लोगों ने दम लगाकर ताबूत उठाया और उसे गाड़ी पर लादा। फिर भीड़ छँटने लगी। कब्रिस्तान नीचे जाने वाली सड़क पर, यही कोई मील भर दूर था। जिनके पास कार नहीं थीं, उन्हें पैदल चलकर यह रास्ता तय करना था।

लड़का खिड़की से ताकता रहा—गाड़ी और उसके पीछे-पीछे फाटक से बाहर निकलते लोगों को। उसे तो सब भूल ही गए थे—नौकरों के साथ वही घर में रह गया था। बाहर धुंध छाई थी। धुंध ने गीले तौलिये की तरह पहाड़ी ढलान को ढक लिया था। बारिश नहीं हुई थी, फिर भी सब गीले हो गए थे।

लड़का सब के चले जाने तक इंतज़ार करता रहा और फिर कमरे से निकल कर बरामदे में आ गया। नैस्टर्शियम की क्यारी में बैठे माली ने उसकी ओर देख कर उससे पूछा कि उसे किसी चीज़ की ज़रूरत तो नहीं है। लेकिन लड़के ने सिर हिलाकर मना कर दिया और वापस कमरे में लौट गया। माली को इस बात की तकलीफ़ थी कि शोक जताने आए लोग फूलों की क्यारियों को रौंद गए थे—उसे बुरा लगा था, यह बात उसके चेहरे पर झलक रही थी। वह उठा और अपने घर चला गया। साहब की मौत का मतलब था कि बहुत जल्दी वह भी नौकरी से हाथ धो बैठेगा। मकान कोई और ले लेगा। लड़के को अनाथालय भेज दिया जाएगा। आजकल माली रखने वाले ज़्यादा लोग भी नहीं बचे थे। रसोईघर में खानसामा भोजन का इंतज़ाम करने में जुटा था। पहली बार इतने सारे लोगों का खाना बन रहा था। सारे रिश्तेदार और पादरी थके-हारे कब्रिस्तान से लौटेंगे, तो उन्हें लज़ीज़ खाना न सही, रूखा-सूखा तो चाहिए ही होगा पेट में डालने के लिए। जल्दी ही उसकी भी नौकरी जानी थी, लेकिन खाना बनाने वालों की हमेशा माँग रहती है।

लड़का पीछे वाले दरवाज़े से घर से बाहर आया। जंगली गुलाब की झाड़ियों के बीच जो थोड़ी सी जगह थी, उसमें से निकलकर सड़क पर पहुँच गया। वहाँ से उसे शवयात्रा में शामिल लोग दिखाई दे रहे थे, जो घुमावदार पहाड़ी रास्ते से कब्रिस्तान की तरफ चले जा रहे थे। वह उनसे दूरी बनाकर उनके पीछे-पीछे उसी ओर चल पड़ा।

यह वही रास्ता था जिस रास्ते वह अपने पिता के साथ कितनी ही शामों को टहलने जाया करता था। लड़के को पहाड़ पर उगने वाले तकरीबन सभी पेड़-पौधों और फूलों के नाम पता थे। इनसे, और तरह-तरह के परिंदों व कीड़ों से उसके पिता ने पहचान कराई थी, उनके बारे में बताया था।

उत्तर की ओर नज़र डाली, तो उसे हिमालय की वे ऊँची चोटियाँ दिखाई दीं जो हमेशा बर्फ़ से ढकी रहती थीं। कब्रिस्तान में कब्रें इस तरह बनी थीं कि अगर उनमें दफ़न लोग किसी दिन फिर से ज़िन्दा हो जाएँ, तो उठते ही उनकी नज़र धूप में चमकती बर्फ़ से ढकी चोटियों पर पड़ेगी। हो सकता है कि वहाँ से दिखने वाले नज़ारे की वजह से ही उस जगह को कब्रिस्तान के लिए चुना गया हो। लेकिन लड़के को नहीं लगता था कि उनमें से कोई अपनी कब्र पर लगी पत्थर की बड़ी और भारी सिल्लियों को हटाकर इस नज़ारे का मज़ा लेने के लिए बाहर निकल सकेगा। उनकी नींद तो जैसे पहाड़ों पर जमी कभी न पिघलने वाली बर्फ़ की तरह लगती थी—कभी न खुलने वाली। भूचाल के बिना तो कब्रों के पत्थर हटना और ताबूतों का ज़मीन से बाहर निकलना मुमकिन नहीं लगता था। लड़का सोच में पड़ गया कि लोगों ने मरने वालों के कब्रों से निकलने को आसान क्यों नहीं बनाया। उन्हें इतनी पक्की तरह से दफ़नाया गया था जैसे कोई न चाहता हो कि वह कभी बाहर निकलें।

'ख़ुदा को तुम्हारे पिता की ज़रूरत थी,' यह कहकर एक पादरी ने उसे दिलासा देने की कोशिश की थी।

क्या ख़ुदा को इतने सारे मर्दों, औरतों और बच्चों की ज़रूरत थी, जिन्हें यहाँ कब्रिस्तान में एक सीध में एक-दूसरे से इतना सटा-सटा कर सुला दिया गया था? किसलिए इनकी ज़रूरत थी उसे? जब हम मर जाते हैं, तो ख़ुदा के किस काम के रह जाते हैं, लड़का यही सोचने लगा।

कब्रिस्तान का फाटक खुला था, लेकिन लड़का अन्दर जाने के बजाय पुरानी सी पत्थर की दीवार से सट कर खड़ा, दफ़नाने के लिए आए लोगों को गौर से देखता रहा, जिनसे बेचैनी के मारे एक जगह खड़ा नहीं हुआ जा रहा था। कुछ वैसे ही जैसे कोई बल्लेबाज़ किसी बहुत तेज़ गेंदबाज़ का सामना करने से पहले करता है। बस फ़र्क इतना था कि यह गेंदबाज़ दिखाई नहीं देता था और बिना किसी आहट के पीछे से आता था।

अंतिम संस्कार की रस्मों के दौरान पादरी लाल की भुनभुनाने जैसी आवाज़

लगातार आती रही और फिर ताबूत को खोदी गई कब्र में नीचे उतार दिया गया। लड़के को लग रहा था कि ताबूत कितना गहराई में चला जाता है। उसे इस बात पर ताज्जुब हो रहा था! क्या ज़मीन की गहराइयों में कोई और, इससे बेहतर दुनिया होगी? कोई कैसे इतनी गहराई से ज़मीन को धक्का देकर वापस सतह तक आ सकता है, चाहे वह सैमसन जैसा महाबली महानायक ही क्यों न हो जिसका *बाइबिल* में ज़िक्र मिलता है? कॉमिक्स में सुपरमैन ज़रूर ऐसे कारनामे करता था, लेकिन उसके पिता तो सीधे-सादे इंसान थे जो मिट्टी-पत्थर, घास और पेड़ों की जड़ों के खिलाफ़ इतना दम नहीं लगाते। हाँ, शायद वह पेड़ बन कर ज़रूर वहाँ से निकलने की कोशिश कर सकते थे! 'अगर मुझे कभी इस तरह ज़मीन में गाड़ दिया गया,' वह सोचने लगा, 'तो मैं ज़रूर किसी पेड़ की जड़ में घुस जाऊँगा और फूल बन कर खिलूँगा। फिर हो सकता है कोई चिड़िया आकर मेरा बीज ले जाकर कहीं दूर पहुँचा दे... लेकिन मैं किसी न किसी तरह निकल ज़रूर आऊँगा!'

पादरी ने कुछ शब्द और बोले और फिर वहाँ मौजूद लोगों में से कुछ मुट्ठियाँ भर मिट्टी कब्र में रखे ताबूत पर डालकर पीछे हटने लगे।

ताबूत के साथ कब्रिस्तान तक आए लोग एक-एक दो-दो करके वहाँ से जाने लगे। दीवार के पीछे लड़के पर किसी की नज़र नहीं पड़ी। उन्हें भूख लग रही थी।

जब तक सब वहाँ से नहीं चले गए, वह तब तक वहीं खड़ा रहा। फिर उसने देखा कि माली और कब्रिस्तान की देखरेख करने वाले कब्र को मिट्टी से भरने लगे। उसे समझ में नहीं आ रहा था कि वह आगे जाए या नहीं। उसे कुछ डर सा भी लग रहा था। फिर अब बहुत देर भी हो चुकी थी। कब्र लगभग पूरी भर गई थी।

वह मुड़ा और कब्रिस्तान को पीछे छोड़ आगे बढ़ चला। आगे सड़क ही सड़क थी, सूनी और धुंध से घिरी। वह अकेला था। एक बार उसके पिता ने उससे क्या कहा था? 'सबसे हिम्मतवाला वह होता है जो अकेला डटा रहता है।'

अकेला तो वह था, लेकिन उस पल उसकी हिम्मत जवाब दे रही थी।

एक पल के लिए उसे लगा जैसे उसके पिता उसके बराबर में हैं और वह उनके साथ लम्बी सैर के लिए निकला है, जैसे वह अकसर निकलते थे। आदतन उसने अपना हाथ बढ़ाया, पिता के जाने-पहचाने हाथ की तसल्ली भरी गुनगुनाहट महसूस करने की उम्मीद में। लेकिन वहाँ कोई नहीं था, कुछ भी नहीं था, कोई भी नहीं...

उसने कस कर मुट्ठियाँ बाँधीं और हाथों को जेबों में घुसा लिया। फिर सिर झुका लिया, ताकि कोई उसके आँसू न देख ले। धुंध में लोग चले जा रहे थे। लेकिन वह उनके पास नहीं जाना चाहता था, क्योंकि उन्होंने उसके पिता को उससे दूर जो किया था।

'वह कोई न कोई रास्ता तो निकाल ही लेंगे,' उसने खुद से ज़ोर देकर कहा, 'किसी न किसी तरह बाहर तो आ ही जाएँगे!'

लौटे अपने घर

जब सफ़र खत्म होने को आता है तब जो हल्का सा बेचैनी का एहसास मुझे होता है, उसकी शुरुआत शायद तब हुई थी जब मैं अपने पिता की मौत के बाद पहली बार घर आया था।

वह 1944 की सर्दियों के दिन थे—यानी बात काफ़ी पुरानी है। साल के घने जंगलों के बीच दौड़ती ट्रेन देहरा की ओर बढ़ी चली जा रही थी। पटरियों की हर खट-खट के साथ मुझे लिये जा रही थी उस माँ के करीब जिसे मैंने चार साल से नहीं देखा था और उस सौतेले पिता के पास जिसे मैंने सिर्फ़ दो-तीन बार ही देखा था—अपने माता-पिता के तलाक से पहले। मैं ग्यारह साल का था और देहरा में अपने घर जा रहा था।

तीन साल पहले, जब वे दोनों अलग रहने लगे, तो मैं अपने पिता के पास रहने चला गया। हम दोनों साथ में बहुत खुश थे। वह रॉयल एअर फ़ोर्स में थे और नई दिल्ली में तैनात थे। हम हुमायूँ के मकबरे के पास कहीं एक बड़े से तम्बू में रहते थे। अब तो वह दिल्ली का बहुत भीड़भाड़ वाला इलाका हो गया है लेकिन उन दिनों वहाँ जंगल हुआ करता था जिसमें काले हिरन और नीलगाय घूमा करती थीं। हम साथ में घूमते दूर तक निकल जाया करते थे। हम पुराने मकबरों और किलों के खंडहरों में अपने ढंग से खोजबीन करते, फ़िल्में देखते (जॉर्ज फ़ॉनबी की हँसी-मज़ाक वाली फ़िल्म मुझे खूब भाती थीं), डाक टिकट इकट्ठे करते और किताबें खरीदते। मेरे पिता ने स्कूल जाने से पहले ही मुझे पढ़ना और लिखना सिखा दिया था। साथ ही, हम जंग खत्म होने के बाद इंग्लैंड जाने की बातें करते।

आनन्द से भरे छह महीने! हालाँकि गर्मी के दिन थे और तब पंखे भी नहीं हुआ करते थे। सिर्फ़ खस का पर्दा पड़ा था जिसे हर घंटे भिश्ती आकर गीला कर जाया करता था—पानी से भरी मशक लिये वह सारे तम्बुओं के चक्कर लगाया

करता था। मुझे खस की भीनी-भीनी ताज़गी से भर देने वाली खुशबू याद है और बाहर मिट्टी में पानी बिखरने की सौंधी महक भी!

अच्छा समय था वह। लेकिन उसका भी अन्त होना था। मेरे पिता को बार-बार मलेरिया हो जाता था जिससे उन्हें हफ़्ते-हफ़्ते के लिए अस्पताल में भर्ती होना पड़ता था। तब भिश्ती का बेटा, जो छोटा ही था, मेरे पास सोता था और पड़ोस में रहने वाले एक ऐंग्लो-इंडियन परिवार के साथ मेरे खाने का इंतज़ाम था।

पिता जी की गैरमौजूदगी में मुझे इस इंतज़ाम से कोई दिक्कत नहीं थी, लेकिन किसी ने उन्हें सुझा दिया—ज़ाहिर है, वायु सेना मुख्यालय में काम करने वाले उनके किसी सहकर्मी ने—कि मुझे बोर्डिंग स्कूल भेज दें।

न चाहते हुए भी उन्होंने मान लिया कि 'जंग खत्म होने तक' यही सबसे अच्छा रहेगा—और, जून 1943 में वह मुझे शिमला ले गए, जहाँ लड़कों के एक प्रिपैरेटरी स्कूल में मेरा दाखिला करा दिया गया।

यह बोर्डिंग स्कूल में मेरी ज़िन्दगी की कहानी नहीं है। वह स्कूल इंग्लैंड के किसी पब्लिक स्कूल से कम नहीं था, बल्कि वास्तव में उसे 'पूरब के ईटन' के रूप में जाना जाता था। वहाँ की परम्पराएँ—नए लड़कों की रैगिंग और सज़ा के तौर पर बच्चों की पिटाई, खेलने की पाबन्दी, स्कूल के गिरजे में सेवा, असाधारण किस्म के प्रशासक और स्कूल के कैप्टन से लेकर गायक-मंडल में शामिल होने वालों के लिए अलग-अलग 'ऑनर बोर्ड'—यह सब परम्पराएँ, ऐसा लगता था, इंग्लैंड के एक पब्लिक स्कूल पर आधारित उपन्यास *टॉम ब्राउन्ज़ स्कूल डेज़* से ली गई थीं।

मेरे पिता मुझे अक्सर चिट्ठियाँ लिखा करते थे, और किसी भी दूसरी चीज़ से ज़्यादा मुझे उनकी चिट्ठियों का इंतज़ार रहता था। सर्दियों की छुट्टियों में मैं उनके पास गया। अगली गर्मियों में मेरे 'मिड-टर्म ब्रेक' के दौरान वह मेरे पास शिमला आए, और मुझे घुमाने ले गए। हम जिस होटल में ठहरे, उसका नाम था क्रेग-धू। जाखू हिल पर था वह। शान्ति और खूबसूरती से भरा सप्ताह था वह—सैर के लिए दूर तक निकल जाना, भुतहे रिक्शों की चर्चा, धूप में आइसक्रीम खाना, किताब की दुकानों में किताबें तलाशना, आगे जो करना है उसके बारे में सोचना। जैसे—'अगले साल हम इंग्लैंड जाएँगे।'

जब पिता जी चले गए, तो स्कूल बेकार और बोझिल जगह लगने लगा। उनका तबादला कलकत्ता हो गया था, और उनकी तबीयत भी ठीक नहीं चल रही

थी। फिर वही मलेरिया। उसके बाद पीलिया हो गया। लेकिन उनका पिछला खत काफ़ी जोश भरा था। अपने बेशकीमती डाक टिकट संग्रह का एक हिस्सा वह बेच रहे थे, ताकि इंग्लैंड जाने के किराए की रकम जुटा सकें।

एक दिन मेरे क्लास-टीचर ने मुझे बुलवाया।

'मैं तुमसे कुछ बात करना चाहता हूँ, बॉन्ड,' वह बोले। 'चलो, टहलने चलते हैं।'

मैं फ़ौरन समझ गया कि कुछ गड़बड़ है।

हमने देवदार के जंगल के बीच से गुज़रने वाला रास्ता पकड़ा, जो काउंसिल रॉक के पास से जाता है, जहाँ स्काउटिंग की बैठकें होती थीं। जैसे ही बेचारे टीचर ने, 'ईश्वर तुम्हारे पिता को ज़्यादा ऊँची और बेहतर जगह देना चाहता था' का मुद्दा छेड़ा, जैसे उस भद्दर गर्मी के दिनों में जाखू हिल से बेहतर कोई जगह हो सकती हो! मैं समझ गया कि मेरे पिता नहीं रहे। मैं फफक कर रो पड़ा। ज़रूर हेडमास्टर साहब ने उनसे यह तकलीफ़देह काम करने को कहा होगा।

मुझे कुछ दिनों के लिए स्कूल के अस्पताल में रहने दिया गया। मेरा मन कुछ शान्त हुआ। वहाँ हेडमास्टर साहब मुझसे मिलने आए, और मेरे पिता की तमाम चिट्ठियों की गड्डी, जो मैंने सिरहाने रख छोड़ी थी, वह अपने साथ ले गए।

'तुम्हारे पिता के खत हैं, न? इस तरह खो सकते हैं। इन्हें मेरे पास क्यों नहीं छोड़ देते? साल के आखिर में जब घर जाओगे, तब मुझसे लेते जाना।'

मन तो ज़रा भी नहीं था, लेकिन मैंने चिट्ठियाँ उनके हवाले कर दीं। उन्होंने बताया कि मेरी माँ से उनकी बात हुई थी और वह कह रही थीं कि जाड़ों में मुझे उनके पास जाना है। हेडमास्टर साहब की शक्ल से ही लग रहा था कि उनकी इस बात में मेरे दिलचस्पी नहीं दिखाने से उन्हें ताज्जुब हुआ।

साल के आखिर में, जिस दिन स्कूल बन्द हो रहा धा, उसके एक दिन पहले मैं हेडमास्टर साहब के दफ़्तर गया और उनसे अपनी चिट्ठियों के बारे में पूछा।

'कैसी चिट्ठियाँ?' वह बोले। उनकी मेज़ पर कागज़ों और चिट्ठी-पत्री का अंबार लगा था, और मेरे इस तरह पहुँचने पर खलल पड़ने से वह खीज उठे थे।

'मेरे पिता की चिट्ठियाँ,' मैंने याद दिलाने के लिए कहा। 'जो मैंने आपको रखने को दी थीं, सर, जब वह नहीं रहे थे...'

'चिट्ठियाँ। तुम्हें ठीक से याद है कि तुमने मुझे दी थीं?'

उन्हें और ज़्यादा चिढ़ मची। 'तुमसे भूल हुई है, बॉन्ड। मैं तुम्हारे पिता के

खत क्यों रखने लगा भला?'

'मुझे नहीं पता, सर। आपने कहा था कि मैं उन्हें घर जाने से पहले आपसे ले सकता हूँ।'

'देखो, मुझे चिट्ठियों के बारे में कुछ नहीं पता और इस वक़्त मेरे पास बहुत काम है। इसलिए अभी जाओ। मुझे यकीन है कि तुम कुछ भूल कर रहे हो, लेकिन अगर मुझे तुम्हारे खत मिले, तो मैं तुम्हें भेज दूँगा।'

मुझे नहीं लगता कि वह मुझे तकलीफ़ देना चाहते थे, लेकिन वह पहले शख़्स थे जिनकी वजह से मेरे मन में नफ़रत के भाव जागे...

इससे पहले कि ट्रेन देहरा के स्टेशन पर ठहरती, मैं खिड़की के बाहर झाँक कर देखने लगा कि क्या कोई ऐसा भी है प्लेटफ़ॉर्म पर जो मुझे लेने आया हो। स्टेशन पर काफ़ी भीड़ थी, जैसी भारत के हर रेलवे स्टेशन पर होती ही है, आमतौर पर-- खूब सारा सामान लेकर सफ़र करने वाले मुसाफ़िर, हटने के लिए आवाज़ें लगाते कुली, आवारा कुत्ते, आवारा स्टेशन मास्टर...। ट्रेन ठहरी और उसमें से लोगों ने उतरना शुरू किया तो अफ़रा-तफ़री मच गई। मुझे तो भीड़ के रेले ने ही अपने टीन के सन्दूक और अटैची के साथ प्लेटफ़ॉर्म पर ला पटका। मैं सन्दूक पर बैठ कर कुछ देर इंतज़ार करता रहा ताकि कोई मुझे लेने आया हो, तो मुझे ढूँढ सके।

कुछ देर में भीड़ छँट गई। मैं और एक बूढ़ा व इतना कमज़ोर सा कुली बचा जिसने शायद तय कर लिया था कि मेरा सन्दूक वही उठाएगा। शायद उसे मेरे सन्दूक का वज़न अपने सिर और कन्धों के लिए ठीक लग रहा था। मैं और दस मिनट तक इंतज़ार करता रहा, लेकिन मेरी माँ और सौतेले पिता का भेजा हुआ कोई शख़्स नहीं आया जिसे मुझे लेने के लिए भेजा गया हो। मैंने कुली से सामान समेत मुझे स्टेशन के बाहर ताँगा स्टैंड तक ले चलने के लिए कहा।

एक ज़माना था जब हर कोई, यहाँ तक कि बड़े-बड़े ओहदे वाले भी ताँगों पर चलते थे। देहरा में सिर्फ़ एक टैक्सी थी। मैं ताँगे वाले के ठीक बगल में बैठ गया। उसके कपड़ों से बास आ रही थी और वह पान चबाते हुए बार-बार पीक की पुचकी मार रहा था। उसका थका-सींकिया सा घोड़ा दोनों ओर पेड़ों वाली सुनसान सड़क पर टप-टप करता चला जा रहा था।

पेड़ों के लिए तो देहरा बढ़िया जगह हमेशा से रही है। घाटी की मिट्टी बेहद उपजाऊ है और बारिश भी अच्छी खासी होती है। मौका मिले तो कुछ भी उग आता

है वहाँ, कोई भी पेड़-पौधा पनप जाता है।

तब सड़कों के दोनों ओर नीम, आम, सफ़ैदा (यूकेलिप्टस), बकैन (पर्शियन लिलैक), नीला गुलमोहर (जकरांडा) और अमलतास (लैबर्नम) के पेड़ थे। बंगलों के बगीचों में आम, लीची और अमरूद फलते थे—कहीं-कहीं कटहल और पपीता भी। मैंने इन सारे पेड़ों को एक ही बार में नहीं देख-समझ लिया था—धीरे-धीरे समय के साथ इन्हें जाना।

ताँगे ने मुझे पहले दादी माँ के घर पहुँचाया। मैं सोच रहा था कि मेरी माँ अब भी वहीं रहती होगी।

प्यारा सा, न्यारा सा बंगला जिसने पुराने ज़माने के बेतकल्लुफ़ी वाले अन्दाज़ में खुद को खूब सारी जगह में फैला रखा था। यहाँ तक कि उसकी चिमनी में से धुआँ भी निकल रहा था, जो मुझे अपने दादाजी की याद दिलाता था—जो पाइप पीते थे। जब मैं आठ साल का था, तब मैंने अपने दादा-दादी के साथ वहाँ कई महीने बिताए थे। पीछे मुड़ कर देखा जाए तो वह बड़ा ही यादगार दौर था। लेकिन अब दादाजी के गुज़रने के बाद दादी वहाँ अकेली रह रही थीं।

बाल सफ़ेद हो गए थे, लेकिन अब भी उतनी ही गोलमटोल और मुँहफट थीं दादी। मुझे ताँगे से उतरते देखा, तो हैरत से देखने लगीं।

'तुम्हें लेने के लिए कोई स्टेशन नहीं पहुँचा?' उन्होंने पूछा।

मैंने सिर हिला दिया। दादी बोलीं—'तुम्हारी माँ तो अब यहाँ रहती नहीं है, लेकिन वह तुम्हारी फ़िक्र करेगी, इसलिए चलो, तुम्हें उसके यहाँ छोड़ आती हूँ। ज़रा ताँगे में चढ़ने में मेरी मदद तो करो। काश, मुझे पता होता कि सफ़ेद घोड़ा होगा। मुझे हमेशा ऐसे ताँगे में बैठने में घबराहट होती है, जिसमें सफ़ेद घोड़ा जुता होता है।'

'क्यों, दादी?'

'मुझे नहीं पता। मुझे लगता है कि सफ़ेद घोड़े भी जल्दी घबरा जाते हैं। जो भी हो, मुझे लगता है कि सफ़ेद घोड़े हमेशा मुझे गिराने की कोशिश करते हैं। इतना तेज़ मत चलाओ, भई ताँगेवाले!' जैसे ही ताँगे वाले ने चाबुक घुमाई और घोड़े की चाल में तेज़ी आई, दादी बोल पड़ीं।

मेरे सौतेले पिता के घर तक पहुँचने में हमें करीब पच्चीस मिनट लगे। उनका घर डालनवाला इलाके में था, जो बरसात में बहने वाली सूखी रिस्पाना नदी से ज़्यादा दूर नहीं था। दादी ने देखा कि मुझे हौसला बँधाने की ज़रूरत है, तो मेरे

साथ खुद भी ताँगे से उतर गईं। ताँगे वाले ने मेरा टीन का सन्दूक और बिस्तरबन्द उतारकर बरामदे में रखा। सामने वाले दरवाज़े में अन्दर से कुंडी लगी थी। हमें कई बार खटखटाना पड़ा और आवाज़ें लगानी पड़ीं तब कहीं एक नौकर ने दरवाज़ा खोला। उसके हाव-भाव से साफ़ पता चल रहा था कि हमारे आने से उसके चैन में खलल पड़ा, जो उसे अच्छा नहीं लगा। जब उसने दादी को देखा, तो बड़े अदब से सलाम ठोंका और फिर अपनी सवालिया निगाहें मुझ पर गड़ा दीं।

'मेमसाहब कहाँ हैं?' दादी ने पूछा।

'बाहर,' नौकर ने जवाब दिया।

'यह तो मुझे दिखाई दे रहा है, लेकिन वे लोग गए कहाँ हैं?'

'वह कल मोतीचूर गए थे शिकार पर। आज शाम को लौट आएँगे।'

दादी को अच्छा नहीं लगा, लेकिन उन्होंने नौकर को इशारा कर दिया, मेरा सामान अन्दर ले जाने के लिए। 'उन्हें पता नहीं था कि लड़का आ रहा है?' वह बोलीं। 'हाँ, मालूम था,' वह बोला, फिर मेरी तरफ़ देखने लगा। 'लेकिन उन्होंने उसके कल आने की बात कही थी।'

'उन्हें तारीख याद नहीं रही,' दादी ने झुँझला कर कहा, और मुझसे बोलीं, 'चलो, तुम तो अपना सामान खोलो और हाथ-मुँह धो कर कपड़े बदल लो।'

फिर नौकर की तरफ़ मुँह करके पूछा—'खाने के लिए कुछ तैयार है?'

'मैं अभी खाना बना देता हूँ,' वह बोला। फिर पहले की तरह मुझे एकटक देखने लगा। मुझे उसकी आँखें चुभ रही थीं। वह कद्दावर और साँवला था। तेल लगे कोयले से भी काले चमचमाते बाल और घनी मूँछें। उसके गाल पर एक सीधा और लम्बा सा पुराने घाव का निशान था, जिससे वह डरावना लग रहा था। फटी कमीज़ और गंदा सा पायजामा पहन रखा था और उसके चौड़े और भारी पैर गीले थे, जिनसे नंगे फ़र्श पर निशान बन गए थे।

दूसरे कमरे में कोई छोटा बच्चा रो रहा था। तभी एक औरत बच्चे को अपनी बाँहों में झुलाती हुई सामने आई, जो बाद में खानसामा की बीवी निकली।

'बच्चे को भी छोड़ गए हैं!' पहले से भी ज़्यादा चिढ़ते हुए दादी बोलीं। 'यह तुम्हारा छोटा भाई है। सिर्फ़ छह महीने का है।' पहले से तो किसी छोटे भाई के बारे में पता नहीं था, और वह भी सौतेला, इस नई जानकारी से मुझे कुछ धक्का सा लगा। मैंने बेरुखी से बच्चे का मुआयना किया। वह हट्टा-कट्टा था और दहाड़े मार कर रो रहा था।

'कितना सुन्दर बच्चा है,' दादी बोलीं। 'मुझे काम है, यहाँ नौकर हैं तुम्हारी देखभाल के लिए। तुम चाहो तो एक-दो दिन बाद मेरे पास चले आना। पिछली बार तुम्हें देखा था, तब से बड़े हो गए हो तुम और तुम्हारे चेहरे पर मुँहासे निकल रहे हैं।'

मेरे दिखने के बारे में ऐसी बात का मुझे बुरा नहीं लगता, क्योंकि दादी माँ तारीफ़ तो करती ही नहीं थीं। उन्होंने मेरे मुँहासे देख लिये, इसका मतलब था कि वह मुझे चाहती थीं।

ताँगे वाला उनका इंतज़ार कर रहा था। 'मुझे लगता है मुझे इसी ताँगे से जाना पड़ेगा,' वह बोलीं। 'जब भी मुझे ताँगे की ज़रूरत होती है, न जाने सारे ताँगे कहाँ गायब हो जाते हैं, सिर्फ़ सफ़ेद घोड़े वाले ही मिलते हैं... जब तुम्हारी माँ आ जाए, तो उससे कह देना कि मैं उससे मिलना चाहती हूँ। शिकार करेंगे। बच्चा छोटा है, और चले गए दोनों शिकार खेलने!'

दादी ताँगे में बैठ गईं, फिर खानसामा के सलाम के जवाब में सिर हिलाया और सीट के हत्थे को कस के पकड़ लिया। ताँगे वाले ने अपनी चाबुक लहराई, और घोड़ा पहले वाली धीमी चाल से चल पड़ा, जबकि दादी माँ को यही लगता रहा होगा कि उजड्ड सफ़ेद घोड़ा बिदक कर उन्हें गिरा देगा और तब उन्हें न जाने क्या-क्या भुगतना पड़ेगा। मुझे पता है वह ऐसा ही सोच रही होंगी। दाँत भींच कर कस के सीट को पकड़े जो बैठी थीं। वह जा रही थीं। मुझे बुरा लग रहा था।

मेरी माँ और सौतेले पिता शाम को अपनी शिकार यात्रा से लौट आए। जो छोटा सा तीतर मार कर लाए थे, वह खानसामा मंगल सिंह को दे दिया। मेरी माँ ने मुझे बेपरवाही से चूम लिया—जैसे कोई रस्म निभाई हो। लगा कि मुझे देख कर उन्हें खुशी हुई, लेकिन मैं तो अपने पिता के गाढ़े लाड़ का आदी था और जैसे अजीब से ढंग से मेरी अगवानी की गई, उससे मुझे एहसास हुआ कि मैंने क्या कुछ खोया है। बोर्डिंग स्कूल में ज़िन्दगी अपने अलग ढर्रे से चलती है, इसलिए घर जाने की बात अच्छी लगती थी। लेकिन घर जाने का मतलब था अपने पिता के पास जाना। अब उनके जाने के बाद मैं बेहद अकेलापन महसूस कर रहा था।

मुझे लगता है कि जब किसी ऐसे की मौत के वक़्त मौजूद होते हैं जिसे हम चाहते हैं, उसे मरा हुआ देख लेते हैं और देख लेते हैं कि उसे दफ़ना दिया गया, तो हमारा मन उस आखिरी सच्चाई को मान लेता है और हमारे लिए बदले हुए

हालात के मुताबिक ढलना आसान हो जाता है। लेकिन जब आपको सिर्फ़ किसी के मरने की खबर मिलती है, और वह भी पिता के मरने की और उनकी मौत कैसे हुई इस बारे में बहुत कम पता होता है आपको, तो बहुत सारे खयाल मन में आते हैं जिनका सामना करना पड़ता है। खासतौर से तब जब ये खयाल एक छोटे से लड़के के मन में उठते हैं। मेरे पिता की मौत का कोई ठोस सबूत मेरे पास नहीं था, इसलिए उनकी मौत मेरे लिए उनके मरने नहीं, गायब हो जाने जैसी थी। हालाँकि इससे मुझे उनके जीते-जागते, मुस्कुराते, साँस लेते होने का एहसास मिलता था। मन में कहीं न कहीं ऐसा लगता था कि वह कभी सामने आ जाएँगे और मुझे अनचाहे हालात से बाहर निकाल लेंगे। ऐसा ही होता था पहले—मुझे जब उनकी सबसे ज़्यादा ज़रूरत होती थी, वह आ जाते थे।

मेरे सौतेले पिता ने तो जैसे मुझे देखा ही नहीं। घर में घुसने के बाद उन्होंने सबसे पहला काम यह किया कि विह्स्की में सोडा मिलाकर अपने पीने की तैयारी की। बच्चे का मुआयना करने के बाद मेरी माँ ने भी यही किया। मुझे छोड़ दिया अपना सामान खोलने और अपने कमरे में आराम करने के लिए।

मैं खुशकिस्मत था कि मेरा कमरा अलग था। इन बड़ों की तरह, मुझे भी एकान्त की उतनी ही दरकार थी। मेरे सौतेले पिता का शहर में ही कारोबार था। वह मुझे साथ रखने को तैयार थे, बशर्ते मैं उनके रास्ते का रोड़ा न बनूँ। और, कुछ वैसे ही अन्दाज़ में, मैं भी उनके साथ रहने को तैयार था, बशर्ते वह मुझे अपने हाल पर छोड़ दें। मैं तो बल्कि यहाँ तक चाहता था कि मेरी माँ भी मुझे अपने ढंग से जीने दें।

मेरे कमरे में एक बड़ी सी खिड़की थी। मैंने उसे खोल दिया ताकि हवा आए। शाम हो रही थी। मैं बाहर बगीचे में लीची के पेड़ों के बीच बेतरतीब उग रहे गेंदे और खूब फैल कर उग रहे नीले फूलों वाले जंगली पौधों को देखता रहा।

मनोकामना

ज़िन्दगी शायद ही कभी वैसे चलती है जैसे हम चाहते हैं। देहरा वाला मकान बेचना ज़रूरी हो गया था। मेरे पिता के पास बिलकुल भी पैसे नहीं बचे थे। उन्होंने कभी सोचा भी नहीं था कि बार-बार चढ़ रहे मलेरिया के बुखार से उनकी सेहत इतनी तेज़ी से बिगड़ती चली जाएगी। जब उनकी मौत हुई, तब भी वह भविष्य के बारे में सोच रहे थे। अब जब मेरे पिताजी चले गए, तो दादी माँ को लगा कि अब भारत में रहने की कोई वजह नहीं बची है। बैंक में कुछ नहीं बचा था और उन्हें इंग्लैंड जाने के लिए हमारे किराए-भाड़े के लिए रकम की ज़रूरत थी, इसलिए घर बेचना था। डॉक्टर घोष, जिनकी डॉक्टरी देहरादून में खूब चलती थी, उन्होंने ऐसी पेशकश की जो दादी ने मंज़ूर कर ली।

उसके बाद सबकुछ बड़ी तेज़ी से होता चला गया। हमारे पास जो भी कुछ था, दादी ने तकरीबन सब बेच डाला, क्योंकि वह कहती थीं कि हमारे लिए ज़्यादा सामान ले जाना मुश्किल हो जाएगा। रेहड़ के रेहड़ कबाड़ी आते थे और औने-पौने दाम में क्रॉकरी, फ़र्नीचर, कालीन और घड़ियाँ ले जाते थे। कुछ चीज़ें दादी से छोड़ी नहीं जा रही थीं, जैसे लकड़ी के नक्काशीदार फ्रेम में सुनहरे काम वाला आईना, उनकी अखरोट की लकड़ी वाली आरामकुर्सी, और शीशम की लिखने-पढ़ने वाली मेज़। लेकिन इन चीज़ों को तो अपने साथ ले जाना मुमकिन ही नहीं था, इसलिए इन्हें भी कबाड़ी ले गए, बैलगाड़ी में लादकर।

पहले-पहल तो आया बड़ी दुखी थी, लेकिन बाद में जब दादी ने असम के एक चाय बागान वालों के यहाँ उसकी नौकरी लगवा दी, तो खुश हो गई। उन्होंने यह बात भी कर ली थी कि हमारे देहरा छोड़ने तक वह हमारे साथ ही रहेगी।

हमें सितम्बर के आखिर में निकलना था—मानसून के बादलों के बिखरने और मन्द हवाओं के उन्हें हिमालय से दूर खदेड़ने के साथ। नदी के जिस टापू पर

दादाजी के साथ मैंने पेड़ लगाए थे, वहाँ जाने का भी वक़्त नहीं था। जाने की तैयारियों की हड़बड़ी में मैं बरगद के तने वाले मोखले से अपना खज़ाना निकालना भी भूल गया। स्टेशन जाने के लिए जब हम बंसी के ताँगे में बैठ चुके थे, तब मुझे अपने लट्टू, गुलेल और लोहे के क्रॉस की याद आई। बहुत देर हो चुकी थी! उन्हें लाने के लिए जाता तो हमारी गाड़ी छूट जाती।

'जल्दी चलो, बंसी!' दादी ने हड़बड़ाते हुए कहा। 'हमारी गाड़ी नहीं छूटनी चाहिए।'

बंसी ने घोड़े की रास को झटका और घोड़े को चलने के लिए हाँक लगाई। ज़िन्दगी में पहली बार दादी घोड़े के तेज़ी से दौड़ने पर भी चुपचाप बैठी रहीं।

'नौ बजने में पाँच मिनट हैं,' दादी बोलीं, 'और नौ बजे हमारी ट्रेन है।'

'फ़िक्र मत कीजिए, मेमसाहब। मैं आपको पन्द्रह साल से स्टेशन ले जा रहा हूँ, और कभी आपकी ट्रेन नहीं छूटी!'

'नहीं,' दादी बोलीं। 'पर आज के बाद तुम मुझे स्टेशन नहीं ले जा सकोगे, बंसी।'

'वक़्त बदल रहा है, मेमसाहब। क्या आपको मालूम है कि अब एक टैक्सी भी है—मोटर कार—देहरा के ताँगों से मुकाबला करने के लिए? खुशकिस्मत हैं आप जो यहाँ से जा रही हैं। अगर यहीं रहेंगी, तो मुझे भूखों मरते देखेंगी!'

'अगर हमारी ट्रेन छूट गई, तो हम सब भूखों मरेंगे,' दादी ने कहा।

'ट्रेन की फ़िक्र मत कीजिए, वह कभी अपने वक़्त पर नहीं छूटती और कोई इसकी उम्मीद भी नहीं करता। अगर नौ बजे आ जाएगी, तो कोई भी नहीं पकड़ पाएगा।'

बंसी ठीक ही कह रहा था। हम नौ बज कर पाँच मिनट पर स्टेशन पहुँचे, भागे-भागे प्लेटफ़ॉर्म पर गए और वहाँ पहुँच कर पता चला कि ट्रेन तो अभी आई ही नहीं थी।

प्लेटफ़ॉर्म पर उसी ट्रेन का इंतज़ार कर रहे मुसाफ़िरों और उन लोगों की भीड़ थी, जो उससे आने वालों का इंतज़ार कर रहे थे। आया पहले ही वहाँ पहुँच चुकी थी और हमारे ढेर सारे सामान की रखवाली कर रही थी। हम अपने सन्दूकों पर बैठ गए और हिन्दुस्तानी रेलवे स्टेशन पर जैसी ज़िन्दगी होती है, उसका हिस्सा बन गए।

सन्दूक-बिस्तरबन्द के ढेरों के बीच से निकलते, हटने को चिल्लाते, पसीने

से सराबोर कुली, अखबार-मैग्ज़ीन वाले, मिठाईवाले, चायवाले, पानवाले, छुट्टा घूमते कुत्ते, छुट्टा लोग और कभी-कभी छुट्टा स्टेशन मास्टर। स्टेशन के शोर-शराबे में चीज़े बेचने वालों की आवाज़ों के साथ शंटिंग कर रहे भाप के इंजन का शोर घुलमिल रहा था। 'चाय, गरम चाय!' मिठाई, पापड़, गरम छोले, ठंडा, दंत मंजन, फ़िल्मी सितारों की तस्वीरें, केले, गुब्बारे, लकड़ी के खिलौने, देवी-देवताओं की मूर्तियाँ सब तो थीं वहाँ। प्लेटफ़ॉर्म क्या था, बाज़ार बन गया था।

आया मुझे हर तरह की हिदायत दे रही थी।

'ध्यान रखना, बाबा, जब ट्रेन चल रही हो तो खिड़की से बाहर मत झाँकना। पिछले साल अमरीका में एक लड़के का सिर चला गया था झाँकने के चक्कर में! और यहाँ से बंबई के बीच हरेक स्टेशन पर उलटी-सीधी चीज़ें मत खाना। और ध्यान रखना कि तुम्हारी जगह कोई अजनबी न आकर बैठ जाए। पिछले साल मिस्टर विल्किन का सामान छीनकर उनका कत्ल कर दिया था किसी ने!'

स्टेशन की घंटी बजी, और दूर धुआँ उगलता इंजन आता दिखा, जिसे काले, हरे और सुनहरे रंगों से रंगा गया था। रेलगाड़ियों के बीच बड़ा हुआ एक आवारा कुत्ता प्लेटफ़ॉर्म से कूद कर पटरियों को पार करता दूसरी ओर चला गया। जैसे ही ट्रेन प्लेटफ़ार्म पर आई, उसकी खिड़कियाँ खटाखट गिरने लगीं लेकिन उनकी पतली सी खुली जगह से चेहरे नज़र आते थे। ट्रेन के रुकने से पहले ही लोग उसमें चढ़ने-उतरने की कोशिश करने लगे थे।

कुछ पल के लिए तो रेलमपेल मच गई। भीड़ थोड़ी-सा आगे को बढ़ती, फिर थोड़ी-सी पीछे को। कोई बाहर नहीं निकल पा रहा था। न कोई अन्दर घुस पा रहा था। सौ लोग ट्रेन से उतरने वाले थे, तो दो सौ चढ़ने वाले। कोई दूसरे को जगह देने को तैयार नहीं था।

खिड़की से बाहर निकलकर एक आदमी ने इस मुश्किल को हल कर दिया। उसे देख कर दूसरे लोग भी खिड़कियों के रास्ते डिब्बों के अन्दर-बाहर आने जाने लगे, और दरवाज़ों की भीड़ छंट गई।

दादी माँ ने फ़र्स्ट क्लास में बर्थ रिज़र्व करवा के होशियारी दिखाई थी। बंसी और आधा दर्जन कुलियों की मदद से हम सामान समेत गाड़ी के अन्दर पहुँच गए। एक ज़ोरदार सीटी बजी और ट्रेन चल पड़ी! बंसी को चलती ट्रेन से कूदना पड़ा।

जैसे ही इंजन ने तेज़ी पकड़ी, मैंने आया की सलाह को नज़रअन्दाज़ कर पीछे छूटता प्लेटफ़ॉर्म देखने के लिए सिर खिड़की से बाहर निकाला। प्लेटफ़ॉर्म पर आया

और बंसी खड़े मुझे देख कर हाथ हिला रहे थे। मैं तब तक हाथ हिलाता रहा जब तक रात देहरा की जगमगाती रोशनियों को निगल नहीं गई और चारों ओर अंधेरा ही अंधेरा नहीं रह गया। जब गाड़ी रास्ते में पड़ने वाले छोटे-छोटे गाँवों से गुज़रती, तो हर बार हल्की-हल्की रोशनियाँ जगमगाती दिखती थीं। आसमान में तारे नज़र आ रहे थे। मुझे एक टूटता हुआ तारा भी रोशनी की रेख छोड़ता दिखाई दिया।

मुझे वह बात याद आ गई, जो एक बार आया ने बताई थी—कि तारे नेक लोगों की रूह होते हैं। मैं सोचने लगा कि टूटता हुआ तारा मेरे पिता का सन्देश तो नहीं था। यह सन्देश कि उन्हें हमारे रवाना होने का पता है और इस सफ़र में वह हमारे साथ रहेंगे। फिर मुझे आया की बताई दूसरी बात भी याद आ गई—कि अगर टूटता हुआ तारा देखते समय कोई इच्छा करो तो वह ज़रूर पूरी होती है, बशर्ते हम उसी समय पाँचों उंगलियाँ एक साथ मुँह में डाल लें!

जब मैंने मुँह में उंगलियाँ डालीं तो दादी माँ ने मुझे घूरते हुए पूछा—'यह क्या कर रहे हो?'

'कुछ माँग रहा हूँ,' मैंने कहा।

'अच्छा,' दादी बोलीं।

वह पता नहीं किन खयालों में डूबी हुई थीं। उन्होंने मुझसे पूछा ही नहीं कि मैं क्या मनोकामना कर रहा हूँ। न ही मैंने बताया।

हम इंग्लैंड गए ही नहीं। कुछ दिन बीमार रहने के बाद दादी गुज़र गईं, लखनऊ में। एमिली बुआ—इंग्लैंड जाने वाला जहाज़ पकड़ने के लिए बंबई जाने से पहले हम जिनके घर रह रहे थे, उन्होंने दादी माँ को दफ़नाने के लिए सारे इंतज़ाम किए। उन्होंने ही मुझे देहरा वापस भिजवाया। मेरे पिताजी के चचेरे भाई मिस्टर जॉन हैरिसन देहरा में रहते थे। वह मुझे अपने साथ रखने और शहर के एक स्कूल में भेजने के लिए राज़ी हो गए।

किस्मत ने कैसा पलटा खाया, कि मैंने देहरा लौटना चाहा और आखिरकार मेरी मनोकामना पूरी हो रही थी। मुझे नहीं पता कि इस बात से मुझे खुश होना चाहिए, या डरना चाहिए।

चलो भाग चलें

स्कूल की इमारत के गुम्बद में लगी बड़ी सी घड़ी ने ग्यारह बजाए, मैं बिस्तर से निकला, कसरत वाले जूते पाँवों में डाले और दबे पाँव डॉरमेटरी के दरवाज़े की ओर चल पड़ा।

दरवाज़े पर ठहरा, यह देखने के लिए पीछे मुड़ा कि कहीं कोई और तो नहीं जाग रहा है और फिर मैं झटपट गलियारे को पार कर सीढ़ियों से नीचे उतर गया।

दलजीत पहले से ही बरामदे में पहुँच चुका था। वह सिख था और मेरा बहुत अच्छा दोस्त था। हम एक ही क्लास में थे। रात होने की वजह से उसने पगड़ी उतार दी थी और अपने बालों का जूड़ा सा बना रखा था। जो सफ़ेद कुर्ता-पायजामा उसने पहन रखा था, वह अँधेरे में आते प्रकाश-स्तम्भ जैसा लग रहा था। अगर कोई टीचर वहाँ कहीं होता तो ज़रूर हमें देख लेता।

जैसे ही उसने मुझे देखा, दलजीत ने होठों पर उंगली रख कर मुझे खामोश रहने का इशारा किया। वैसे इसकी ज़रूरत नहीं थी, क्योंकि मैं खुद काफ़ी होशियारी बरत रहा था। लेकिन दलजीत को मज़ा आ रहा था और वह ऐसी कोशिश कर रहा था कि हर चीज़ और ज़्यादा रहस्यमय लगे।

दबे पाँव चलना दलजीत के बस की बात नहीं थी। उसके बड़े-बड़े पाँव थे, और इस बात के लिए अकसर उसका मज़ाक भी उड़ाया जाता था। पंजाब में कहा भी जाता है कि जिसके पाँव बड़े होते हैं वह मेहनत-मज़दूरी भर का होता है। दलजीत को यह बात मंज़ूर नहीं थी। इसके बजाय वह यह कहता था कि जिसके पैर बड़े होते हैं, वह सफ़र खूब करता है। अपनी यही बात वह अब साबित करने जा रहा था।

हमने बिना आहट दालान के सामने वाले मैदान में दौड़ लगा दी। उधर आसमान में मानसून के गहरे बादल तेज़ी से उड़े जा रहे थे। झटपट दालान की

सीढ़ियाँ उतर कर हम जिमखाने में घुस गए। जिम का दरवाज़ा आमतौर पर खुला ही छोड़ दिया जाता था। उस बड़े से सीलन भरे कमरे में, नारियल की जटा से बुना फ़र्श, जिसमें वार्निश और पसीना महकता रहता था, हम अपनी रात वाली बैठकें किया करते थे।

स्कूल से भागने से पहले यह हमारी आखिरी मुलाकात थी।

'तुमने सारी तैयारी कर ली है?' दलजीत ने मोमबत्ती का छोटा सा टुकड़ा जलाकर हमारे बीच रखते हुए पूछा।

'हाँ, पूरी तैयारी है,' मैंने जवाब दिया। 'एक चाकू, दो पैकेट बिस्कुट, थोड़ी सी डबलरोटी, सारडीन मछली का एक डिब्बा और कुछ मिठाइयाँ।'

डबलरोटी पिछले हफ़्ते के खाने में से बचाकर रखी गई थी, जो अब तक काफ़ी बासी और सख़्त हो चुकी थी। लेकिन मैं तो बस अपनी सूची को ज़्यादा से ज़्यादा लम्बी करना चाहता था।

'यह तो कुछ खास नहीं है,' दलजीत बोला। 'और रकम कितनी है तुम्हारे पास?'

'छह रुपये। यानी दो महीने का जेबखर्च।'

'बहुत बढ़िया, रस्टी।' उसे मालूम था कि मुझे अपने अभिभावक से ज़्यादा जेबखर्च नहीं मिलता। 'देखो, मेरे पास करीब तीस रुपये हैं, इसलिए हमें पैसों की ज़्यादा फ़िक्र करने की ज़रूरत नहीं है—कम से कम फ़िलहाल तो बिलकुल भी नहीं। और मेरे पास थोड़ा जैम, चीज़, चॉकलेट और अचार है जो हाल में घर से आए सामान में से मैंने बचा कर रखा है।'

'क्या अचार के साथ चॉकलेट खाएँगे?'

'नहीं, बिलकुल नहीं। लेकिन रास्ते में हमें जो कुछ खाने को मिलेगा, उसके साथ तो खा सकते हैं।

दलजीत के पिता, जिनका ईस्ट अफ्रीका में कारोबार था, वह अकसर उसके लिए खाने की चीज़ों के पार्सल भेजा करते थे। वापस अफ्रीका चले जाना भी दलजीत के इरादों में शामिल था, क्योंकि वह भारत में बोर्डिंग स्कूल में रहते-रहते उकता गया था। यही वह मुद्दा था जिसकी वजह से हमने मिलकर कुछ करने की ठानी। मेरे जिम अंकल एक छोटे से माल ढोने वाले जहाज़ के कैप्टन थे जो कभी-कभी अफ्रीका में मोम्बासा और पश्चिमी भारत के दो छोटे बन्दरगाह, जामनगर या द्वारका के बीच आया-जाया करता था। उनका जहाज़ ओ एच आइरिस महीने के

आखिर में जामनगर आने वाला था और हमें उम्मीद थी कि हम उन्हें जहाज़ से ले जाने के लिए मना लेंगे।

दलजीत अफ्रीका जाना चाहता था। उसे पूरा भरोसा था कि उसके पिता मान लेंगे कि अगर वह अपने आप भारत से अफ्रीका आ सकता है तो उसे दोबारा भारत में बोर्डिंग स्कूल भेजने का इरादा ठीक नहीं होगा।

मैं भी जाना चाहता था—लेकिन वजह अलग थी। सच है, स्कूल भी एक वजह थी। हालाँकि चार्ल्स डिकेंस के उपन्यास द *लाइफ़ एंड एडवेंचर्स ऑफ़ निकोलस निकलबाय* के डूदाबॉयज़ हॉल स्कूल जैसा बुरा भी नहीं था, लेकिन अच्छा स्कूल नहीं था वह। प्रिंसिपल साहब उसे स्कूल की तरह नहीं, कारोबार की तरह चलाते थे। 'थोड़ा सा दो, ज़्यादा लो' के रवैये को वह अमल में लाते थे। फ़ीस पूरी लेते थे और बदले में हमें मिलते थे घटिया टीचर और उनसे भी बुरा खाना। जो भी हो, हम लड़के तो ऐसा ही सोचते थे।

अरुनडल स्कूल में आने के बाद, दलजीत के पास खुद को कोसने के सिवा कोई चारा नहीं था। खुद ही वह बाकी सारे स्कूलों को छोड़ देता था जहाँ उसे इससे पहले भेजा गया था। कई स्कूल छोड़ते-छोड़ते वह अरुनडल में आ टपका, जहाँ सिर्फ़ तीन महीने बकरे की चर्बी पड़ी पतली दाल खा-खा कर वह पक गया और वहाँ से भाग निकलने की सोचने लगा था।

'इसके बाद अब मुझे और किसी स्कूल नहीं जाना है,' उसने ऐलान कर दिया था। 'अब मैं सीधे नैरोबी में अपने पिता के कारोबार में जाऊँगा। मैं पढ़ और लिख सकता हूँ और मुझे नफ़ा-नुकसान का फ़र्क पता है। इतना काफ़ी है मेरे लिए। तुम क्या करोगे, रस्टी?'

'मैं लेखक बनना चाहता हूँ,' मैंने कहा। वह दिन गए जब मैं पेड़-पौधों के बारे में पढ़कर वनस्पति वैज्ञानिक बनना चाहता था। अब मैं पन्द्रह साल का हो चुका था। इतना बड़ा हो चुका था कि एक बार में अपने बारे में पक्का फ़ैसला कर सकूँ, हमेशा के लिए। 'मुझे स्कूल जाने में कोई दिक्कत नहीं है, लेकिन यहाँ मुझे एक साल हो गया है और ज़रा भी अच्छा नहीं लग रहा है। मुझे मालूम है कि मेरे अभिभावक मुझे किसी और स्कूल नहीं भेजने वाले हैं।'

मिस्टर हैरिसन ने अरुनडल में मेरा दाखिला इसलिए करवाया था क्योंकि प्रिंसिपल उनके दोस्त थे और उन्हें मेरी सिर्फ़ आधी फ़ीस देनी पड़ती थी। अरुनडल आने से पहले मैं अपने अभिभावक और उनकी पत्नी के साथ उन्हीं के घर पर रहता

था और एक डे-स्कूल में पढ़ने जाता था। वह अकसर कारोबार के काम से शहर से बाहर जाया करते थे, और मेरे बड़े होने के साथ उन्हें मेरी देखरेख करना कुछ ज़्यादा तकलीफ़देह लगने लगा था। मेरे तेवर में भी कुछ बगावत की बू आने लगी थी और घर पर रहने के बजाय बाज़ार में वक़्त बिताने पर आमादा रहता था। अपने अभिभावक के पसन्दीदा काम जैसे जंगली जानवरों का शिकार करने के बजाय मुझे किताबें पढ़ना पसन्द था। मैंने कभी उनकी ज़्यादा परवाह नहीं की और उन्हें मुझसे कोई उम्मीद नहीं रही थी।

लेकिन स्कूल से भागने का मकसद वापस बाज़ार में जा पहुँचना या अपने अभिभावक के घर जा पहुँचना नहीं, जामनगर जाकर अपने अंकल का जहाज़ पकड़ना था।

जिम अंकल मेरे पिता के एक चचेरे भाई थे। आखिरी बार उन्होंने मुझे तब देखा था जब मैं पाँच साल का छोटा बच्चा था। उसके बाद के सालों में वह मुझे जब-तब चिट्ठियाँ लिखते रहते थे। उनकी चिट्ठियाँ दिलचस्प होती थीं और उनके लिफ़ाफ़ों पर अलग-अलग देशों के रंग-बिरंगे डाक-टिकट लगे होते थे। उनकी चिट्ठियाँ वालपरैज़ो, सैन दियागो, ब्यूनस आयर्स, दार-ए-सलाम, मोम्बासा, फ्रीटाउन, सिंगापुर, बंबई, मरसेई, लंदन...कहीं से भी आ जाया करती थीं, क्योंकि यह वह बन्दरगाह थे जहाँ जिम अंकल का जहाज़ जाता था। एक रास्ते पर ज़्यादा दिन वह कम ही चलते थे। ऐसा लगता था जैसे वह दुनिया भर के समंदरों में मज़े से इधर-उधर आते-जाते किनारे के उन शहरों में लंगर डालते थे, जो मेरे खयालों के साथ बड़ी गहराई से जुड़े थे, क्योंकि मैंने स्टीवेंसन, कैप्टन मैरियट, कॉनरैड और डब्ल्यू. डब्ल्यू. जेकब्स को पढ़ रखा था।

अपनी चिट्ठियों में जिम अंकल अकसर लिखा करते थे कि तुम मेरे साथ समंदर में चलना—'जब तुम थोड़े बड़े हो जाओगे, रस्टी।'

मुझे लगा कि मैं अब काफ़ी बड़ा हो चुका था। मैं अपने स्कूल से और अपने अभिभावकों से परेशान हो चुका था। बात सिर्फ़ इतनी ही नहीं थी। मुझे इस दुनिया से मोहब्बत हो गई थी। मैं दुनिया देखना चाहता था, एक-एक कोना, जिन जगहों के बारे में मैं किताबों में पढ़ता था—हांगकांग के जंक और साम्पान, पूर्वी एशिया के नारियल के पेड़ों से घिरे लैगून, लंदन की गलियाँ, आबनूस सी गहरी रंगत वाले खूबसूरत अफ्रीकी लोग, अमेज़न इलाके के शोख पंखों वाले परिंदे और अनोखे पेड़-पौधे...

जब जिम अंकल का पिछला खत आया, जिसमें उन्होंने बताया था कि उनका जहाज़ महीने के आखिर में जामनगर आ रहा है, तो आगे के लिए अच्छा-अच्छा सोचते हुए मैं एक गहरी तरंग में खो गया। आखिरकार मुझे मौका मिलने वाला था! यह सच है कि जिम अंकल ने मुझे अपने साथ लेने के बारे में कुछ ठोस बात नहीं की थी, लेकिन उन्हें पता भी तो नहीं था कि मैं इस बारे में कितना संजीदा था।

यह स्कूल से बाहर निकल कर टहलते हुए गोदी तक चले जाने वाला मामला नहीं था। उत्तर भारत की पहाड़ी सैरगाह पहाड़गंज में जहाँ अरुनडल था, वहाँ से कम से कम 800 मील दूर था जामनगर, भारत के पश्चिमी तट पर। आठ सौ मील!

मुझे शक है कि अगर दलजीत साथ आने के लिए राज़ी नहीं होता तो मैं ऐसी कोशिश करता। अकेले भागने में कोई मज़ा नहीं है। अगर आपका साथी शुरू में तो खूब जोश में रहे और आखिरी वक़्त पर पीछे हट जाए तब तो और भी बुरा होता है।

दलजीत ऐसा साथी नहीं था। जो वह कहता था, वह करता था। लगभग महीने भर पहले जब मैंने उसे अपने अंकल के जहाज़ के आने और अपनी जाने की ख़्वाहिश के बारे में बताया था, तब बिना एक भी पल गँवाए उसने कहा था—'मैं भी चलूँगा!'

दलजीत हड़बड़ी में जीता था। कभी-कभी उससे गलतियाँ हो जाया करती थीं। लेकिन वह कुछ भी आधा-अधूरा कभी नहीं छोड़ता था। किसी को उसे रोकना पड़ता था, वरना वह जो काम करने निकला होता था, उसे कर के ही छोड़ता था।

मानसून के शुरू में होने वाली मैराथन दौड़ों में हमारी दोस्ती हो गई। कम दूरी की दौड़ में मैं उससे बहुत अच्छा था। दलजीत कुछ ज़्यादा ही गोलमटोल था, इसलिए दौड़ में दूसरे लड़कों के मुकाबले पीछे रह जाता था। जबकि मुझे जहाँ अच्छी घास दिखाई देती, मैं वहीं बैठ जाता, कोई कॉमिक या डेविड कॉपरफ़ील्ड का एक अध्याय पढ़ने के लिए, और दौड़ में हिस्सा लेने वाले अच्छे खिलाड़ियों को आगे निकल जाने देता था। एक शाम जब मैं दौड़ का इस तरह से फ़ायदा उठा रहा था, मैंने दलजीत को सड़क पर सीटी बजाते मस्ती भरी चाल से जाते देखा।

'तुम रेस में दौड़ नहीं रहे हो?' मैंने पूछा।

'हाँ, और तुम?'

'हाँ,' मैंने कहा, और फिर अपनी किताब पढ़ने लगा।

दलजीत मेरे बगल में बैठ गया।

'अगर हम थोड़ा देर से पहुँचे तो कोई हमारी फ़िक्र तो करने नहीं लगेगा,'

वह बोला। 'क्यों न हम उस दुकान तक चलें और कुछ गर्म पकौड़े खाएँ? पैसों की तुम चिन्ता मत करना। मेरे पास काफ़ी हैं। मेरी माँ मुझे बिगाड़ने में लगी हैं और मैं उन्हें रोक नहीं सकता।'

इस तरह शुरू हुई हमारी दोस्ती बिना लड़खड़ाए आगे बढ़ती रही। शुरुआत में पकौड़ों और दोनों की लम्बी दौड़ में दिलचस्पी न होने पर टिकी थी, लेकिन जल्दी ही उसकी बुनियाद मज़बूत हो गई। कई मैराथन साथ रहने के बाद हमें लगने लगा कि हम एक-दूसरे को बरसों से जानते हैं।

अब, ऊँची छत वाले अंधेरे जिमनेज़ियम में एक साथ बैठकर हमें लग रहा था, जैसे हम एक-दूसरे को पूरी तरह समझते हैं। मुझे इस बात का रंज नहीं था कि उसके पास पैसे ज्यादा होते थे और न उसे बकौल उसके, 'मेरे ज़्यादा दिमागवाला' होने से दिक्कत थी। मैं इतना ज़्यादा पढ़ता था, इससे उसे हैरत ज़रूर होती थी। लेकिन मैं दुनियादारी में बिलकुल कच्चा था, जबकि दलजीत उसमें कहीं ज़्यादा होशियार।

उसने पायजामे की जेब में से एक मुड़ा-तुड़ा कागज़ निकाला और उसे ज़मीन पर फैला दिया। भारतीय रेल का नक्शा था। हमने अपने आखिरी और यादगार मैराथन के दौरान खरीदा था, जब हम दौड़ के रास्ते को छोड़ बाज़ार की तरफ़ निकल गए थे। फिर कई चीज़ें खरीदने के बाद छोटे वाले रास्ते से वापस स्कूल पहुँच गए, पहले और दूसरे नंबर पर। (बाद में, जो रेस के जज ने हमारे रेस में शामिल होने की बात को ही यह कह कर नकार दिया कि उन्होंने हमें रेस के तय रास्ते में कहीं नहीं देखा। लेकिन हम कुछ पल का गौरव तो भोग ही चुके थे, जब सारे लोग हमें जीत की बधाइयाँ दे रहे थे!)

हमारे सामने नक्शा खुला रखा था। मैंने लाल पेंसिल से नक्शे में पहाड़गंज को घेर दिया। फिर कच्छ की खाड़ी में समुद्र से घिरी काठियावाड़ की धरती में जामनगर के चारों ओर घेरा बनाया। इन दोनों जगह के बीच क्या है? सबसे पहले तो पहाड़ियाँ हैं और जंगल हैं, फिर दिल्ली से कुछ आगे तक गंगा-जमुना के दोआबे का सीधा-सपाट मैदानी इलाका। उसके बाद राजस्थान की भूरी पथरीली पहाड़ियाँ और रेगिस्तान में रेत के टीले। सबसे आखिर में गुजरात और महाराष्ट्र के उपजाऊ तटवर्ती मैदान। नदियाँ और झीलें भी थीं। हम वहाँ तक पहुँचने के लिए जो भी सवारी मिलेगी उसे इस्तेमाल करेंगे, क्योंकि हमारे पास गँवाने के लिए समय नहीं है। अंकल जिम का जहाज़ बन्दरगाह में ज़रूरत से ज़्यादा वक़्त तो नहीं ठहरेगा— जुलाई के आखिर में फिर आगे के सफ़र पर निकल पड़ेगा, मानसून के ज़्यादा

मुश्किलें खड़ी करने से पहले।

'जितनी जल्दी हो सके, हमें दिल्ली पहुँचना चाहिए,' मैंने अपनी बात रखी। 'वरना हम पकड़े जाएँगे। एक बार हम दिल्ली से आगे निकल जाएँ, फिर किसी की समझ में नहीं आएगा कि हमें कहाँ ढूँढा जाए। भारत बहुत बड़ा है। लोगों की पहुँच से दूर कहीं गुम हो जाना आसान है।'

'क्या तुम्हें लगता है कि हमें ढूँढने की तकलीफ़ की जाएगी?'

'हाँ, बिलकुल। याद रखो, मेरे अभिभावक प्रिंसिपल के दोस्त हैं और अगर तुम्हें कुछ हुआ तो तुम्हारे पिता स्कूल पर मुकदमा कर देंगे। जैसे ही उन्हें पता चलेगा कि हम यहाँ नहीं हैं, पहाड़गंज में हमारी खोज शुरू की जाएगी और अगर हम यहाँ या देहरा में नहीं मिलते तो पुलिस को खबर कर दी जाएगी। हम उन्हीं लोगों में शामिल हो जाएँगे जिनकी पुलिस को तलाश है, अपराधियों की तरह। हर रेलवे स्टेशन और बस स्टैंड पर नज़र रखी जाएगी।'

'तो क्या इसका मतलब यह है कि हमें दिल्ली तक पैदल जाना पड़ेगा?' दलजीत ने मायूसी से पूछा। मैं तो दो सौ मील पैदल नहीं चल सकता।'

'हम सिर्फ़ देहरा तक पैदल जाएँगे। सिर्फ़ बीस मील का रास्ता है, वह भी ढलान का। इतना तो चल लोगे?'

'उम्मीद तो है, अगर ढलान होगी तो।'

'देहरा से हमें ट्रेन, या बस या ट्रक पकड़नी होगी। किसी रेलवे स्टेशन पर जाने से हमें बचना होगा।'

'ठीक है, रस्टी। यही ठीक है। उसके बाद हम मौका देख कर आगे चलते जाएँगे।'

हम कुछ मिनट बिलकुल चुप रहे, अपने ही खयालों में उलझे—अगर पकड़े गए तो क्या होगा और हमें कैसे-कैसे खतरों व दिक्कतों का सामना करना पड़ सकता है। मोमबत्ती तड़तड़ाई और बुझ गई। पूरी तरह अंधेरा हो गया, एक मिनट के लिए। फिर रोशनी की एक पतली सी किरण फ़र्श से मेरे पैरों तक दौड़ गई।

'तुम्हें मेरी पेंसिल टॉर्च अच्छी लगी?' दलजीत ने पूछा। 'जापान में बनी है और जेम्स बॉन्ड ने डिज़ाइन की है। पिछले साल मैंने नैरोबी में खरीदी थी। लेकिन हमें बैटरी बचा कर खर्च करनी है। इतनी छोटी बैटरी यहाँ नहीं मिलती।' इतना कहकर उसने टॉर्च बन्द कर दी।

'घर पर तो तुम बेहद बिगड़े हुए होगे,' मैंने जलन में कहा। कभी-कभी मुझे

लगता है कि कुछ बच्चों को उनके परिवार वालों का इतना लाड़-प्यार मिलता है कि वह बिगड़ैल हो जाएँ, जबकि मेरे लिए तो परिवार नाम की चीज़ ही नहीं बची है।

'बिलकुल था,' दलजीत ने चहक कर कहा। 'सच तो यह है कि मैं अब भी बिलकुल बिगड़ा हुआ हूँ!' उसने अपना हाथ मेरे हाथ में दे दिया। 'तो फिर कल रात की पक्की रही?' वह फुसफुसा कर बोला। फुसफुसाने की ज़रूरत नहीं थी, लेकिन दलजीत बातों को नाटकीय बनाने का मौका कभी नहीं चूकता था।

'हाँ, कल रात,' मैंने हामी भरी।

'हम कहाँ मिलेंगे?'

'नीचे चीड़ के जंगल में। बड़ी वाली चट्टान के पास। दस बजे। वहाँ से हम धारा के साथ-साथ चलेंगे जब तक हम देहरा जाने वाले घोड़ों के रास्ते तक नहीं पहुँचते।'

'देर न करना,' दलजीत ने कहा। 'मुझे अंधेरे में जंगल के बीच तुम्हारा इंतज़ार न करना पड़े। कहते हैं वहाँ भूत होते हैं।'

'तो क्या हुआ, तुम्हारे पास टॉर्च है न?' मैंने उसे हिम्मत बँधाते हुए कहा।

उसने फिर से मेरा हाथ थाम लिया। 'कल हम क्लास में एक-दूसरे से बात नहीं करेंगे। किसी को शक नहीं होना चाहिए। चलो, अब चल कर सोते हैं, मुझे नींद आ रही है।'

'जम कर सोना!' मैंने कहा। 'कल के बाद हमें सोने का ज़्यादा मौका नहीं मिलेगा।'

जैसे ही हम जिमनेज़ियम से निकले, हमें चाँद दिखाई दिया, जो इस बीच निकल आया था। मैदान, दलान और वह इमारत जिसमें हमारे सोने के कमरे थे, सामने चाँदनी में साफ़ नज़र आ रहे थे। देवदार के पेड़ों के भुतहे से साये पहाड़ी की ढलान पर पड़ रहे थे। ऊपर आसमान में बस थोड़े से बादलों के टुकड़े हवा में बहे चले जा रहे थे। बड़ी खूबसूरत रात थी वह।

'बस यही मना रहा हूँ कि कहीं हमें कोई देख न ले,' दलजीत बोला।

'अगर तुम पकड़े जाओ, तो कह देना कि तुमने मुझे नींद में चलते देख लिया था, और मुझ पर नज़र रखने के लिए उठ कर आ गए थे।'

'यह तो बड़ा बढ़िया बहाना है! मुझे लगता है कि ये बढ़िया खयाल तुम्हें किताबों से मिलते हैं।'

हमने लम्बे डग भरते हुए भूत-प्रेतों की तरह मैदान पार किया, और दौड़ कर

अपने-अपने कमरों में सोने चले गए।

जब दलजीत अपने कमरे के दरवाज़े पर पहुँच गया, तो उसने हाथ हिलाकर मुझसे विदा ली। मैं बिस्तर में घुस गया और सोने की कोशिश करने लगा। लेकिन नींद आने का नाम ही नहीं ले रही थी। मैं उस जोखिम भरे सफ़र के बारे में सोचने लगा जिस पर हम निकलने वाले थे। मैं सोचता रहा कि हमारा सफ़र कैसा होगा और जब हम उनके जहाज़ पर पहुँचेंगे तो अंकल हमें देख कर कैसे हैरत में पड़ जाएँगे।

मैं किराए के बदले में उनके जहाज़ पर काम कर लूँगा। मैं और दलजीत मेहनत के काम तो कर ही सकते थे।

स्कूल से निकल भागना! यह कोई ऐसा काम नहीं है जो कोई भी कर ले। घर वाले और टीचर इसे बुरा बताएँगे। लेकिन क्या वह दिल पर हाथ रख कर इसे बुरा मान सकते हैं? कहीं भाग जाने की बात हर किसी के मन में कभी न कभी ज़रूर आई होती है, खराब स्कूल या परेशानियों से भरे घर से नहीं तो ऐसी ही किसी न किसी मुसीबत से दूर भाग जाने का मन तो करता ही है। ऐसा लगता है जैसे भागना हमेशा से ही परम्पराओं का हिस्सा रहा है। हक फ़िन ने ऐसा किया। मास्टर कॉपरफ़ील्ड और ऑलिवर ट्विस्ट भी भागे। किम भी भागा। दिल में कुछ कर गुज़रने का इरादा लिये कितने ही जवान लोग समुद्र के रास्ते भागे। ज़्यादातर महान लोग अपनी ज़िन्दगी के किसी न किसी मोड़ पर स्कूल से भागे थे। जो नहीं भागे थे, तो शायद यह एक ऐसा काम था जो उन्हें ज़रूर करना चाहिए था।

जो भी हो, दलजीत और मैं स्कूल से भाग गए और हम इसमें कामयाब भी रहे, कम से कम एक हद तक तो रहे ही। लेकिन, ये जो कुछ भी हुआ, भारत में हुआ, जो कि पूरी दुनिया में जितनी ज़मीन है भले ही उसका दो फ़ीसदी हो, लेकिन दुनिया की कुल आबादी की पन्द्रह फ़ीसदी यहीं है, इसलिए यह ऐसी जगह है जहाँ आसानी से छुपा जा सकता है, गायब हुआ जा सकता है और ऐसे गुम हुआ जा सकता है कि फिर कभी कोई ढूँढ न सके और न ही किसी को कोई खबर मिले!

ऐसा नहीं है कि हमारी गायब हो जाने की मर्ज़ी थी। हम तो एक खास जगह जा रहे थे—जामनगर—और जैसे ही अनजान राह में मेरा पहला कदम पड़ा, स्कूल से उतरते ही फिसलने वाली चीड़ की सींकों पर, मुझे बिलकुल पक्के तौर पर पता था कि मैं किसी चीज़ से दूर नहीं भाग रहा हूँ, बल्कि मैं किसी चीज़ की ओर भाग रहा हूँ। आप चाहें तो उसे सपना कह सकते हैं। मैं एक सपने की ओर भागा जा रहा था।

पायजामा पहने, नंगे पाँव मैं पहाड़ी की खड़ी ढलान पर फिसलता चला गया और जंगल के बीच उस बड़ी सी चट्टान तक पहले मैं ही पहुँचा। चीड़ के पेड़ों के बीच से हवा धीमे-धीमे चल रही थी—आहें भरती सी। खुशनुमा ठंडी रात थी वह। पहाड़ों के नीचे घाटी से धारा की दबी-दबी सी कलकल सुनाई पड़ रही थी, जो ऐसी लग रही थी जैसे कोई मन ही मन यूँ ही कुछ गुनगुना रहा हो। एक जगह सिमट गए बारिश वाले बादलों के पीछे से पूनम के चाँद ने अपना मुखड़ा दिखाया, और उसी के साथ पेड़, झाड़ियाँ और चट्टानें अंधेरे के आगोश से बाहर निकल आए।

दलजीत कुछ मिनट की देरी से पहुँचा। हालाँकि वह अब भी पायजामे में ही था, लेकिन उसने पगड़ी पहन रखी था। दलजीत के लिए पगड़ी पहनना बड़ी शान की बात थी, जो कि ज़्यादातर सिखों के लिए होती ही है। वह उसे सिर्फ़ रात को ही उतारता था। नंगे सिर भागने के बारे में तो उसने कभी सपने में भी नहीं सोचा होगा। उस रात सोने से पहले उसने पगड़ी को बिना खोले उतार कर रख दिया था और सुबह उठकर उसने उसे उठाकर होशियारी से सिर पर जमा लिया था, बिलकुल किसी टोप की तरह, यह ध्यान रखते हुए कि उसकी एक भी तह न खुल जाए।

हमने अपने कसरत वाले कपड़ों की एक गठरी बना ली थी और आगे बढ़ने से पहले हमने अपने स्कूल वाले कपड़े उतार कर उन्हें पहन लिया था, क्योंकि स्कूल के कपड़ों में हमें आसानी से पहचान लिया जाता। हमारे घर वाले कपड़े सन्दूकों में थे, जिन्हें पढ़ाई के दिनों में जमा करवा कर बॉक्स रूम में रख दिया जाता था। हमने जिम वाले जूते पहन रखे थे। हमारे पिट्ठू थैलों में हमारी चीज़ें थीं—पायजामे और दो-तीन किताबें भी उनमें थीं। हमारा बाकी का सामान—अपने कपड़े, बिस्तर और सन्दूक हम अपनी खुशी से वहीं छोड़ आए थे।

एक संकरा सा रास्ता पहाड़ी से नीचे को जाता था और हम तब तक उस पर चलते चले गए जब तक कि खड़ी ढलान पीछे छोड़ वह रास्ता एक धारा के साथ-साथ चलने लगा। हम करीब एक मील तक धारा के साथ-साथ चलते गए। तेज़ चाल से बिलकुल चुपचाप, तब कहीं हमें वह रास्ता मिला जिसे घोड़े और खच्चर वाले इस्तेमाल किया करते थे। पगडंडी जैसा यह रास्ता तीखी ढलान के साथ आखिरी पहाड़ियों से घाटी तक जाता था।

रास्ता आसान था। हम इस रास्ते को अच्छी तरह जानते थे। आखिरी पहाड़ियों तक पहुँचते-पहुँचते बारिश होने लगी। तेज़ बारिश नहीं, बस हल्की सी, बहुत बारीक सी फुहार।

भीगने से बचने के लिए हम एक गाँव के बाहर एक छोटे से ढाबे पर रुक गए। ढाबेवाला सो रहा था। उसका दुत्कारा हुआ सा खजहा कुत्ता हमें सूँघने के लिए उठा। उसका एक कान कटा हुआ था। हमें वहाँ से खदेड़ने के बजाय वह दोस्ताना अन्दाज़ में हमें सूँघने आया।

हम वहाँ पड़ी एक पुरानी बेंच पर बैठ गए और दूर पहाड़ों पर सूरज निकलते हुए देखते रहे।

यह बात मुझे भूलती नहीं। इसलिए नहीं कि वह सुबह दूसरी सुबहों से ज़्यादा हसीन थी, बल्कि उस सुबह के अहम होने की वजह से मैं हर चीज़ को एक नए अन्दाज़ में देख रहा था। इसीलिए आज तक उस दिन की छोटी-छोटी बातें भी याददाश्त से मिटी नहीं हैं, वैसे ही मौजूद हैं।

जैसे-जैसे आसमान में उजाला छाता गया, चीड़ और देवदार के पेड़ साफ़ नज़र आने लगे और चिड़ियाँ जाग उठीं। शुरुआत की एक कस्तूरे ने अपनी धीमी सी सुहानी पुकार से, और उसके बाद तो थ्रश चिड़ियों ने झाड़ियों में अपनी चखर-चखर शुरू कर दी। एक बसन्ता देवदार की चोटी पर बैठा एक सुर में लगातार रट लगाए था। जैसे ही आसमान में और उजाला छाया, चटख हरे तोतों के एक झुंड ने पेड़ों के ऊपर से उड़ान भरी।

फुहार अब भी पड़ रही थी। पूरब की ओर गहरा लाल-गुलाबी रंग बिखर गया था। बादलों के बीच में थोड़ी सी जगह बनी, तो सूरज झाँका और बोझिल सी पड़ी मौसमी घास में रौनक आ गई। यह सब देख दलजीत और मैं दोनों ही भौचक्के रह गए थे। इससे पहले हम इतने सवेरे जागे नहीं थे। पेड़ों, झाड़ियों और घास में लगे सैकड़ों मकड़ी के जाले, जो वैसे दिखाई ही नहीं देते थे, उनके मज़बूत तारों पर ओस की बारीक बूँदें ठहर गई थीं, जिससे वह साफ़ दिखाई देने लगे थे। वह नन्हीं बूँदें सूरज की रोशनी में छोटी-छोटी मणियों सी सुनहरी-रुपहली झिलमिला रही थीं।

एक बड़ा सा जंगली डहेलिया खिला था, जिसकी पंखुड़ियों में बारिश का पानी भर गया था जिससे वह झुका जा रहा था। उसकी पंखुड़ी पर एक पन्ने जैसा हल्का हरा टिड्डा टाँग पसारे बैठा धूप सेंक रहा था।

ढाबेवाला अब जाग चुका था। मालिक की मौजूदगी में उसके कुत्ते की हिम्मत बढ़ गई और वह हमारे ऊपर भौंकने लगा। ढाबेवाले ने चूल्हे में लकड़ी के कोयले जलाए और केतली में पानी भरकर उबलने के लिए उसपर रख दिया।

'क्या तुम लोग कुछ खाओगे?' उसने पूछा।

‘नहीं, सिर्फ़ चाय लाना हमारे लिये,’ मैंने कहा।

उसने पीतल के दो गिलास मेज़ पर लाकर रख दिए।

‘अभी दूध नहीं आया है,’ वह बोला। ‘तुम लोग बहुत जल्दी आ गए हो।’

‘हम लोग बिना दूध की चाय पी लेंगे,’ दलजीत ने कहा, ‘लेकिन हमें चीनी थोड़ी ज़्यादा दे देना।’

‘चीनी इन दिनों महंगी हो गई है। लेकिन तुम लोग पढ़ने वाले लड़के हो, तो तुम्हें ज़्यादा चाहिए होगी, तुम ज़्यादा डाल लेना।’

‘अरे, हम पढ़ने वाले लड़के नहीं हैं,’ मैंने हड़बड़ा कर कहा।

‘बिलकुल भी नहीं हैं,’ दलजीत बोला।

‘हम तो सैलानी हैं,’ मैंने ऐसा झूठ बोला जिस पर विश्वास ही न हो सके।

‘हमें देहरा से सुबह जल्दी छूटने वाली ट्रेन पकड़नी है,’ दलजीत ने सफ़ाई दी। ‘लेकिन दस बजे से पहले तो कोई रेलगाड़ी है ही नहीं,’ हैरान ढाबेवाले ने कहा। ‘वही दस बजे वाली ट्रेन हमें पकड़नी है! दलजीत ने होशियारी दिखाते हुए कहा। ‘क्या तुम्हें लगता है कि हम समय से पहुँच जाएँगे?’

‘अरे हाँ, अभी बहुत समय है...’

ढाबेवाले ने खौलती हुई गरम चाय हमारे सामने रखे गिलासों में भर दी और एक कटोरी में चीनी लाकर रख दी। ‘पहले मैंने सोचा था कि तुम स्कूल में पढ़ते होगे,’ उसने हँसते हुए कहा। ‘और मुझे लगा था तुम लोग स्कूल से भाग कर जा रहे हो।’

दलजीत ऐसे घबराई हुई हँसी हँसा कि मुझे लगा, हमारी सारी पोल-पट्टी खुल जाएगी।

‘तुम्हें ऐसा क्यों लगा?’ उसने पूछा।

‘भई, मैं यहाँ बहुत बरसों से हूँ,’ ढाबेवाले ने जवाब दिया। जंगल साफ़ करके बनाई गई मालगुज़ारी की चौकी जैसी लकड़ी की गुमटी थी उसकी। उधर की तरफ़ हाथ से इशारा करते हुए बोला—‘स्कूल के लड़के जब भाग कर जाते हैं, तो इधर से होकर ही जाते हैं!’

‘क्या बहुत लड़के भागते हैं?’ मैंने पूछा। मैंने खुद को कुछ गया बीता सा महसूस किया, यह सोच कर कि मैं और दलजीत ऐसे जोखिम भरे सफ़र पर निकले पहले लोग नहीं थे।

‘ज़्यादा नहीं। हर साल दो या तीन। देहरा के रेलवे स्टेशन तक तो वह पहुँच जाते हैं, लेकिन वहाँ पकड़े जाते हैं!’

'बड़े अनाड़ी होते हैं जो पकड़े जाते हैं!' दलजीत ने मुँह बनाते हुए कहा।

'क्या हमेशा पकड़े जाते हैं?' मैंने पूछा।

'हमेशा! मेरे यहाँ एक गिलास चाय नीचे जाते समय पीते हैं और एक गिलास तब पीते हैं जब वह अपने मास्टरों के साथ वापस लौट रहे होते हैं।'

'खैर, तुम हमें दोबारा यहाँ नहीं देखोगे,' दलजीत मेरी घूरती आँखों के इशारे को नज़रअन्दाज़ करते हुए बोला।

'अरे, लेकिन तुम लोग कोई स्कूल के लड़के थोड़े ही हो!' ढाबेवाला खिसियानी हँसी हँसते हुए बोला। 'और न ही तुम लोग भाग कर जा रहे हो!'

हमने अपनी चाय के पैसे चुकाए और तेज़ कदमों से अपने रास्ते पर आगे बढ़ चले। तोते एक बार फिर ऊपर से उड़ कर गए, ज़ोर-ज़ोर से चीखते हुए और जाकर एक लीची के पेड़ पर बैठ गए। धूप में अब तेज़ी आने लगी थी, क्योंकि हम पहाड़ की ठंडक से दूर नीचे की तरफ़ जा रहे थे। गर्मी और नमी बढ़ती जा रही थी। ऐसा लग रहा था जैसे मैदानों की गर्मी हमसे मिलने के लिए ऊपर ही चली आ रही हो।

आगे बढ़े तो पहाड़ों की जगह सीधे-सपाट देहाती इलाके ने ले ली, जहाँ चौकोर खेतों के बीच मेड़ खिंची हुई थीं। चावल की बुआई हो चुकी थी और गन्ना कमर तक का लम्बा हो चुका था। वहाँ रास्ते में कीचड़ बहुत था। अपने जूते उतार कर हमने कागज़ में लपेट लिये और चिकनी नर्म मिट्टी में हम नंगे पाँव चलने लगे। यह सारे काम जो हम आम दिनों में नहीं किया करते थे, इनसे हमारे मन में एक अलग ही जोश और तरंग उठ रही थी और सारी बातें ज़िन्दगी भर के लिए हमारी यादों से न मिटने वाली हो गई थीं।

'देहरा यहाँ से तीन मील रह गया है,' मैंने कहा। 'हमें शहर के बाहर-बाहर निकल जाना चाहिए। अब तक स्कूल में सब जाग गए होंगे और उन्हें पता चल गया होगा कि हम भाग चुके हैं!'

'तब तो हमें देहरा के स्टेशन पर भी नहीं जाना चाहिए,' दलजीत बोला।

'हमें अगले स्टेशन रायवाला तक पैदल चलना होगा। वहाँ जो ट्रेन सबसे पहले आएगी, हम उसमें चढ़ जाएँगे।'

'हमें कितनी दूर पैदल चलना होगा?'

'करीब दस मील।'

'दस मील!' दलजीत का चेहरा उतर गया। 'इतने में तो हमें सारा दिन लग जाएगा!'

'जो भी हो, हम यहाँ रुक नहीं सकते हैं। न हम देहरा शहर में खुलेआम घूम सकते हैं, न ही हम वहाँ के स्टेशन पर जा सकते हैं। हमें लगातार चलते ही रहना होगा।'

'ठीक है रस्टी। हम चलते रहेंगे। मुझे लगता है कि किसी भी जोखिम भरे काम की शुरुआत सबसे ज़्यादा मुश्किल होती है।'

खेत पीछे छूटते जा रहे थे और जंगल शुरू हो रहा था। लेकिन गन्ने के कुछ खेत रेलवे लाइन के साथ काफ़ी आगे तक थे।

'हमें आगे कितनी दूर और चलना है?' दलजीत ने उतावलेपन के साथ पूछा। 'क्या रायवाला जंगल के बीच में है?'

'हाँ, मुझे तो ऐसा ही लगता है। मेरे हिसाब से हम अभी चार मील ही चले हैं, छह मील और जाना है! अजीब बात है कि मील की दूरी कहीं बढ़ जाती है और कहीं कम हो जाती है। मुझे तो लगता है कि यह इस पर निर्भर करता है कि हम सोच क्या रहे हैं। अगर हमारे मन में अच्छी-अच्छी बातें आती हैं, तो रास्ता ज़्यादा लम्बा नहीं लगता है।'

'तो चलो अच्छी-अच्छी बातें सोचते रहें। कोई छोटा वाला रास्ता नहीं है, रस्टी? तुम तो इन जंगलों में पहले भी आए हो।'

'हम फ़ायरपाथ से जंगल पार करेंगे। इससे हमें तीन या चार मील कम चलना पड़ेगा। लेकिन हमें एक छोटी सी नदी पार करनी पड़ेगी। चल कर या तैर कर। बारिश का मौसम अभी शुरू ही हुआ है, इसलिए गहराई और पानी का बहाव बहुत ज़्यादा नहीं होना चाहिए।'

घने जंगलों में कई जगह कटाई करके गलियारे जैसे रास्ते बना दिए जाते हैं ताकि अगर जंगल में आग लग जाए तो उसे फैलने से रोका जा सके। यह रास्ते लोग तो ज़्यादा इस्तेमाल नहीं करते, क्योंकि यह किसी खास जगह तक नहीं जाते, लेकिन बड़े जानवर उन्हें अकसर इस्तेमाल करते हैं।

हम उस रास्ते पर यही कोई एक मील चले होंगे कि हमें तेज़ी से बहते पानी की आवाज़ सुनाई पड़ी। थोड़ा आगे बढ़े, तो जंगल से निकल कर हम उसी छोटी सी नदी के किनारे पहुँच चुके थे जिसके बारे में मैंने पहले बताया था। नदी पर से सड़क के लिए पुल था तीन मील आगे, उस ओर जिधर नदी बहती थी।

'कहीं भी कमर से ज़्यादा गहरी नहीं होगी,' मैंने कहा। 'लेकिन पानी का

बहाव तेज़ है और इसके अन्दर पत्थरों पर फिसलन है।'

हमने अपने कपड़े उतारे और सब चीज़ें दो गठरियों में बाँध लीं। गठरियों को सिर पर रख लिया। दलजीत हट्टा-कट्टा लड़का था और उसकी बाहों और जाँघों में दम था। मैं उससे दुबला था। लेकिन कुछ करने के लिए मुझे सोचने-समझने में समय नहीं लगता था।

हमारे पैरों के नीचे पत्थरों पर सचमुच बहुत फिसलन थी और हम लड़खड़ा गए। आपस में एक-दूसरे से सहारा मिलने के बजाय एक-दूसरे की वजह से अड़चन पैदा होने लगी। धारा के बीचोंबीच हम ठहर गए, कमर तक पानी में। आगे जाने की हिम्मत नहीं पड़ रही थी। डर लग रहा था कि कहीं पैर न उखड़ जाएँ।

'मेरे लिए तो पैर जमाए रखना मुश्किल हो रहा है,' दलजीत ने कहा।

'इससे ज़्यादा कुछ नहीं होगा,' मैंने उम्मीद जताई। लेकिन बहाव ज़ोरदार था और मेरे पैर बुरी तरह लड़खड़ा रहे थे।

दलजीत ने आगे बढ़ने की कोशिश की, लेकिन उसका पैर फिसल गया और वह पीठ के बल छपाक से पानी में गिरा। उसके साथ मैं भी गिरा। डर के मारे वह पानी में बेतहाशा हाथ-पैर चलाने लगा, लेकिन आखिरकार, मेरा सहारा लेकर मुँह से पानी निकालता हुआ बाहर आया, व्हेल की तरह।

जब हम समझ गए कि हम कोई बहे नहीं जा रहे हैं, तो हमने ज़्यादा हाथ-पैर चलाने बन्द कर दिए और होशियारी से दूसरे किनारे की तरफ़ बढ़ने लगे। लेकिन इस बीच हम नदी के बहाव के साथ करीब बीस गज़ आगे जा पहुँचे थे।

गुनगुनी रेत पर हमने आराम किया, जबकि धूप में तेज़ी महसूस होने लगी थी। दलजीत अपने हाथ को उस जगह चूस रहा था, जहाँ पत्थरों की चोट से कट गया था। जल्दी ही हम उठ खड़े हुए और फिर अपने रास्ते चलने लगे। हम बिस्कुट खाते जा रहे थे क्योंकि बड़ी तेज़ भूख लगी थी।

'अब हमें ज़्यादा दूर नहीं चलना है,' मैंने कहा।

'इस बारे में मैं अब कुछ सोचना ही नहीं चाहता,' दलजीत बोला।

जंगली रास्ते पर हम पैर घसीट-घसीट कर चल रहे थे—थक ज़रूर गए थे, लेकिन हौसला कम नहीं हुआ था।

जल्दी ही हम फिर से सड़क पर आ पहुँचे, जिसके दोनों ओर खेत और गाँव थे। दूर तक फैले मैदानों में पहाड़ों की ओर से एक ठंडी सी हवा बहती आ रही थी। हवा खेतों से होकर चली तो उनमें लगी गन्ने की फ़सल हौले-हौले झूमने

लगी। फिर हवा सड़क पर पहुँची तो धूल के भंवर हमारे चक्कर काटने लगे। धूल के गुबार के उस ओर से बैलगाड़ी के पहियों के चरमराने-घड़घड़ाने की आवाज़ें आ रही थीं।

'होओ, हिया! हिया!' बैलगाड़ी वाले ने पुकार लगाई। घुरघुराते हुए बैल दम लगाकर डग भरते धूल के गुबार से बाहर आ गए। हम सड़क के एक तरफ़ हट गए।

'रायवाला की तरफ़ जा रहे हो?' दलजीत ने पूछा। 'हमें अपने साथ ले चलोगे?'

'चढ़ जाओ!' वह बोला और धूल के गुबार के बीच से दौड़ते हुए हम लपक कर चलती हुई गाड़ी पर पीछे से चढ़ गए।

चांय-चूं, खरड़-खरड़ करती हिचकोले खाती बैलगाड़ी गड्ढों में उतरती-उछलती ऐसे चल रही थी कि हमें गिरने से बचने के लिए उसके किनारे पकड़ने पड़े। बैलगाड़ी में से भूसे और गोबर के उपलों की गंध आ रही थी। गाड़ीवाले ने सिर पर लाल कपड़ा बाँध रखा था, चुस्त बंडी और धोती पहनी हुई थी। वह बीड़ी पीते-पीते बैलों को हाँक रहा था और ऐसा लग रहा था जैसे वह गाड़ी में हमारे होने की बात भूल गया हो। हम गाड़ीवाले से बतियाने की क्या सोचते, हमारा सारा ध्यान तो झटकों और हिचकोलों से बचकर गाड़ी में बने रहने की कोशिश में लगा था।

कुछ देर में हम छोटे से लेकिन भीड़भाड़ वाले रायवाला कस्बे के बाज़ार में जा पहुँचे थे। हम बैलगाड़ी से कूद गए और उसके साथ-साथ चलने लगे।

'हमें इसको कुछ देना चाहिए न?' मैंने पूछा।

'नहीं, बुरा मान जाएगा। कोई टैक्सी वाला थोड़े ही है।'

'ठीक है, हम धन्यवाद तो दे सकते हैं।'

हमने ज़ोर से धन्यवाद कहा, लेकिन उसने पीछे मुड़कर भी नहीं देखा। ऐसा लग रहा था जैसे वह अपने बैलों से बातें कर रहा हो।

'मुझे तो भूख लगी है,' दलजीत ने ऐलान कर दिया। 'हमने बीती रात से ठीक से खाना नहीं खाया है।'

'चलो, फिर खाते हैं,' मैं बोला। 'आ जाओ दलजीत।'

हम रायवाला के छोटे से बाज़ार से होकर जा रहे थे। आगे बढ़ने के साथ चाय और हलवाई की दुकानों को देखते जा रहे थे—हमें तलाश थी बिलकुल सस्ते से ढाबे की।

ढाबेवाला लड़का हमारे लिए दाल-चावल और सब्ज़ी लाया। दलजीत ने उससे छंटाक भर घी लाने को कहा, जो उसने लाकर सब्ज़ी पर उड़ेल दिया। खाने पर हमारे दो रुपये खर्च हुए, लेकिन हम जितनी चाहे उतनी दाल ले सकते थे। हम दोनों ने चार कटोरी दाल खाई।

'हम स्टेशन पर आराम करेंगे,' ढाबे से निकलते हुए मैंने कहा। 'हम सेकेंड-क्लास का टिकट खरीदेंगे और फ़र्स्ट क्लास के वेटिंग रूम में आराम करेंगे। हमें कोई नहीं रोकेगा। हम फ़र्स्ट क्लास वाले लगते हैं न, नहीं लगते क्या?'

'जंगल में इतनी दूर चलकर आने के बाद तो कम से कम नहीं लगते हैं,' दलजीत ने जवाब दिया।

लेकिन हम सबसे अच्छे वेटिंग रूम में ही गए और दलजीत आरामकुर्सी में धँस गया।

'जब गाड़ी आ जाए, तब मुझे जगा देना,' वह बोला। उसकी आँखों में नीद भरी थी।

हमें बहुत लम्बा इंतज़ार नहीं करना पड़ा। मैं दरवाज़े से टिक कर खड़ा रेल की पटरियों को ताके जा रहा था, कि तभी मुझे दूर से आती ट्रेन की सीटी सुनाई दी। ट्रेन धीमी चाल से प्लेटफ़ॉर्म पर आई। फुफकार मारता बड़ा सा इंजन भाप के गुबार छोड़ रहा था। प्लेटफ़ॉर्म पर इंतज़ार कर रहे मुसाफ़िरों की भीड़ जमा थी, जो ट्रेन के आते ही उसकी ओर सैलाब की तरह उमड़ पड़ी। ट्रेन के रुकते ही डिब्बों के दरवाज़े खुल गए और उनमें से मुसाफ़िर उतरने लगे।

मुझे दलजीत को जगाने के लिए उसे झकझोरना पड़ा और फिर हम दोनों भी प्लेटफ़ॉर्म पर आकर रेले में शामिल हो गए। क्या आदमी, क्या औरतें और क्या बच्चे—सब अपने लिए जगह बनाने को धक्का-मुक्की कर रहे थे। एक-दूसरे के सिर के ऊपर से सामान खिड़कियों के रास्ते अन्दर-बाहर किया जा रहा था। अपना-अपना सामान पकड़े दलजीत और मैं भी इसी रेलमपेल और अफ़रा-तफ़री में शामिल थे और लोगों के सैलाब के साथ ही बिलकुल आराम से डिब्बे में पहुँच गए।

हम सीट के एक कोने पर अपने बैठने की जगह बनाते, इससे पहले ही ट्रेन चल पड़ी थी। एक-दो लोग, सरकते हुए अन्दर घुसने के मौके की तलाश में अब भी खिड़की-दरवाज़ों पर लटके थे।

मैं खिड़की के पास था और जैसे ही ट्रेन ने रफ़्तार पकड़ी, आम के बाग, टेलीफ़ोन के खंभे और गाँव पीछे छूटने लगे, मुझे एहसास हुआ कि अब हम वाकई

सफ़र पर निकल चुके थे—एक अनजान और रहस्यमय सफ़र पर। मन में मची हलचल थम नहीं रही थी। मैंने दलजीत की बांह पकड़ ली।

'हमारा सफ़र शुरू हो गया है!' मैंने कहा।

'ज़ाहिर है,' दलजीत बोला और अपने पिट्ठू थैले को एक मोटे से आदमी के नीचे से निकालने के लिए ज़ोर लगाता रहा। वह आदमी इतने शोरगुल के बावजूद उसके थैले पर ही सो गया था।

लेकिन दलजीत मेरे मन की समझ गया था और बैग को उसके नीचे से निकालने के बाद उसने मुझे देख कर खींसे निपोर दीं। उसकी आँखों में भी वैसी ही उमंग थी, जैसी मेरे मन में थी।

पुरानी दिल्ली रेलवे स्टेशन पर हम बिलकुल शरीफ़ लोगों की तरह ट्रेन से उतरे और बेखटके बाहर जाने के रास्ते की ओर बढ़ने लगे। टिकट कलेक्टर को टिकट पकड़ाकर बाहर निकल जाएँगे, यह सोच कर बड़ा अच्छा लग रहा था। भीड़ ज़्यादा थी और लोग बहुत धीरे-धीरे आगे बढ़ पा रहे थे। एक तरह से यह अच्छा ही हुआ, क्योंकि जब हम बाहर निकलने के रास्ते से बमुश्किल तीस फ़ीट दूर रहे होंगे, तभी मुझे हमारे गणित के टीचर जैन साहब दिखाई दे गए। वह टिकट कलेक्टर से बात कर रहे थे।

जैन साहब अरुनडल के सबसे काबिल टीचर थे और ज़ाहिर है उन्हें यहाँ हमारी तलाश में ही भेजा गया था। वह बिलकुल थुलथुल थे और चश्मा लगाते थे। लेकिन थे सयाने, यानी उन्हें सब पता होता था कि हमें कहाँ पकड़ा जा सकता है। हमें झटपट बाहर निकलने के रास्ते से दूर भागना होगा।

'चलो, यहाँ से भाग चलें,' मैं दलजीत की बांह झकझोरते हुए तेज़ी से फुसफुसाया।

'क्यों?' दलजीत ने पूछा। उसने अब तक जैन साहब को नहीं देखा था।

'देख नहीं पा रहे हो?' मैंने कहा, 'टिकट कलेक्टर के साथ!'

दलजीत वहाँ से गायब हो जाने की हड़बड़ी में बस गिरते-गिरते ही बचा। भीड़ के धक्के से सभी बाहर निकलने के रास्ते की तरफ़ सरकते जा रहे थे। हम लोगों के ऐसे सैलाब के उलटी तरफ़ जाने की कोशिश में थे जो किसी भी जगह से कमज़ोर नहीं था। तभी जैन साहब ने हमें देख लिया और हमने उन्हें आवाज़ लगाते हुए सुना।

'अरे लड़को, इधर आओ! रस्टी! दलजीत!'

एक पल के लिए तो मैं बस अपने टीचर की जानी-पहचानी आवाज़ में उनके आदेश का पालन करने ही वाला था, लेकिन तभी क्लास और हमारे सोने के कमरों और प्रिंसिपल साहब की मनहूस सी शक्ल और चूहे जैसी खड़ी-खड़ी मूँछों की तस्वीरें मेरी आँखों के सामने से गुज़र गईं। यह सारी चीज़ें जो मुझे फूटी आँखों नहीं सुहाती थीं और मैं जल्दी से जल्दी इन सब से दूर भाग जाना चाहता था। मैं तब तक भागते रहना चाहता था जब तक कि अपने अंकल के जहाज़ तक न पहुँच जाऊँ।

दलजीत ज़रा भी नहीं ठिठका। वह एक लम्बतड़ंग जाट किसान के पैरों के बीच में घुस गया, जिससे उसकी पगड़ी गिरते-गिरते बची। मैं दो हट्टी-कट्टी पंजाबी औरतों के बीच संकरी सी जगह से निकलने को लपका, लेकिन ठीक उसी पल वह एक-दूसरे के इतने करीब आ गईं कि मेरे निकलने की जगह ही नहों बची। नतीजा—हम तीनों के हाथ-पैर आपस में उलझ गए। जैन साहब मेरी तरफ़ बढ़े चले आ रहे थे और अब मुझसे ज़्यादा दूर नहीं थे। तभी एक कुली ने तेज़ी से एक डिब्बे में घुसने के लिए दौड़ लगा दी और जैन साहब से टकरा गया।

जैन साहब कलाबाज़ी खा गए और उनका चश्मा उछलकर न जाने कहाँ जा गिरा। मैंने खुद को औरतों से अलग किया और दलजीत के पीछे भागा जो घूँसे और कोहनी मारते हुए भीड़ के बीच अपने लिए जगह बनाता अब तक काफ़ी दूर निकल चुका था।

वह एक जगह ठहरा, यह देखने के लिए कि मैं पीछे आ रहा हूँ या नहीं, और चिल्लाया—'आ जाओ, रस्टी! रेल की पटरियों के उस पार!'

इतना कहकर वह प्लेटफ़ॉर्म पर खड़ी ट्रेन की दो बोगियों के बीच कूद कर दूसरी ओर निकल गया। मैं न चाहते हुए भी उसके पीछे-पीछे हो लिया। मुझे हमेशा ही पटरियों को पार करने में एक अजीब सी दहशत होती थी और कभी-कभी तो मुझे सपने आते थे कि मैं पटरियों पर लाचार सा पड़ा हूँ और भाप वाला इंजन मेरी ओर बढ़ा चला आ रहा है। लेकिन ऐन वक़्त पर, जब इंजन करीब तीन फ़ीट की दूरी पर होता है, तभी मैं किसी तरह उठ कर वहाँ से हट जाता हूँ। लेकिन मैं सोचता रह जाता हूँ कि उस आखिरी पल अगर मैं उठ न पाता तो क्या होता!

दलजीत पहले ही दो पटरियों को पार कर चुका था और दूसरी ओर लगे जंगले को पार करने के लिए उस पर चढ़ रहा था। मैंने बाएँ देखा, फिर दाएँ देखा और फिर बाएँ देखा, तो दूर मुझे एक शंटिंग कर रहा इंजन दिखाई दिया। काफ़ी दूर पर था वह। मेरे पास काफ़ी वक़्त था पटरियों को पार करके दलजीत के पास

पहुँचने के लिए। लेकिन मुझे न जाने कैसे डर ने घेर लिया—मेरे माथे पर पसीना चुहचुहा आया और हथेलियाँ गीली हो गईं।

'जल्दी आओ!' दलजीत ने हड़बड़ी मचाते हुए कहा।

मैंने एक गहरी साँस ली, सामने को देखा और पटरियों के दूसरी ओर पहुँचने के लिए दौड़ लगा दी। मैं इतना घबराया हुआ था कि ठोकर खाकर पटरियों पर गिर पड़ा। मुझे उबकाई सी आती महसूस हो रही थी और ज़मीन ऐसे काँपती सी लग रही थी जैसे भूकंप आया हो। तो क्या मेरा वह खौफ़नाक सपना आखिरकार सच होने वाला था? मुझे दलजीत के पुकारने की आवाज़ अब भी सुनाई दे रही थी। साथ ही, लगातार मेरी ओर बढ़ रहे इंजन की छुक-छुक भी सुनाई दे रही थी।

'चलो रस्टी, उठ जाओ,' दलजीत की आवाज़ अब बिलकुल करीब से आती सुनाई दी और मैं उसे अपने बगल में, मेरा हाथ पकड़ कर हिलाते हुए पाकर हैरान रह गया।

उसे अपने पास पाकर मेरी हिम्मत बँधी। मैं हड़बड़ाकर उठा और अपना पिट्ठू बैग झपटकर उठाया और हम पटरियों के उस पार बने लम्बे से पुश्ते की तरफ़ भागे। नालीदार टीन की बाड़ हमारे रास्ते में आड़े आ गई। वह करीब दस फ़ीट ऊँची थी और उसमें कहीं पैर फँसाकर चढ़ने की कोई गुंजाइश नहीं थी। इसलिए हम उस बाड़ के साथ-साथ दौड़ते-दौड़ते उस जगह पहुँचे जहाँ से उसके दूसरी ओर माल उतारने वाले यार्ड में जाने के लिए जगह थी।

उस जगह लगे एक चक्के को घुमाकर हम उसके दूसरी ओर पहुँचे और वहाँ से साथ चल रही एक पतली सी सड़क पर पहुँच गए। हम लगातार भागते रहे, पतली सड़कों और संकरी गलियों से होकर, जहाँ छोटे-छोटे मंदिर-मसजिद, स्कूल और दुकानें एक-दूसरे के बीच जबरन घुसे हुए से लग रहे थे। फिर हम एक चौड़ी सड़क पर पहुँचे जिस पर खूब चहल-पहल और आने-जाने वालों की भीड़ थी।

हम चाँदनी चौक पहुँच गए थे। दिल्ली की मशहूर और ऐतिहासिक चाँदी के कारोबारियों की जगह।

वहाँ, खरीदारों, फेरीवालों, मुंशियों, साधुओं, सुनारों, हज्जामों, जेबकतरों और आवारा लावारिस बच्चों की भीड़ में हम खुद को खतरों से काफ़ी दूर महसूस कर रहे थे। शहर के बीचोंबीच घनी भीड़ वाला इलाका हमेशा ही दूसरों की नज़रों से ओझल हो जाने के लिए बढ़िया जगह होती है। कानून के शिकंजे से बच कर भागने

वाले आमतौर पर गाँव-देहात की ओर रुख करने की गलती कर बैठते हैं, जहाँ अजनबी होने की वजह से वह अलग पहचान में आ जाते हैं। इत्तेफ़ाक से हम खुद-ब-खुद दिल्ली की ऐसी जगह आ पहुँचे थे, जहाँ हमें किसी का डर नहीं था।

तमाम सारे ताँगे, बैलगाड़ियाँ, साइकिल, स्कूटर-रिक्शा और नई-पुरानी मोटर-गाड़ियाँ सड़क का फ़ायदा उठाने की जद्दोजहद में थे। जिस गाड़ी में भोंपू था, उसका भोंपू बज रहा था, जिसमें घंटी थी उसकी घंटी टनटना रही थी और जिसके पास इन दोनों में से कुछ न हो, वह अपने गले से काम ले रहा था।

हमें एक मिठाई की दुकान मिल गई। वहाँ दलजीत ने अच्छी तरह सिंके हुए शीरे में डूबे गुलाब जामुन गले के नीचे उतारे और मैंने थोड़ी सी सुनहरी चमचमाती जलेबियों पर हाथ साफ़ किया।

अचानक तेज़ बौछारें पड़ने लगीं, तो सब बरामदों के साये की ओर भागे। फिर बारिश ने ज़ोर पकड़ लिया और जल्दी ही सड़क खाली हो गई। पता ही नहीं चला कि चुटकियों में सारी भीड़भाड़ कहाँ नदारद हो गई। बस इक्का-दुक्का कार तेज़ी से बहती नालियों के बीच से आ-जा रही थीं और कुछ छुट्टा गायें खाने लायक चीज़ों की तलाश में कचरे के ढेरों में मुँह मार रही थीं।

लड़कों का एक छोटा सा दल उछलता-कूदता सड़क पर आ गया। सड़क अब बाढ़ से उफनती नदी जैसी लगने लगी थी। लड़के बारिश के पानी से भरे गटर में उतर कर डुबकियाँ लगाकर ज़ोर-ज़ोर से हँसते हुए मज़ा ले रहे थे। तभी बीच सड़क पर गेंदे की एक माला कहीं से बहती हुई आ गई।

अचानक बारिश रुक गई। धूप निकल आई। एक कागज़ की नाव बहती हुई आई और मेरे पैरों के बीच आकर ठहर गई।

'अब हम कहाँ जाएँगे?' दलजीत ने पूछा। 'स्टेशन पर रहना तो खतरे से खाली नहीं है।'

'हमें दिल्ली से बाहर जाने के लिए कोई और तरीका सोचना होगा। चलो, तब तक रात के लिए कोई सस्ता सा होटल ढूँढ लेते हैं।'

'अरे, इसमें कौन सी मुसीबत है, मेरे पास अब भी तीस रुपये से ज़्यादा हैं,' दलजीत बोला।

'फिर भी, मुझे नहीं लगता कि इतने में हम दोनों का काम चल पाएगा और अगर हम टिकट लेंगे, तब तो बिलकुल भी नहीं।'

'तो हम टिकट नहीं लेंगे,' दलजीत ने बिना कुछ सोचे-समझे जवाब दिया।

हमें होटल ढूँढने में देर नहीं लगी। उसका नाम था ग्रेट ओरिएंटल होटल, जो कि पुलिस थाने के ठीक पीछे था। उसका रख-रखाव किसी निचले दर्जे के होटल की तरह करने की भी कोशिश नहीं की गई थी। पाँच रुपये में हमें पीछे वाला ऐसा कमरा मिला जिसकी खिड़की के दूसरी ओर मसालों का कारोबार करने वाले अफ़गान का गोदाम था। नीचे उसके आँगन से हींग की तेज़ महक आती रहती थी।

हम थकान और गर्मी से परेशान हो चुके थे, इसलिए हमने कमरे में घुसते ही अपना सामान ज़मीन पर पटका और बारी-बारी से गुसलखाने में नल के नीचे बैठ कर नहाए। फिर हम कमरे में पड़े इकलौते पलंग पर पड़कर सारी दोपहरी सोते रहे, सड़क से आते शोर, गद्दे में भरे खटमलों और सर पर घूमते पंखे की किर्र-किर्र से बेखबर।

शाम ढलने के बाद कहीं हमारी आँख खुली, तो हमें फिर से भूख लगने लगी थी। दलजीत ने दरवाज़ा खोल कर आवाज़ लगाई। एक लड़का आ गया।

'हमारे लिए चाय, टोस्ट, दो बड़े-बड़े आमलेट और टमाटर की सॉस की एक बोतल लेकर आओ,' दलजीत ने पूरे तानाशाहों वाले अन्दाज़ में कहा। मैं सोचने लगा कि काश मैं भी ऐसा दबंग होता।

जब बीस मिनट बाद आमलेट आए, तो वह बिलकुल छोटे-छोटे थे। साफ़ पता चल रहा था कि दोनों एक ही अंडे से बने थे। सॉस पानी मिलाकर पतली की हुई थी और टोस्ट जले हुए थे। नमक सीला हुआ था और हमें नमक छिड़कने के लिए नमकदानी को खोलना पड़ा। काली मिर्च ज़रूर एक झटके में खूब सारी निकल आई और हमारे खाने में उसी का स्वाद छाया रहा। क्योंकि इतने से खाने से हमारी भूख तो शान्त हुई नहीं थी, हमने फिर से अंडे मँगवाए। लेकिन इस बार उबले अंडे मँगवाए। चाहे वह कितने भी छोटे क्यों न हों, उबले अंडे कम से कम पूरे साबुत तो मिलते हैं।

जब हमने अंडे खा लिये तब दलजीत ने कहा—'चलो, बाहर चलते हैं। यहाँ घुटन सी हो रही है।'

'मेरी नींद तो अभी पूरी हुई नहीं है,' मैंने कहा।

'तो मैं कुछ देर के लिए बाहर जाता हूँ। सोच रहा हूँ गुरुद्वारे हो आऊँ।'

'ठीक है। लेकिन कहीं खो न जाना।'

दलजीत मुझे छोड़कर बाहर चला गया और मैं वापस पलंग पर पसर कर टैगोर की अंग्रेज़ी कविता द गार्डनर पढ़ने लगा। लेकिन मैं ज़्यादा देर नहीं पढ़ सका,

क्योंकि शाम गहराने के साथ ही कीट-पतंगे निकल पड़े और रात को थोड़ी सी देर की ठंडक के दौरान मैं उनकी सालाना उड़ान का गवाह बनकर रह गया।

दीमक और सफ़ेद चीटियाँ जो गर्मी के मौसम में सोयी पड़ी थीं, वह अपनी बांबियों से निकल पड़ीं। हर सुराख, फांट और दरार से बड़े-बड़े पंख वाले चींटे निकल पड़े, पूरी जान लगाकर पंख फड़फड़ाते, अपनी ज़िन्दगी की पहली और आखिरी उड़ान पर निकले। वह एक ही दिशा में उड़ सकते थे—रोशनी की ओर। इन कीट-पतंगों का हुजूम सारे शहर के बिजली के बल्बों, सड़क पर लगी बत्तियों और मिट्टी के तेल की लालटेनों की ओर उमड़ पड़ा। हमारे कमरे के नीचे बिजली के खंभे पर लगे बल्ब की ओर बेडौल सी दीमकों का झुंड का झुंड खिंचा चला आया, जो देखने में उसके चारों ओर धीरे-धीरे घूमते एक बड़े से गोल घेरे जैसा लग रहा था।

छिपकलियों के लिए यह एक बढ़िया मौका था। उन्हें कई हफ़्तों के सब्र का मीठा फल मिल रहा था। अपनी गुलाबी ज़ुबान निकाल-निकाल कर वे तेज़ी से एक कीड़े के बाद दूसरा गपागप खाती जा रही थीं। घंटों वे इसी तरह खाती रहीं क्योंकि उन्हें पता था कि अब उन्हें अगले साल तक ऐसी दावत उड़ाने को नहीं मिलेगी। इतने लम्बे गर्मी के मौसम के दौरान सारे कीट-पतंगे एक बार अंधेरे से उजाले की ओर उड़ान भरने की तैयारी करते रहते हैं, लेकिन आज़ादी हासिल करने की इस कोशिश में एक भी ज़िन्दा नहीं बचता है।

नींद आ रही थी इसलिए मैंने आँखें बन्द कर लीं। लेकिन खिड़की से शहर का कभी न थमने वाला शोर आ रहा था। जहाज़ और दूर-देश के बन्दरगाह बहुत दूर नज़र आ रहे थे और उतने ही दूर हो चुके थे पहाड़ और पहाड़ी नदियाँ।

मैं सो गया और दलजीत के लौटने पर जागा।

'मैंने मुश्किल का हल निकाल लिया है!' वह चहकते हुए बोला। 'हमें ट्रेन के चक्कर में ही नहीं पड़ना है। मेरी एक ट्रक वाले से दोस्ती हो गई है और उसने कहा है कि वह हमें जयपुर तक अपने साथ ले चलेगा। करीब तीन सौ मील है जयपुर। वहाँ से ट्रेन पकड़ने में कोई खतरा नहीं होगा।'

'तुम्हारा दोस्त हमें कब ले कर चलेगा?'

'ट्रक सुबह चार बजे रवाना होता है।'

'भागे को आराम कहाँ!' मेरे मुँह से निकला। 'लेकिन, यही ठीक भी होगा शायद। जितना कम वक़्त गवाएँ, उतना अच्छा है। आज बुधवार है और अंकल का

जहाज़ शायद शनिवार तक अपने सफ़र पर निकल पड़ेगा। हमें ट्रक वाले को कितना देना पड़ेगा?'

'कुछ भी नहीं। हमें मुफ़्त में जाने को मिल रहा है। ड्राइवर सिख है और मैंने घुमा-फिरा कर उसे समझा दिया कि हम रिश्तेदार हैं, क्योंकि उसकी भाभी की भतीजी के साथ मेरे जीजा की शादी हुई है!'

सुबह के चार बजे उठकर हम लाल किले की तरफ़ चल पड़े। तारों से भरे आसमान के आगे किले की दीवारें काली-काली लग रही थीं। जहाँ बीती शाम इतनी चहल-पहल थी, उस सड़क पर सन्नाटा छाया हुआ था। सड़क के किनारे लगी बत्तियों से बस खंभों के नीचे छोटे-छोटे घेरों में ही उजाला था। बीच में इक्का-दुक्का कार चुपचाप गुज़र जाती थी, लेकिन ऐसा लगता था जैसे वह किसी और ही दुनिया की हों।

किले के पास एक-दो ढाबे थे जो अब भी खुले हुए थे। उनका धंधा ट्रक वालों से चलता था, जो दिन में सोते थे और रातों को गाड़ी चलाते थे।

लम्बे से दाढ़ी वाले सिख, हमारे ड्राइवर साहब, अंधेरे में भी अलग नज़र आ रहे थे। उनका एक साथी भी था। वह भी सिख था और जब हम वहाँ पहुँचे उस समय भी वह कच्छे में था।

'तुम लोग पीछे चढ़ जाना,' अपनी ठेठ पंजाबी में उन्होंने कहा, जो मुझे ज़रूरत भर समझ में आती थी। 'हम बस कुछ ही मिनट में रवाना होने वाले हैं।'

ट्रक पीपल के पेड़ के नीचे खड़ा था। खुले हुए ट्रक पर पीछे से चढ़ते ही हमने देखा कि हमारे सामने सारी जगह घेरे कुछ ऐसा था जो हज़ारों-लाखों साल पहले पाया जाने वाले बहुत बड़ा सा जानवर जैसा था। उसने एक बार घुरघुराकर ट्रक के फ़र्श पर ज़ोर से पैर पटका और हम लड़खड़ा कर पीछे को गिरे।

'भैया जी!' दलजीत ने ड्राइवर को पुकारा, 'यहाँ तो किसी किस्म का जानवर है!'

'डरो नहीं, ममता है,' हमारे दोस्त ड्राइवर साहब ने बताया।

'लेकिन यह यहाँ क्या कर रही है?'

'यह भी हमारे साथ जाएगी। मैं इसे जयपुर की हाट में ले जा रहा हूँ। तो चढ़ जाओ लड़को, जल्दी से, और अपनी-अपनी जगह जम जाओ!'

अब तक इतनी रोशनी हो चुकी थी कि हम अपने साथ सफ़र कर रहे

मुसाफ़िर को ठीक से देख सकें। वह पूरी बड़ी भैंस थी, पंजाब की।

'बेहतरीन भैंस है,' दलजीत बोला। ज़ाहिर था उसे अच्छी भैंस की खूबियों का बारीकी से पता था। 'इसकी नीली आँखें तो देखो!'

'मुझे नहीं पता था कि भैंसों की भी नीली आँखें होती हैं,' मैंने कुछ रूखेपन से कहा।

'सिर्फ़ सबसे अच्छी भैंसों की आँखें ही नीली होती हैं,' दलजीत ने बताया, 'नीली आँखों वाली भैंस भूरी आँखों वाली भैंसों के मुकाबले ज़्यादा दूध देती हैं।

हमारी किस्मत अच्छी थी जो सरदारजी ने जल्दी ही गाड़ी चला दी और नदी की तरफ़ से आती सुबह की ताज़ी हवा लगी और भैंसों की उस खास बदबू से राहत मिली।

हम तेज़ी से जयपुर की ओर जाने वाली सड़क पर आगे बढ़ गए और दिल्ली शहर पीछे रह गया। हाल की बारिश से निचले इलाकों में पानी भर गया था, जिसमें तमाम बगुले, सारस और पानी वाले दूसरे परिंदे जमा हो गए थे। खेतों में और पेड़ों में अजीब-अजीब किस्म के सुन्दर पक्षियों का जमावड़ा था—लम्बी पूँछ वाला काला भुजंगा, नीलकंठ, बया और इक्का-दुक्का सफ़ेद सिर वाले बड़े से ब्राह्मणी बाज जिन्हें भगवान विष्णु का जाना-माना वाहन गरुड़ भी कहा जाता है।

राजस्थान में और आगे बढ़े तो मोर और भी ज़्यादा दिखाई देने लगे। ऊँट भी, जो सड़क के किनारे-किनारे करीने से एक के पीछे एक हिलते-डुलते चले जा रहे थे। फिर रेगिस्तान इलाका आ गया और हरियाली कम होने लगी। लेकिन इस इलाके में लोग बेहद रंग-बिरंगे होते चले गए—जैसे माहौल में रंगों की कमी को पूरा कर रहे हों। घेरदार लाल घाघरे और सोने-चाँदी के ज़ेवर पहने औरतें—लुभावनी, लम्बी, गोरी और ताकतवर। मर्द भी लम्बे कद के थे और जो बुज़ुर्ग थे, उनमें से कई लम्बी सफ़ेद दाढ़ी वाले थे।

जैसे-जैसे दिन चढ़ने के साथ सूरज आसमान में और ऊपर उठने लगा, वैसे-वैसे सड़क पर आने-जाने वालों की भीड़ भी बढ़ती जा रही थी। लेकिन हमारे ट्रक के ड्राइवर ने अपनी रफ़्तार धीमी करने के बजाय और बढ़ा दी।

शायद भैंस को ठिकाने लगाने की जल्दी मची थी। थोड़ा चलते ही वह एक दूसरे ट्रक से आगे निकलने की होड़ करने लगा।

आगे वाला ट्रक भी तेज़ी में था और लगता था कि सड़क के बीचोंबीच जगह घेर कर चल रहे उसके ड्राइवर का भी किसी दूसरे को आगे जाने देने का इरादा नहीं

था। उस पर काफ़ी ऊँचाई तक गन्ने के गट्ठर लदे थे।

'अब तो रेस लगेगी!' दलजीत ने खुशी से चहकते हुए कहा और भैंस से सट कर खड़ा हो गया, ताकि सब कुछ ठीक से देख सके।

सड़क इतनी चौड़ी नहीं थी कि उसपर से दो बड़ी गाड़ियाँ एक साथ निकल सकें। दूसरा ट्रक वाला हमें आगे निकलने के लिए जगह नहीं छोड़ रहा था, इसलिए हम उसके ठीक पीछे-पीछे चल रहे थे और उसके धुएँ की वजह से हमारा दम घुटा जा रहा था। ऊबड़-खाबड़ सड़क पर पड़े खड्डों में पहिये घुसने से ट्रक ने ऐसा ज़ोरदार हिचकोला खाया कि हम ट्रक के फ़र्श पर गिर गए और बुरी तरह घबराई हुई ममता के पैरों से कुचलते-कुचले बचे। फिर ट्रक बहुत ज़ोर से उछला और तेज़ी से ब्रेक लगने की आवाज़ के साथ ही ट्रक धचका खा कर रुक गया।

जब धूल छंटी तो हमें अपने ड्राइवर का दाढ़ी वाला चेहरा दिखाई दिया, जिसकी बेचैन नज़रें हम पर टिकी थीं।

'तुम लोग ठीक तो हो?' उसने रूखी सी आवाज़ में पूछा।

'लगता तो है,' मैंने कहा।

'आपने दूसरे ट्रक को पछाड़ दिया न?' दलजीत ने पूछा।

'नहीं,' हमारे वाले ड्राइवर ने भुनभुना कर जवाब दिया। 'उसने जगह ही नहीं दी। वह भी सिख था। तुम लोग अब आगे ही आ जाओ।'

हम बेझिझक राज़ी हो गए और उनके साथ जो सरदार लड़का था, वह ज़रूर कुछ खीझा क्योंकि उसे ममता के पास पीछे जाना पड़ा।

कुछ ही मील चलने के बाद ड्राइवर और हमारे बीच अच्छी-खासी दोस्ती हो गई और उसने अपना नाम गुरनाम सिंह बताया।

'तुम मेरे नए हॉरन की आवाज़ सुनोगे?' उसने पंजाबी में पूछा।

'क्या अभी तक हम लगातार वही नहीं सुन रहे थे?' मैंने सफ़ाई माँगते हुए हिन्दी में पूछा। हमारे बीच खूब पटने लगी थी।

'पीछे ठीक से सुनाई नहीं देता है न,' उसने कहा। उसकी समझ में नहीं आया कि मैं उसकी खिंचाई कर रहा था। फिर बोला—'इसीलिए तो तुम्हें यहाँ आगे बुलाया है। बताओ तो कैसी आवाज़ है?' उसने हॉर्न दबाते हुए पूछा। ट्रक के केबिन में कानफोडू आवाज़ भर गई।

'बड़ा अच्छा हॉर्न है,' मैंने कानों में उंगलियाँ ठूँसते हुए कहा। 'इससे और ज़्यादा तेज़ तो हो नहीं सकता।'

'आधा मील आगे तक सुनाई दे जाएगा,' गुरनाम सिंह ने कहा और आगे एक साइकिल पर जा रहे दो लोगों को देख कर एक बार फिर हॉर्न बजा दिया। वह झटपट रास्ते से हट कर किनारे हो गए।

'इससे यहाँ अन्दर भी बहुत तेज़ शोर होता है,' मैंने कहा और कहीं गुरनाम सिंह को मेरी बात का बुरा न लग जाए, मैंने आगे कहा—'लेकिन कोई बात नहीं, कोई फ़र्क नहीं पड़ता!'

'क्या आपके हॉर्न से एक से ज़्यादा किस्म की आवाज़ें निकल सकती हैं?' दलजीत ने पूछा।

मुझे लगा कि क्या बेहूदा सवाल पूछ रहा है, लेकिन गुरनाम सिंह को शायद इसी सवाल का इंतज़ार था।

'दो!' उन्होंने बड़ी शान से कहा। 'मर्दानी और जनानी। देखो।' और इतना कहने के साथ ही उन्होंने एक तीखी आवाज़ निकाली और उसके बाद एक भारी आवाज़ निकाली, जो दोनों ही बराबर की कानफोड़ू थीं। आगे चला जा रहा एक ऊँट सड़क छोड़ खेतों में दौड़ गया।

'यह बड़ा ही जानदार हॉरन है,' गुरनाम सिंह ने कहा। 'मैंने अपने ट्रक के लिए खासतौर से बनवाया है। मैं कोई विदेशी हॉरन नहीं लेता। उनकी आवाज़ बुलन्द नहीं होती। हिन्दुस्तानी हॉरन सबसे बढ़िया होते हैं।'

बीच में कुछ देर को शोर-शराबा थोड़ा कम हुआ, तो मैं आवाज़ों के बारे में सोचने लगा—कैसे कुछ आवाज़ें बुरी लगती हैं और कुछ सुरीली और कैसे एक ही आवाज़ (जैसे गुरनाम सिंह की गाड़ी के हॉर्न की) किसी को अच्छी लग सकती है और किसी को खराब।

'पुरानी दिल्ली में बनवाया है यह,' गुरनाम सिंह ने अपने 'हारॅन' की बात आगे बढ़ाते हुए कहा और मैं जो सोच रहा था, वहाँ से मेरा ध्यान हट गया। 'सिर्फ़ पिच्छत्तर रुपये में बन गया। हाथ से बनाया हुआ है, बिलकुल वैसा ही जैसा मैं चाहता था। बस, इसमें एक ही कमी है—यह गीला नहीं होना चाहिए!'

अगली बार जैसे ही उन्होंने हॉर्न पर हाथ मारा, मेरे जी में आया कि दुआ करूँ कि बारिश हो जाए, लेकिन एक तो आसमान बिलकुल साफ़ था और फिर मैंने सोचा कि इस आदमी ने इतनी भलमनसाहत दिखाई है कि हमें इतनी दूर लेकर आया है, इसलिए ऐसी बद्दुआ देना ठीक नहीं होगा, बल्कि ऐसा करना एहसान फ़रामोशी होगी।

'अरे, लेकिन तुम समझते ही नहीं हो कि मेरे जैसा हॉर्न होने का मतलब क्या होता है। बजा कर तो देखो दोस्त। खुद बजा कर क्यों नहीं देखते?'

यह बात मुझसे कही गई थी, क्योंकि मैं उनके बगल में बैठा था, जबकि दलजीत खिड़की की तरफ़ बैठा था।

'ओह हो, ठीक है न,' मैंने कहा। 'आप तो बजा कर साबित कर ही चुके हैं कि यह कितना बेहतरीन है।'

'नहीं, खुद बजा कर देखो। मैं चाहता हूँ कि तुम बजा कर देखो!' बड़े लड़के वाले रंग में आ गए थे वह, जो अचानक दरियादिल हो जाता है और अपना खिलौना खेलने के लिए छोटे भाई को देने का मन बना लेता है।

उन्होंने मेरा दाहिना हाथ पकड़ा और खींचकर हॉर्न पर रख दिया। मैंने धीरे से दबाया और उसकी आवाज़ ट्रक के अन्दर और बाहर गूँज उठी। मैंने थोड़ा सा और दबाया, तो मैंने भी वही खुशी महसूस की जो एक ड्राइवर करता है, क्योंकि ऐसा हॉर्न उस ताकत और शान का एहसास कराता है जो सड़क के बादशाहों को नसीब होती है।

जब हम जयपुर पहुँचे तो अंधेरा होने लगा था, इसलिए हम शहर में तो कुछ खास देख नहीं पाए। हमने रात ट्रक में बिताई। उसी में पीछे गुरनाम सिंह के साथ सोये। ममता को पहले ही उतार दिया गया था। जयपुर में अकसर रात को ठिठुरन सी हो जाती है। गर्मियों में भी। इस बात का ध्यान रखते हुए गुरनाम सिंह ने हमें अपने बिस्तर में ही सुलाया। क्योंकि ट्रक में सोने की उनकी आदत थी, इसलिए उन्हें जल्दी ही नींद आ गई और वह एक लय में खर्राटे मारने लगे। दलजीत और मैं बेचैनी के साथ करवटें बदलते रहे। उसने रात को कई बार मुझे लातें मारीं। ट्रक का फ़र्श सख़्त था और उसमें से भैंस की गंध अब भी आ रही थी।

बमुश्किल हमारी आँख लगी ही थी, या फिर हमें ऐसा लगा, कि गुरनाम सिंह ने हमें यह कहते हुए जगा दिया कि चार बज रहे हैं और उसे वापसी के सफ़र पर निकलना है। इस बार गाड़ी में लाल बलुआ पत्थर लादकर ले जाने थे।

'क्या ज़िन्दगी है!' दलजीत ने एक हाथ से अपनी नींद से भरी आँखें मलते हुए खीज कर कहा। 'मैं तो कभी न बनता ट्रक ड्राइवर।'

'जीने के लिए सभी को कुछ न कुछ तो करना ही पड़ता है,' गुरनाम सिंह ने ज्ञानियों वाले अन्दाज़ में कहा। 'मुझे गाड़ी चलाना अच्छा लगता था। कुल छह

या सात साल का था, तभी से मालूम था कि गाड़ी कैसे चलती है। आमदनी भी उतनी बुरी नहीं है। अब जब मैं दिल्ली पहुँचूँगा, तो मुझे दो दिन की छुट्टी मिलेगी और यह वक़्त मैं अपने बीवी-बच्चों के साथ बिताऊँगा। अलविदा दोस्तों, दोबारा कभी दिल्ली से होकर गुज़रो तो ज़रूर मिलना, मैं लाल किले की दीवार के पास ही मिलूँगा।'

हमने हाथ हिलाकर गुरनाम सिंह को विदा किया। गुरनाम सिंह की गाड़ी चल पड़ी, खूब सारी धूल उड़ाती, खूब सारा शोर मचाती और लोगों की नींद उड़ाती! क्योंकि गाड़ी के चलते ही कुत्ते भौंकने लगे और तभी मुर्गे ने ज़ोरदार बाँग दी।

हम शहर के बाहरी इलाके में थे और सामने एक बड़ी सी झील थी। झील के उस पार दूर तक खेत ही खेत थे, फिर पथरीली पहाड़ियाँ और उनके आगे रेगिस्तान। काफ़ी दूर पर, बबूल और कंटीली झाड़ियों के बीच हमें एक खंडहर भी दिखाई दे रहा था, जो ज़रूर कभी किसी राजा का महल या शिकारगाह रहा होगा।

'चलो, चलते हैं।' दलजीत बोला, 'हम झील में नहाएँगे और फिर आराम करेंगे। बाद में शहर चलकर ट्रेन के बारे में पता करेंगे।'

हम झील के किनारे-किनारे चलते रहे और करीब आधे घंटे बाद कहीं हम उसके उस पार पहुँचे।

वहाँ खेतों में कोई भी नहीं था, लेकिन एक ऊँट ज़रूर एक रहट में जुता गोल-गोल चक्कर लगाए जा रहा था और थोड़ा-थोड़ा पानी कुएँ से बाहर आ रहा था। पास के गाँव के घरों से धुआँ उठ रहा था और सुबह की उस ठहरी-ठहरी हवा में लहराते चले आ रहे थे किसी की बाँसुरी के स्वर।

हमें उस खंडहर तक पहुँचने में बीस मिनट और लग गए, जो किसी राजपूत राजा की शिकारगाह जैसे लग रहा था जो तब बनवाया गया होगा जब शिकार करने के लिए खूब जानवर होते होंगे वहाँ।

शिकारगाह का दरवाज़ा मलबे से पटा हुआ था, लेकिन दीवार का एक हिस्सा गिर चुका था और उसी जगह से कूदते-फाँदते हम अन्दर पहुँचे तो खुद को पत्थर के फ़र्श वाले आँगन में पाया जिसके बीचोंबीच पत्थर का फव्वारा था, जो सूखा पड़ा था। फव्वारे की हौदी के फ़र्श में पड़ी दरारों के बीच से एक छोटा सा पीपल का पेड़ उग आया था।

हम आँगन को पार कर इमारत के कमरों की तरफ़ गए, दलजीत वहीं ठहर गया और बोला—'किसी चीज़ की महक आ रही है, रस्टी?'

'हाँ,' मैंने कहा, 'सब्ज़ी की।'

हमें इसकी ज़रा भी उम्मीद नहीं थी। इसका मतलब था कि खंडहर में कोई रहता था। मैं सोचने लगा कि अच्छा हो हम वापस निकल जाएँ इस जगह से, लेकिन जानने और देखने की बेचैनी और सब्ज़ी की महक हमारे ऊपर बुरी तरह हावी थी! दलजीत और मैं आँगन की धूप को पीछे छोड़ बरामदे के साये में जा पहुँचे। बरामदे के अन्दर एक कमरे का दरवाज़ा था और सब्ज़ी की महक वहीं से आती हुई लग रही थी। हम वहीं ठिठक गए, अनजान जगह आगे कदम बढ़ाने में कुछ डर सा लग रहा था।

'ठीक है, अन्दर चलो,' दलजीत बोला।

'मैं तो तुम्हारा इंतज़ार कर रहा था,' मैंने कहा, लेकिन मेरे मन में कहीं एक खटका था, जिसकी कोई साफ़ वजह भी नहीं थी।

आपसी समझदारी के साथ एक-दूसरे को देख कर मुस्कराते हुए हमने एक साथ कमरे में कदम रखे। कमरे में कोई नहीं था।

एक कोने में एक चूल्हा था, जिस पर एक पतीला चढ़ा था और उसी में कुछ लज़ीज़ खाने की चीज़ पक रही थी। पकाने वाले का कोई नामोनिशान नहीं था।

मैं होशियारी से चूल्हे की तरफ़ बढ़ा, पतीले का ढक्कन हटाया और सूँघा। मुर्गा! सुनसान-वीरान इलाके के बीच खंडहर में मुर्गा पक रहा था! हम यह सोच कर हैरत में पड़ गए कि वहाँ ये मुर्गा आया कहाँ से। और कोई बरतन वहाँ था नहीं, इसलिए हमने अपनी उंगलियाँ डुबो कर मुर्गे के सालन का स्वाद चखा और मैंने उसमें से एक अच्छा सा टुकड़ा निकाल कर उसमें अपने दाँत गड़ाए ही थे कि पीछे से एक जोड़ी मज़बूत हाथों ने मुझे जकड़ कर उठा लिया। मेरे पैर हवा में थे।

मैं इतनी बुरी तरह चौंक गया कि मुर्गे का टुकड़ा मेरे हाथ से छूट गया। मैं उसकी पकड़ से छूटने के लिए छटपटा कर रह गया, लेकिन उसकी बेहद दमदार बाजुओं से खुद को छुड़ा नही पाया। वह आदमी के हाथ थे, किसी भूत के नहीं, यह मुझे उसकी बाहों पर काले बाल देख कर समझ में आ गया था। मैं उसकी पकड़ से छूटने की कोशिश में बेतहाशा हाथ-पैर चला रहा था, लेकिन तभी, एक और आदमी, मेरे आगे आया और उसने मेरे पैरों को पकड़ लिया। मुझे आवाज़ों से समझ में आ गया था कि दलजीत भी इसी तरह किसी और से जूझ रहा था। मैंने उसे आवाज़ देने की कोशिश भी की लेकिन जिस आदमी ने मेरे पैरों को जकड़ रखा था, उसने मेरे मुँह में तेल से सना पुराना कपड़ा ठूँस दिया। फिर उसने मेरे हाथों को

रस्सी से बाँध दिया। पैरों को वह पहले ही बाँध चुका था। उसने मुझे मुँह के बल ज़मीन पर डाल कर छोड़ दिया। मुझे दलजीत कमरे के दूसरी ओर दिखाई दिया। उसका भी मेरे जैसा हाल था। हम ज़्यादा कुछ नहीं कर सकते थे। वहाँ हमसे निपटने के लिए कम से कम तीन लोग तो थे ही।

उनमें से एक मेरे करीब आया और झुक कर मेरे चेहरे का मुआयना करके उस इलाके में बोली जाने वाली हिन्दी से मिलती-जुलती बोली में उसने कहा—'अरे, ये तो बच्चा है।' मुझे हैरत हुई कि मैं उसका कहा समझ भी गया। कमरे में ज़्यादा रोशनी तो थी नहीं, इसलिए मुझे उसके नाक-नक्श तो साफ़ नहीं दिखाई दे रहे थे, लेकिन मुझे इतना ज़रूर समझ में आ गया था कि उसके दाढ़ी थी और उसकी साँसों से लहसुन की तेज़ गंध आ रही थी। जब वह मेरी शक्ल देखने के लिए झुका था, तब दाढ़ी मेरी गर्दन से छू गई थी।

'लड़का हो, आदमी हो या लड़की हो,' दूसरे ने कहा, 'जो भी हमारे खाने पर नीयत डालेगा, उसकी अच्छी तरह पिटाई तो होनी ही चाहिए।'

'यह बहुत गोरा है। यह वाला,' दाढ़ी वाले ने कहा।

'परदेसी है क्या?'

'हाँ, लगता तो ऐसा ही है। चलो, इन्हें आँगन में ले चलें। वहाँ इन्हें ठीक से देखेंगे।'

'नहीं, हमारी शक्ल कोई न देखे यही ठीक है! अगर गाँव वालों ने हमें यहाँ देख लिया, तो बात फैलते देर नहीं लगेगी। हम इस जगह पर दोबारा आना चाहते हैं।...है, कि नहीं?'

'तो फिर बत्ती जलाओ।'

जो आदमी मिट्टी के तेल की लालटेन जलाने के लिए उठा, वह उन सारों में से सबसे लम्बा था। जैसे ही लालटेन की जलती हुई बत्ती ऊपर उठी, दीवार पर एक बड़ा सा साया छा गया। वह शख्स बहुत बड़े डीलडौल का था, छह फ़ीट से भी कई इंच ज़्यादा कद वाला। उसकी छाती खुली थी और सिर पर छोटे-छोटे बाल थे। उसकी माँस-पेशियाँ लोहे के ढेलों जैसी लग रही थीं।

दाढ़ी वाले आदमी के पीछे एक और आदमी था और शायद सब उसी का कहा कर रहे थे। लेकिन वह अब तक मुझे दिखाई नहीं दिया था।

'इसे पलटो तो सही, ताकि हम इसे ठीक से देख सकें,' उसने कहा।

उस बड़े डीलडौल वाले आदमी ने मुझे पलट दिया और मैं मजबूर, धुएँ से

काली पड़ी छत को ताकने लगा। चन्द लम्हों बाद तीन चेहरे मुझे ताक रहे थे। मैं उनके रहमोकरम पर था, उस अंधेरे कमरे में, हाथ-पैर बँधे, मुँह में कपड़ा ठुँसा—डर से मेरी रूह काँप रही थी। वह अपराधी किस्म के लोग लग रहे थे। शायद वह डाकू थे, जो खंडहर को छुपने की जगह के तौर पर इस्तेमाल करते थे।

दाढ़ी वाले के गालों की हड्डी उठी हुई और आँखें तिरछी थीं। लेकिन उसकी चौड़ी छाती, चौड़ी नाक और मोटे-मोटे होंठों के बावजूद वह शक्ल से ज़ालिम नहीं लगता था। मुझे सबसे ज़्यादा डर तो तीसरे आदमी से लग रहा था। न तो वह बड़े डीलडौल वाला था और न ही देखने में डरावना। बल्कि, वह ठिगना सा था और मुझे देख-देख के मुस्कराए जा रहा था। उसकी मुस्कराहट से ही मैं सिहर उठता था।

'तुमने हमारे मुर्गे को मुँह लगाकर अच्छा नहीं किया,' वह बड़े मीठे अन्दाज़ में बोला। 'और वह भी उस मुर्गे को जिसे चुराने के लिए भंबीरी को इतनी मुसीबत का सामना करना पड़ा हो।'

'हाँ,' सबसे बड़े डीलडौल वाला बोला, जिसका अजीब सा नाम था—भंबीरी, जिसका मतलब होता है नाचने वाला लट्टू। 'तीन कुत्ते और गाँव के आधे लोग मेरे पीछे पड़े थे जब मैं खेत-खेत भाग कर आ रहा था। लेकिन मैंने उन्हें गच्चा दे दिया!' वह मुँह पर हाथ रखते हुए दबी सी हँसी हँस दिया।

'मज़ाक के तौर पर तो यह सब ठीक है,' चेहरे पर उदासी लिये दाढ़ी वाला बोला। 'मुर्गा बड़ी चीज़ नहीं है। ये लोग आखिर यहाँ आए क्यों? इन्हें क्या मालूम है हमारे बारे में?'

'चलो इस वाले से पूछते हैं,' कपटी ठिगना बोला। उसने झुक कर आँखें तरेरते हुए मुझे घूरा और फिर मेरे मुँह में ठुँसा कपड़ा खींच लिया। इसके साथ ही मैंने नीचे वाले दाँतों से कुछ ठंडा और कड़ा सा छूता हुआ महसूस किया। ऐसा लगा जैसे दाँतों का डॉक्टर मुआयना कर रहा हो, लेकिन वह मनहूस ठिगना आदमी खंजर की नोक से यह काम कर रहा था।

'जब तक हम न कहें तब तक बोलना नहीं और चिल्लाने की तो बिलकुल भी कोशिश मत करना,' उसने धमकाया। फिर खंजर हटाकर खुद भी पीछे हट गया। 'इसे ज़रा उठ कर बैठने देते हैं। तुम्हें मेरी बात समझ में आ रही है?'

मैंने सिर हिलाकर हामी भरी। भंबीरी आगे बढ़ा और बड़ी आसानी से मुझे उठाकर दीवार के साथ टिका दिया।

'मेरी कलाइयों में बहुत दर्द हो रहा है,' मैंने कहा।

भंबीरी मेरे हाथ खोलने को बढ़ा, लेकिन उसका सरदार बोल पड़ा—'उसे खोलो मत, बेवकूफ!' और विशालकाय भंबीरी पीछे हट गया।

'अब बताओ। तुम यहाँ क्या कर रहे थे?'

'हम सिर्फ़ आराम करने के लिए कोई जगह तलाश रहे थे,' मैंने कहा। मैंने तय कर लिया था कि सच ही बोलूँगा। सच बोलने से कोई नुकसान नहीं होगा।

'भंबीरी, इसकी बाँह तो मरोड़।'

मुझे नहीं लगता कि उस दैत्य सरीखे आदमी ने सचमुच दम लगा कर मेरा हाथ मरोड़ने की सोची होगी, लेकिन उसके हल्के से घुमाने पर ही मेरी चीख निकल गई। ज़रूर कभी न कभी वह पहलवान रहा होगा।

'झूठ मत बोल!' सरदार गरजा।

'झूठ बोलेगा, तो बहुत बुरा होगा। तुम लोग हमारी जासूसी कर रहे थे।'

'हमें आप लोगों के बारे में कुछ भी नहीं पता,' मैंने हिम्मत जुटाते हुए ज़ोर देकर कहा। 'बीती रात जयपुर में हमारी पहली रात ही तो थी।'

'अरे, ये लड़के ही तो हैं।'

'हम समुद्र के किनारे जाने के लिए निकले थे,' मैंने कहा। 'हमारे पास ज़्यादा रकम भी नहीं है।'

'तो तुम हमारा खाना चुराना चाहते थे?' भंबीरी ने कड़क कर पूछा। उसके लिए जैसे खाना न मिलना हमारे पुलिस के जासूस होने से ज़्यादा बड़ी बात थी।

'देखते हैं इनके पास रकम कितनी है?' ठिगना वाला बोला।

उसने मेरी जेबों में हाथ डालकर कुछ रुपये और थोड़ी सी रेज़गारी जो मेरे पास थी, वह निकाल ली। फिर वह दलजीत के पास गया और उसका बटुआ निकाल लिया। दलजीत के हाथ-पैर अब भी बँधे थे और उसके मुँह में कपड़ा ठुँसा था। बटुए का मुआयना करने के बाद वह बोला—'इसमें तीस-चालीस रुपये हैं।' उसने सारे अपनी जेब में रख लिये। मुझे बड़ी मायूसी हुई। अब हम क्या करते?

'क्या अब इन्हें जाने दें,' भंबीरी ने पूछा। 'और हमें भी जो बचा-खुचा है, उसे खाकर यहाँ से रफ़ा-दफ़ा हो जाना चाहिए।'

फिर क्या था, करीब पन्द्रह मिनट तक हम वहीं पड़े रहे और डाकू अपना खाना खाते रहे। मुझे दिखाई दे रहा था कि मेरी तरह दलजीत को भी इस बात की बेचैनी थी कि कब हम इस खराब जगह से छूटें और यहाँ से भागें। इस बीच यह

भी साफ़ हो गया कि डाकुओं की कुछ भी छोड़ने की नीयत नहीं थी, क्योंकि सब कुछ सफ़ाचट करने के बाद उन्होंने अपनी उंगलियाँ चाटीं और डकारें लीं। अब क्या करूँ, मुझे भंबीरी की डकार अच्छी लगी। पेट के अन्दर बहुत गहराई से आवाज़ आई थी, जो मुँह तक आने के साथ तेज़ी पकड़ती जा रही थी और फिर ऐसे गूँजी जैसे बड़े से घंटे पर हथौड़ा पड़ने पर आवाज़ गूँजती है। ठिगने वाले ने बिलकुल अपने रंग-ढंग के मुताबिक गई-बीती सी आवाज़ में छोटी सी डकार मारी।

'हम इन्हें यहीं छोड़ चलते है,' वह बोला, और मेरी तरफ़ देख कर कुटिलता के साथ मुस्कराया। 'ये जितना चाहें आराम कर सकते हैं। इन्हें एक-दो दिन तक तो कोई नहीं ढूँढ पाएगा। गोरे वाले लड़के के मुँह में फिर से कपड़ा ठूँस दो, भंबीरी।'

बड़े से डीलडौल वाला भंबीरी मेरे ऊपर झुका, जिससे लालटेन से आ रही रोशनी रुक गई। हालाँकि अंधेरा काफ़ी था, लेकिन मुझे उसकी आँखों में हमदर्दी की एक झलक दिखाई दे गई थी। उसने गंदा कपड़ा मेरे मुँह में घुसेड़ दिया और ऊपर से कपड़े की एक पट्टी बाँध दी। और फिर मुझे अपने साये की आड़ के अंधेरे में रखते हुए ही उसने अपने हाथ पीछे डाल कर मेरे हाथों में बँधी रस्सी की गांठ ढीली कर दी।

'चलो, अब हम चलें,' सरदार ने कहा।

वह सबसे पहले कमरे से बाहर निकला। दूसरे उसके पीछे गए। भंबीरी सबसे आखिर में गया और उसने पीछे मुड़कर हमारी तरफ़ नहीं देखा। मैंने उनके कदमों की आहट आने तक इंतज़ार किया और फिर अपने हाथ ऐंठकर भंबीरी की ढीली की हुई रस्सी में से निकाल लिये। फिर ऊपर बँधी कपड़े की पट्टी हटाकर मुँह में ठुँसा कपड़ा निकाला। फिर किसी तरह पैर खोले और रेंगता हुआ दलजीत के पास पहुँचा। उसके मुँह में ठुँसा कपड़ा बाहर निकाला और उसकी कलाइयों पर बँधी रस्सी खोलने में जुट गया।

'तुम्हारी रस्सी ढीली कैसे हुई?' दलजीत ने मुँह का कपड़ा निकलते ही पूछा।

'इतनी ज़ोर से मत बोलो,' मैंने कहा, 'वह लोग लौट भी सकते हैं। उनके खाना पकाने के बर्तन अभी यहीं हैं, बेशक ये वाकई में किसी और के हों।'

'लेकिन तुम्हारे हाथ की रस्सी ढीली कैसे हुई, रस्टी?'

'उस बड़े डीलडौल वाले ने दूसरों की नज़रों से बचकर ढीली की। मुझे लगता है कि हमारे साथ हुए सलूक पर उसे अफ़सोस था।'

'ख़ुदा उसकी खैर करे।' दलजीत ने दिल से दुआ दी। 'उसने नर्मदिली से काम नहीं लिया होता, तो हम यहाँ कई दिन तक पड़े-पड़े भूखे मर जाते। या फिर प्यास से मर जाते। दोनों में से कुछ भी हो सकता था।'

जैसे ही उसके हाथ-पैर खुले, उसने बैठ कर अपनी बाहों और टाँगों को एक-एक करके ताना। फिर अपनी ठोड़ी घुटनों पर टिका कर ऐसा मुँह बनाया जैसे किसी बात से बहुत बेचैन हो गया हो।

'अब हम क्या करेंगे, रस्टी?' उन्होंने हमारे पैसे ले लिये। अब हम कहीं नहीं जा सकते, न आगे और न पीछे। अब तो हमें पास के पुलिस स्टेशन पर जाकर खुद को पुलिस के हवाले कर देना होगा।'

'वे लोग हमारे पिट्ठू बैग तक ले गए। अब अगर वे डाकू हैं, तो ज़ाहिर है, जो कुछ ले जाया जा सके, उसे ले जाना उनका काम ही है। मुझे तो लगता है कि हमें खुद को खुशकिस्मत समझना चाहिए। वे तो हमारा कत्ल भी कर सकते थे।'

'लेकिन हम उनके पहले शिकार नहीं होते। वह ठिगना वाला...'। गुस्से से दलजीत की त्योरियाँ चढ़ गईं। फिर उसने जेब में हाथ डाला और अगले ही पल उसका चेहरा चमक उठा। 'इतने भी होशियार नहीं थे वे, रस्टी! वह मेरी घड़ी छीनना भूल गए और थोड़े से छुट्टे पैसे अब भी मेरी एक जेब में हैं।'

'वाह, ये हुई न कुछ बात,' मैंने कहा। 'हम भूखे नहीं मरेंगे। हम जब चाहें घड़ी तो बेच ही सकते हैं। लेकिन अगर हम बिना इसे बेचे किसी तरह जामनगर पहुँच जाएँ... हमें इसे रखना चाहिए, सचमुच में आड़े वक़्त के लिए।'

'क्या यह आड़ा वक़्त नहीं है?'

'मुझे लगता तो है। फिर भी...'

'और तुम्हें लगता है कि ऐसे ही हमारा काम चल जाएगा। तुमने अभी हार तो नहीं मानी है न?'

'और तुमने?'

'क्या तुम्हें लगता है कि मैं तुमसे पहले हार मान लूँगा? चलो रस्टी, पहले यहाँ से तो निकलें। कल शनिवार है और हमें जहाज़ पकड़ना है!'

दलजीत और मैं मालगाड़ी के एक खुले हुए डिब्बे के फ़र्श पर पसर गए। हमारे ऊपर आसमान की छत थी। गाड़ी धीरे-धीरे रेगिस्तान में आगे बढ़ती जा रही थी

और गर्म हवाएँ रेत उड़ाकर हमारे ऊपर डाल रही थीं। दरदरी रेत के दाने हमारे बालों, आँखों और मुँह में घुस गए थे। उनसे बचना नामुमकिन था। चेहरे पर चिपकी रेत की वजह से दलजीत और मेरा रंग एक सा हो गया था। सूरज बेरहमी से हम पर धूप बरसा रहा था और सिर्फ़ डिब्बे के एक छोटे से कोने में छाया थी। हमारे पास जो भी पैसे बचे थे, उनसे हमने कुछ केले खरीद लिये थे और बीच-बीच में हम भूख मिटाने के लिये उन्हीं को काट-काट कर खा रहे थे।

'सुबह तक हम भूख से अधमरे हो जाएँगे,' मैंने कहा। 'मुझे लगता है हमें इन केलों में से कुछ बचा के रख लेने चाहिए।'

'सुबह कल होगी,' दलजीत बोला, 'मुझे भूख आज लगी है। इसके अलावा, सुबह तो हम जामनगर पहुँच जाएँगे।'

'और अगर जहाज़ चला गया होगा, तो?' हमें कैसे-कैसे हालात से गुज़रना पड़ सकता है, यह सोचे बिना मुझसे रहा नहीं जा रहा था, भले ही उनमें से तमाम हमारी चाहत से परे था।

'जहाज़ होगा।' दलजीत को हमेशा की तरह इस बात पर भी कोई शक नहीं था।

'तुम्हें कैसे पता?' मैंने पूछा।

'मुझे क्या पता। मैं तो बस उम्मीद कर रहा हूँ।'

'अब वह किसी भी दिन निकल सकता है। हो सकता है निकल भी गया हो। दलजीत, बिना पैसों के हम बड़ी मुश्किल में पड़ जाएँगे। हम क्या करेंगे?'

'फ़िक्र करना छोड़ो, रस्टी। इतना भी परेशान मत हो। अगर ज़्यादा परेशानी हुई तो हम घड़ी बेंच देंगे और स्कूल लौट जाएँगे, बेशक हमें वहाँ से निकाल दिया जाए। वैसे स्कूल वाले हमें निकालेंगे नहीं—अगर निकाला तो मेरे पिताजी के पैसे उन्हें कैसे मिलेंगे—लेकिन अगर तुम चाहो तो हम फिर भाग जाएँगे।'

'काश जहाज़ अभी वहीं हो,' मैं बुदबुदाया।

'वहीं होगा। कल हम उसमें बैठकर रवाना हो जाएँगे। तुम मेरे साथ कुछ दिन मोम्बासा में रहोगे न?'

'भई, मुझे तो अपने अंकल के साथ आगे के सफ़र पर निकलना होगा, मेरे पास फ़ुरसत कहाँ होगी,' मैंने कहा।

'कितना मज़ा आएगा न! स्कूल नहीं जाना पड़ेगा। मैं भी तुम्हारे साथ चल पड़ूँगा, रस्टी। मुझे नहीं लगता कि काम-धंधे में लगना भी कोई मज़े वाली बात है।'

'हम साथ में दुनिया घूमेंगे,' मैंने कहा। 'क्या ख़्वाब हैं हमारे!'

'जो भी हो, हम कहीं तो जा रहे हैं। मेरे दादाजी (वह दादाजी ही थे जिन्होंने पंजाब में बना कपड़ा बेचने के लिए दुनिया भर का चक्कर लगाया था) कहा करते थे—"एक जगह से दूसरी जगह जाने की सबसे बढ़िया वजह यह है कि यह देखने को मिलता है कि दो जगहों के बीच क्या-क्या है।"

'वह बीच-बीच में कपड़ा भी बेचते थे, हमारी तरह सिर्फ़ सपने ही नहीं देखते थे,' मैंने टोका।

'तुम हार मानने लगते हो, रस्टी।'

'नहीं, ऐसा नहीं है।'

लेकिन रात भर का सफ़र बहुत दुखदायी था। गाड़ी बहुत धीरे-धीरे चल रही थी और जगह-जगह रुक जाती थी। एक छोटे से स्टेशन पर हमारे डिब्बे में बहुत सारी बोरियाँ ऊपर से ही फेंक दी गईं, जिनमें हो न हो, जानवरों का चारा भरा था और गहरी नींद सोये हम उनके नीचे करीब-करीब दफ़न ही हो गए थे। लेकिन बाद में हमने देखा कि नर्म बोरियाँ गद्दों का सा काम कर रही थीं और फिर हम पौ फटने तक उन्हीं पर पसरे आराम करते रहे।

उजाला होने पर हम जान गए कि अब हम अपनी मंज़िल से ज़्यादा दूर नहीं हैं। सारा नज़ारा जो बदल गया था। रेगिस्तान पीछे छोड़ हम समंदर के किनारे के मैदानी इलाके में आ पहुँचे थे।

फिर नारियल के ऊँचे पेड़ों के बीच से मुझे समुद्र के दर्शन हुए।

यह वही समुद्र था जिसके सपने मैं हमेशा देखा करता था, काठियावाड़ में अपने पिता के साथ बिताए दिनों के बाद से। अथाह, अकेला और नीला। क्योंकि आसमान नीला था। मुझे जो पहला जहाज़ दिखाई दिया वह एक पाल वाला जहाज़ था, एक अरबी ढाव जो किनारे की ओर बहती मंद हवा के साथ धीरे-धीरे किनारे की ओर चला आ रहा था।

मैदानों से बलखाते हुए समुद्र की ओर बढ़ती एक धारा पर बने छोटे से पुल पर ट्रेन रुक गई।

हम वहीं उतर गए और हाथ हिलाकर गार्ड के साथ रहने वाले खलासी का शुक्रिया अदा किया जिसे ट्रेन पर हमारी मौजूदगी का पता था और उसने हमें सफ़र करने दिया था। फिर हम धारा के खड़े किनारे पर बैठकर सरकते हुए पुल के नीचे पहुँच गए और ट्रेन के जाने तक वहीं छुपे रहे। हम नहीं चाहते थे गार्ड हमें देख ले,

क्योंकि हो सकता है वह खलासी की तरह हमें बर्दाश्त न करता।

जब हमने देख लिया कि आसपास कोई नहीं है, तो हमने अपने धूल से सने कपड़े उतारे और कुमुदनियों की बेलों के बीच से जगह बनाते नहाने के लिए धारा में उतर गए। धारा का बहाव बहुत धीमा था, तेज़ी से बहने वाली पहाड़ी धाराओं की तरह नहीं। उसका पानी भी गुनगुना सा था और उसमें वैसी ताज़गी नहीं थी, जिसकी हमें पहाड़ी धाराओं में नहाने से आदत पड़ चुकी थी। लेकिन काम चलाने भर की ताज़गी ने भी हमारे थके हुए बदनों में नई जान डाल दी। हमने उसमें खूब छपाके मारे और एक-दूसरे को पकड़-पकड़ कर डुबकियाँ लगवाईं। दलजीत ने पानी के भीतर जाकर तैरने की कोशिश की और जब पानी से निकला तो उसके लम्बे बालों में एक कुमुदनी का फूल टूट कर अटका हुआ था।

हम करीब पन्द्रह मिनट तक पानी में रहे और इतनी देर में हम अपने आसपास के बारे में सब कुछ भूल चुके थे। आखिरकार, जब हम पानी से बाहर निकले, तो हमें एक ज़ोरदार झटका लगा—हमारे कपड़े गायब हो चुके थे। सिर्फ़ दलजीत की पगड़ी बची थी।

धारा के किनारे कुछ ऊँचाई वाली जगह सिर्फ़ लंगोटी बाँधे तीन लड़के खड़े हमें टकटकी लगाए देख रहे थे। उनमें से सबसे बड़ा हमारे कपड़े लिये हुए था, हमें चिढ़ाने के लिए।

'मेहरबानी करके हमारे कपड़े हमें दे दो,' दलजीत ने मिन्नत करते हुए कहा। 'भला किया जो मेरी पगड़ी छोड़ गए, लेकिन मैं पगड़ी सिर के अलावा और कहीं तो नहीं पहन सकता!'

तीनों लड़के ठहाका लगाकर हँसे और घूमकर खेतों की ओर चल पड़े।

'वापस आओ!' दलजीत चिल्लाया।

'चलो, इनका पीछा करते हैं,' मैंने कहा।

हमारे लिये तो बस ज़िन्दगी और मौत जैसा सवाल खड़ा हो गया था। दलजीत के पास उसकी पगड़ी और घड़ी के सिवा कुछ नहीं बचा था, लेकिन मेरे पास तो उतना भी नहीं था। हम हड़बड़ाते हुए किसी तरह किनारे पर चढ़े और लड़कों के पीछे बेतहाशा दौड़ पड़े। हम अभी मेड़ों और गूलों के बीच लड़खड़कर गिरते और उठ कर भागते खेतों में ही थे, जबकि वह गाँव तक पहुँच गए। फिर दीवार के पीछे से हमारे ऊपर कंकड़ों की बौछार हुई और हम वहीं थम गए।

'किसी तरह समझा-बुझा कर राज़ी करने की कोशिश करनी चाहिए,' मैंने

कहा। अपने दोनों हाथों को मुँह के आगे लगाकर मैंने आवाज़ लगाई—'हमें हमारे कपड़े वापस कर दो। हमारे पास और कपड़े नहीं हैं!' मैंने हिन्दी में, जितनी अच्छी तरह बोल सकता था, पुकारा।

'मुझे नहीं लगता कि यहाँ के लोगों को हिन्दी आती है,' मैंने दलजीत को बताया।

'अंग्रेज़ी में आवाज़ लगा कर देखूँ? और कोई ज़बान तो मुझे आती नहीं है।'

'अंग्रेज़ी नहीं! उससे तो और भी ज़्यादा पत्थर पड़ेंगे। मुझे लगता है ये लोग गुजराती बोलते हैं...जो कि मुझे बिलकुल भी नहीं आती।'

तभी एक आदमी खेत के दूसरे सिरे से हमें देख कर चिल्लाता और छड़ी हिलाता दिखाई दिया।

'तुम्हें क्या लगता है, क्या कह रहा है?' दलजीत ने पूछा।

'मुझे क्या पता? शायद वह चाहता है कि हम उसके खेत से हट जाएँ।'

'फिर तो हम भी अपने कपड़े लिये बिना नहीं हटने वाले।'

'मुझे लगता है, हमें यहाँ से भागना होगा,' मैंने कहा, 'देखो कुत्ते आ रहे हैं हमारी तरफ़!'

गाँव के कई कुत्ते भौंकते हुए हमारी तरफ़ बढ़ रहे थे और उनके पीछे छड़ी लिये हुए दो आदमी और हाथों में पत्थर लिये कई लड़के थे। मैंने और दलजीत ने बिना वक्त गँवाए उन्हें पीठ दिखाई और दौड़ पड़े खेतों के बीच से, जितनी तेज़ी से हमारे पस्त पड़ चुके पैर चल सकते थे। जब तक हम धारा के पार नहीं पहुँच गए, हम साँस लेने के लिए भी नहीं रुके। गाँव वालों ने हमारा पीछा करते हुए धारा नहीं पार की, उसी तरफ़ ठहर गए। हम समझ गए कि अब हम किसी और की ज़मीन पर पहुँच गए थे। गाँव वाले अपने डंडे घुमा-घुमा कर दिखा रहे थे और हम उन्हें हाथ दिखा रहे थे, लेकिन अब भी हमारे बदन पर कपड़े नहीं थे। फिर हम धारा का किनारा छोड़ पास के आम के बाग में चले गए। वहाँ हमें देखने वाला कोई नहीं था।

'और अब हम क्या करेंगे?' दलजीत ने सवाल किया।

'तुम्हारा मतलब है बिना कुछ पहने?'

'बिलकुल। हम यहीं इंतज़ार करेंगे, जब तक कि अंधेरा नहीं हो जाता।'

'और जब सुबह होगी, तब?'

'अरे, तब तक कोई न कोई रास्ता ढूँढ लेंगे। अपनी घड़ी बेच कर हम कुछ

कपड़े ले सकते हैं।'

'मैं तो सोच भी नहीं सकता किसी दुकान में और कुछ भी नहीं सिर्फ़ घड़ी पहने हुए घुस जाऊँ और फिर वही घड़ी बेचने की बात करूँ।'

'हम साधु होने का नाटक कर सकते हैं,' वह बोला। 'या कम से कम साधुओं के चेले होने का नाटक तो कर ही सकते हैं न। आजकल इसका रिवाज़ सा चल पड़ा है और सबसे ऊँचे दर्जे के साधु ही नंगे घूमते हैं। हो सकता है मुफ़्त में हमारे खाने और रहने का इंतज़ाम हो जाए।'

'और सुबह हमें पता चले कि जहाज़ बिना हमारे ही रवाना हो चुका है।'

'अरे, मेरे दिमाग से ही उतर गया था...'

वहाँ बैठकर जब हम अपने हालात की चर्चा कर रहे थे, तभी हमें दो आदमी उसी ओर से धारा की तरफ़ बढ़ते दिखाई दिए जिधर हम बैठे थे। शायद वह रेलवे के आदमी थे। वह कमीज़-पतलून और जूते पहने थे, किसानों की तरह धोती नहीं। पहले मैंने सोचा कि धारा पर पानी पीने जा रहे होंगे, लेकिन जब मैंने उन्हें कपड़े उतारते हुए देखा, तो मेरे दिमाग में तूफ़ानी खयाल आया और मैं सीधा बैठ गया।

'दलजीत,' मैंने हड़बड़ा कर कहा, 'तुम इन्हें देख रहे हो?'

'बिलकुल देख रहा हूँ।' मैं जो सोच रहा था, उसे वह समझते देर नहीं लगी। 'हाँ, यही एक मौका है हमारे पास, रस्टी। हमें रहम कतई नहीं करना चाहिए! यह दुनिया हमारे जैसे शरीफ़ लोगों के लायक नहीं है। हमें अपना रवैया बदल लेना चाहिए और वैसा ही करना चाहिए जैसा यहाँ के लोग करते हैं! वह शायद गाँव वालों को ही ज़िम्मेदार मानेंगे। लेकिन बिना आहट के चलना। झाड़ियों में छुपे रहना। वह हमें देख न पाएँ!'

हाथ-पैरों के बल रेंगते हुए, हमारे नंगे बदन में चुभ रहे काँटों की परवाह किए बिना, हम फिर से धारा की ओर बढ़ने लगे, अन्दाज़े से उसी जगह जहाँ वे लोग नहा रहे थे। वह लड़कों की तरह पानी में उछल-कूद मचाते हुए काफ़ी शोर कर रहे थे (मैंने देखा है कि खुले में नहाते समय बड़े भी बच्चों की तरह खिलंदड़े से हो जाते हैं और अजीब-अजीब हरकतें करने लगते हैं, शायद इसलिए क्योंकि वह क़ुदरत की उसी देन के बीच होते हैं, जहाँ से इंसान सबसे पहले अमीबा की शक्ल में ज़मीन पर आया!)। वह न तो हमें देख पाए, बल्कि उन्हें हमारी आहट भी नहीं मिली। उनके कपड़े हमारी पहुँच से कुछ दूर पड़े थे, एक बेतरतीब से ढेर की शक्ल में।

'मैं उठा कर लाता हूँ,' दलजीत फुसफुसाया। 'अगर उन्होंने मुझे देख लिया,

तो वह मुझे गाँव का कोई लड़का समझेंगे। लेकिन अगर उन्होंने तुम्हें देख लिया तो हम पकड़े जाएँगे!'

वह बेहद फ़ुर्ती के साथ झाड़ियों में से निकला, एक झपट्टे में सारे कपड़े उठाए और लपक कर मेरे पास वापस लौट आया। अगर उसने स्कूल में ऐसी तेज़ी दिखाई होती तो बहुत अच्छा खिलाड़ी बन जाता।

'बहुत अच्छे!' मैंने धीरे से कहा। 'वे कुछ देख तो नहीं पाए।'

उन्हें नुकसान का पता लगता, इससे पहले ही हम दबे पाँव वहाँ से खिसक लिये और झटपट आम के बाग में जा पहुँचे।

वहाँ से आगे चलकर हमने रेल की पटरियों को पार किया और खेतों-खेतों दौड़ते हुए एक पुराने कुएँ पर पहुँचे और वहाँ, एक बहुत पुराने बरगद की छाँव में हमने अपने नए कपड़े पहने। यह बात और है कि कपड़े कुछ ज़्यादा ही बड़े-बड़े थे। लेकिन उससे क्या फ़र्क पड़ रहा था? कम से कम अब हम नंगे तो नहीं थे!

दो घंटे बाद हम जामनगर में थे।

हम एक चाय वाले के पास रुके तो देखा कि लोग लड्डू और भेलपूड़ी खा रहे थे। हम देखते रहे। लड्डू क्या, हमारी तो नारियल तक खरीदने की हैसियत नहीं रह गई थी।

'बन्दरगाह कहाँ है?' मैंने चाय वाले से पूछा।

'यहाँ से दो मील दूर,' उसने जवाब दिया।

उसकी बात से कुछ राहत मिली, लेकिन बेचैनी अब भी थी। 'क्या वहाँ कोई जहाज़ लंगर डाले है?' मैंने पूछा।

'जहाज़ का तुम्हें क्या करना है?'

'जहाज़ से किसी को क्या करना होता है?'

'देखो, एक जहाज़ है तो वहाँ, लेकिन वह आज जाने वाला है। अगर तुम्हें उससे सफ़र करना है, तो फटाफट पहुँचो।'

'चलो, चलें,' दलजीत बोला।

'ठहरो!' हमारी बातें सुनता वहीं खड़ा एक नौजवान बोला। 'अगर तुम पैदल गए, तो तुम्हें वहाँ पहुँचने में करीब घंटा भर तो लग ही जाएगा। मैं तुम्हें अपनी गाड़ी से लिये चलता हूँ।' उसने पास खड़े अपने खटारा से खड़खड़े की ओर इशारा करते हुए कहा। घोड़ी को देख कर ऐसा नहीं लग रहा था कि उसकी कहीं भी जाने

की मर्ज़ी होगी।

'मेरी घोड़ी तेज़ दौड़ती है!' हमें घोड़ी को देखता देख, वह बोला।

'दिखने से कुछ नहीं होता! भले ही थकी सी दिखाई दे, लेकिन दौड़ने में तेज़ है! चलो बैठ जाओ, दोस्तो! मैं तुम लोगों से सिर्फ़ एक रुपया लूँगा।'

'हमारे पास पैसे बिलकुल नहीं हैं,' मैंने कहा। 'हम पैदल ही चले जाएँगे।'

'तो पचास पैसे दे देना,' वह बोला। 'पचास पैसे देना और चाय पिलवा देना। जल्दी बैठो, दोस्तो!'

'ठीक है,' दलजीत राज़ी हो गया। 'बर्बाद करने के लिए वक़्त नहीं है। पचास पैसे, ...और अपनी चाय के पैसे तुम खुद देना।'

हम खड़खड़े में बैठ गए और खड़खड़े वाला आगे से लटक कर चढ़ा और अपनी चाबुक चटकाई। घोड़ी झटके से आगे बढ़ी, पहिये चरमराए और हम तेज़ रफ़्तार से बाज़ार के बीच से गुज़रती सड़क पर आगे बढ़ने लगे।

'मुझे नहीं पता था कि तुम्हारे पास पचास पैसे बचे हैं,' मैंने कहा।

'मेरे पास तो नहीं हैं,' दलजीत ने पलटकर कहा। 'लेकिन इस बारे में हमें अभी फ़िक्र करने की ज़रूरत नहीं है। तुम्हारे अंकल भी तो दे सकते हैं!'

जैसे ही हम शहर से बाहर, समुद्र की ओर जाने वाली सड़क पर पहुँचे, घोड़ी और तेज़ दौड़ने लगी। इसके सिवा वह कुछ और कर भी नहीं सकती थी, क्योंकि सड़क ढलान पर थी। हवा से मेरे बाल उड़े जा रहे थे, आँखों में हवा चुभ रही थी और हवा में समुद्र के नमक का तीखापन महसूस हो रहा था।

तभी दलजीत ने मुझे झकझोरा।

'हम जल्दी ही बन्दरगाह में होंगे,' उसने उतावलेपन के साथ कहा। 'और आखिरकार यहाँ से निकल जाएँगे!'

खड़खड़े वाला अपनी घोड़ी को लाड़ से न जाने क्या-क्या कह कर पुचकारता जा रहा था। और समुद्र की ताज़गी भरी हवा और गाड़ी की तेज़ चाल का असर था कि उसके मुँह से अचानक एक गीत के बोल फूट पड़े। जैसे ही सड़क पर एक मोड़ आया, समन्दर नज़र आने लगा। कई छोटे-छोटे ढाव किनारे के करीब थे और मछुआरों की कई नावें किनारे पर लगी थीं। मछुआरे अपने जाल फैला कर सुखा रहे थे और उनके नंगधड़ंग बच्चे आती हुई लहरों के झाग में इधर-उधर दौड़-भाग रहे थे। किनारे पर एक स्टीमर था और इतनी दूर से मुझसे उसका नाम नहीं पढ़ा जा रहा था, पर मुझे पक्का पता था कि वह अंकल वाला आइरिस ही था।

जहाँ से जेटी शुरू होती थी, ठीक वहीं पर खड़खड़ा रुका और हम झटपट उतरकर जेटी पर दौड़ पड़े। लेकिन दौड़ते हुए समझ में आ गया कि जहाज़ जेटी से दूर होता जा रहा था। पानी के अन्दर उसके पंखों के चलने से उठती लहरें जेटी तक आकर टकरा रही थीं।

'कैप्टन!' मैंने आवाज़ लगाई। 'जिम अंकल! रुकिए, हमें ले चलिए!'

जहाज़ के पिछले हिस्से, दुम्बाल में खड़े एक लश्कर यानी जहाज़ी सिपाही ने ज़रूर हमें देख कर हाथ हिलाया। मैं वहीं जेटी के सिरे पर खड़ा-खड़ा हाथ हिला-हिला कर चिल्लाता रह गया।

'कैप्टन! जिम अंकल! रुकिए, हमारी खातिर!'

मेरी आवाज़ समन्दर की ओर से आती हवा उड़ा ले गई।

कोई जवाब नहीं आ रहा था। जहाज़ के पीछे-पीछे झुंड बनाकर मँडराते सीगल पक्षी मेरी आवाज़ की नकल उतारते लग रहे हैं—'कैप्टन! कैप्टन... '

जहाज़ और दूर होता चला गया और रफ़्तार पकड़ता गया। मैं पुकारता रहा, मिन्नतें करता रहा और चिल्लाते-चिल्लाते मेरा गला बैठने लगा।

योकोहामा, सैन दियागो, वलपराइज़ो, लन्दन, सब हाथ से निकलते चले गए, हमेशा के लिए...

जेटी पर हम दोनों के सिवा कोई नहीं था और भरी दोपहरी सीगल पक्षी हमारे सिर पर मंडरा रहे थे और अपनी आवाज़ें कर-कर के हमारा मज़ाक उड़ा रहे थे। जिम अंकल की एक चिट्ठी में लिखी बात मुझे याद आ गई—'सबसे पहले अदन, फिर स्वेज़ नहर में चलते-चलते... ' लेकिन मेरे पास अब वापसी के लम्बे सफ़र, मेरी ज़िम्मेदारी उठाने वाले रिश्तेदार का गुस्सा और नफ़रत झेलने, क्लास में बैठकर ऊबने और बोर्डिंग स्कूल की मुसीबत के सिवा कुछ नहीं बचा था।

दलजीत काफ़ी देर से चुप था। आखिरकार जब मैंने खुद पर ज़ोर देकर उसकी ओर देखने के लिए सिर घुमाया, तो उसे मुस्कराता हुआ देख मैं हैरान रह गया। वह कहीं से परेशान नहीं लग रहा था।

'हमें यहाँ पहुँचते-पहुँचते बहुत देर हो गई,' मैंने कहा। हम सैकड़ों मील की दूरी तय करके आए और यहाँ पहुचे सिर्फ़ पाँच मिनट की देरी से!'

'कोई बात नहीं!'

'हमने इतना कुछ किया और हमें कुछ भी हासिल नहीं हुआ, दलजीत। हमारे सारे इरादे... हमारे सपने!'

'क्या हुआ है सपनों को? कुछ भी तो नहीं। जब तक वह पूरे नहीं होते, हम सपने देखना जारी रख सकते हैं। हम स्कूल लौट चलेंगे, और फिर सपने देखेंगे।'

'मुझे नहीं पता था कि तुम भी इतने ज्ञानी हो, दलजीत। और यह तुम कैसे सोच सकते हो कि हम स्कूल वापस लौट जाएँगे? अगर तुम अपनी घड़ी भी बेच दोगे, तब भी काम नहीं चलेगा। मैं तो उकता चुका हूँ। अब मैं कहीं नहीं जाना चाहता। मैं तो अपने अंकल के लौटने तक यहीं गोदी में, सागर किनारे बैठा रहूँगा।'

'तुम कब तक इंतज़ार करोगे?'

'एक साल, दो साल,' मैंने मुस्करा कर कहा।

'वापस लौटने की फ़िक्र मत करो,' दलजीत ने हिम्मत बँधाते हुए कहा। 'जब हम भागे थे, तब इस बात को सबसे छुपा कर रखना ज़रूरी था, लेकिन यह अब कोई छुपाने वाली बात तो रही नहीं। हम घड़ी बेच देंगे, खड़खड़े वाले को उसका भाड़ा चुकाएँगे और एक तार भेजेंगे।'

'प्रिंसिपल साहब को?'

'नहीं। बंबई में मेरे एक अंकल रहते हैं, उनको। वह आकर हमें अपनी कार में ले जा सकते हैं और कार से वह हमें वापस स्कूल भी पहुँचा सकते हैं। इस बार हम आराम से सफ़र करेंगे! रास्ते भर हम मुर्गा और आइसक्रीम खाएँगे। कुछ दिन तो हम मज़े करेंगे न!'

'हाँ,' मैंने मुँह लटका कर कहा। 'जब हम वापस पहुँच जाएँगे, तब तो हमारे पास मज़े करने का कोई मौका होगा नहीं।'

हम वापस घोड़ागाड़ी की तरफ़ चल पड़े और इस बीच मैं चुप ही रहा।

मैं दूर की जो सोचने लगा था। मैंने खुद से कहा कि अगले साल, कभी न कभी, जिम अंकल आइरिस में आएँगे और तब मैं नहीं चूकूँगा। उसके रवाना होने से काफ़ी पहले ही मैं जहाज़ पर आ जाऊँगा।

और फिर मैं ठहरा और आखिरी बार समुद्र को निहारा।

दूर-दूर तक फैले समन्दर में जहाज़ बहुत छोटा सा नज़र आ रहा था।

इस साल, अगले साल, कभी न कभी... योकोहामा, वलपराइज़ो, सैन दियागो, लंदन...

भारत से बहुत अलग

जब मैं चैनल आइलैंड्स के जर्सी शहर में था, तब मुझे हिन्दुस्तान की बहुत याद आती थी।

जर्सी एक बड़ा ही खूबसूरत टापू है, दूर तक फैली रेतीले किनारों वाली खाड़ियाँ और समुद्र से उन तक पहुँचने के चट्टानों भरे गलियारे। लेकिन वह दुनिया उस दुनिया से बहुत अलग थी जहाँ मेरी परवरिश हुई थी। किसी हिन्दुस्तानी या पूरब के किसी देश वाले की शक्ल नहीं दिखाई देती थी। न ही वह कोई अंग्रेज़ों की जगह थी, राजधानी सेंट हेलियर को छोड़कर, जहाँ कुछ अंग्रेज़ों ने होटल, कानूनी सलाह और कुछ दूसरे काम-धंधे चला रखे थे। ज़्यादातर आबादी—किसान, मछुआरे, नगर परिषद के सभासद फ्रेंच भाषा की एक ऐसी बोली बोलते थे जिसे फ्रांस वाले भी अपना कहने से कतराएँ। टापू सबसे पहले फ्रांस वालों का था, फिर एक सदी तक अंग्रेज़ों का रहा, बीच के समय को छोड़ कर जब उस पर जर्मनी वालों ने कब्ज़ा कर लिया था। अब फिर ब्रिटिश हुकूमत का हिस्सा बन गया था, लेकिन उसकी अपनी विधान परिषद् थी और वह लोग अपने नियम-कानून खुद बनाते थे। वहाँ से टमाटर, झींगे और जर्सी गाय दूसरे देशों को भेजी जाती थी और टापू पर उन लोगों का 'आयात' किया जाता था जिन्हें किसी ऐसी जगह की तलाश होती थी जहाँ टैक्स से छुटकारा मिले।

गर्मी के महीनों में टापू पर छुट्टियाँ मानाने वाले अंग्रेज़ों की भरमार रहती थी। लम्बी ठिठुरन भरी सर्दियों के दौरान इंग्लिश चैनल में तूफ़ानी हवाएँ चलती थीं और समंदर का किनारा वीरान नज़र आया करता था। मुझे पता था कि उस जगह से मेरा कोई रिश्ता नहीं है, बल्कि मुझे उस जगह से बेहद चिढ़ थी। वहाँ पहुँचने के चन्द दिनों बाद ही मुझे हिन्दुस्तान के छोटे शहरों की अलसाई सी, मस्ती भरी, अमराई से महक समेट कर लाती हवा की याद आने लगी। गर्मी के मौसम में तड़क-भड़क

वाले गुलमोहर की शान, भैंस पर बैठ कर गन्ना चूसते नंगे-पाँव फिरने वाले लड़के, घास में चोंच मारते हुदहुद पक्षी, हवा में कलाबाज़ियाँ खाकर तमाशा दिखाते नीलकंठ, किसी लड़की का हवा में उड़ता गुलाबी दुपट्टा, पहली बारिश से गीली हुई ज़मीन की सोंधी महक और सबसे ज़्यादा तो देहरा वाले मेरे यार।

फिर आखिर मैं यूरोप से परे हटकर बर्फ़ीले सागर के बीच इस बारह मील लम्बे और पाँच मील चौड़े टापू पर क्यों हूँ? टापुओं यानी जज़ीरों के बारे में किस्से सुनना तो अच्छा लगता है, लेकिन मेरी बात मानना, किसी टापू पर कभी न रहना— वरना एक हफ़्ते बाद परेशान हो जाओगे।

मैं तो यहाँ अपने पहले उपन्यास को छपवाने के चक्कर में, किस्मत आज़माने आया था। अंग्रेज़ी में लिखने वाले युवा लेखकों के लिए भारत में कभी भी बहुत अच्छा माहौल नहीं रहा। और मैं कोई और काम-धंधा तो करने वाला था नहीं।

मैंने स्कूल की पढ़ाई पूरी कर ली थी और फिर एकाध साल से देहरा में यूं ही आवारा सा घूमता-फिरता रहा था, यह सोचकर कि चन्द दोस्तों के साथ मुझे इसी आवारागर्दी से अपने पहले उपन्यास के लिए सही नज़रिया, माल-मसाला और माहौल मिल जाएगा।

मैं हमेशा से ही लेखक बनना चाहता था क्योंकि और किसी बात से मुझे उतनी खुशी नहीं मिलती थी जितनी किताबों से घिरे रहने से, उन्हें पढ़ने और फिर लिखने से मिलती थी। मेरी ज़िन्दगी में जब-जब अकेलेपन के दौर आए, तब-तब किताबों ने ही मेरा साथ दिया। मैं जब महज़ चार साल का था, तब मेरे माता-पिता अलग हो गए थे और मेरी माँ ने दूसरी शादी कर ली थी। मैं ज़्यादातर अपने पिता के साथ रहा, जहाँ-जहाँ उन्हें अपनी नौकरी के सिलसिले में जाना पड़ा, वहाँ साथ गया या फिर बीच-बीच में अपने दादा-दादी के साथ देहरा में रहा। लेकिन जब मैं सिर्फ़ ग्यारह साल का था, तब मेरे पिता मलेरिया के शिकार होकर चल बसे। मैं कुछ समय दादी के पास रहा लेकिन वह भी इस जहां को छोड़ गईं। उसके बाद मुझे रहने के लिए इधर-उधर करना पड़ा—पहले मैं अपनी माँ और सौतेले पिता के साथ रहा, फिर मुझे अपने पिता के एक चचेरे भाई मिस्टर जॉन हैरिसन की देखरेख में छोड़ दिया गया। मैं स्कूल की पढ़ाई पूरी कर चुका था और उन दिनों कुछ भी नहीं कर रहा था जब कुछ हालात ऐसे बन गए कि मुझे मिस्टर हैरिसन का घर छोड़ना पड़ा। मैं किशन को ट्यूशन पढ़ाने लगा, जो कि मुझसे कोई बहुत छोटा नहीं था और कपूर परिवार के घर की छत पर बने छोटे से कमरे में रहता था और

इस तरह पहली बार अपनी एक अलग पहचान बनाने की जद्दोजहद में था।

लेकिन ज़िन्दगी ने हमेशा की तरह, मेरे लिए कुछ और ही तय कर रखा था। जल्दी ही रहने की पक्की जगह और रोज़ी-रोटी कमाने का ज़रिया, दोनों से ही हाथ धो बैठा। मैं हरेक दिन को एक-एक करके जीना सीख गया और मुश्किलों को ज़िन्दगी का हिस्सा मान उनसे निपटना सीख गया। इस सब से जल्दी से जल्दी लेखक बनने का मेरा इरादा और ज़ोर पकड़ता चला गया। इसी बीच, अचानक ही, मेरा अपने पिता के एक पुराने जानकार मिस्टर पेटिग्रू से मिलना हुआ और इत्तेफ़ाक से उनसे मुझे कुछ किताबें भी मिल गईं जो मेरे पिता मेरे लिए छोड़ गए थे।

उनमें से एक थी लुइस कैरल की *ऐलिस इन वंडरलैंड* का पहला संस्करण। मिस्टर पेटिग्रू की राय पर चलते हुए मैंने यह नायाब किताब लंदन के एक पुरानी किताबें इकट्ठी करने के शौकीन को बेचने की बात तय की। इससे मुझे कुछ सौ पाउंड मिले जिनका मुझे इंग्लैंड जाने के किराए-भाड़े पर खर्च करने का इरादा था। किसी तरह, मेरे पिता की चचेरी बहन एमिली आंटी को मेरे इरादे का पता चल गया और उन्होंने मुझे लिख भेजा कि जब तक मुझे लंदन में नौकरी नहीं मिल जाती, तब तक उनके परिवार वाले, जो कि जर्सी में बस गए थे, मुझे खुशी-खुशी अपने साथ रखने को तैयार हैं। इससे मेरी उलझन दूर हो गई और जल्दी ही मैं बलार्ड पीयर पर था, जहाँ से पी एण्ड ओ के जहाज़ स्ट्रैथनेवर पर सवार होकर समन्दर में मेरा लम्बा सफ़र शुरू होना था। 1920 के दशक में बना यह जहाज़ पहले विश्व युद्ध में फ़ौजियों को लाने-ले जाने के काम में लगाया गया था, लेकिन अब फिर मुसाफ़िरों को ले जाने वाला जहाज़ बन गया था। 1950 के दशक के शुरू तक आमतौर पर बड़े-बड़े पानी के जहाज़ों के ज़रिये ही दूर देशों का सफ़र तय किया जाता था। धीरे-धीरे लाल सागर से होकर अदन पर हाज़िरी लगाते हुए स्वेज़ के रास्ते पोर्ट सईद रुकते हुए भूमध्यसागर को पार करने निकला। पोर्ट सईद पर चाहे आप पिरामिड देखने चले जाएँ, या बन्दरगाह के पिछवाड़े वाली गलियों में किसी वेश्या के पास जाने का जोखिम उठाएँ। फिर भूमध्यसागर के उस पार रात को लावा उगलता विसूवियस (या फिर वह स्ट्रॉम्बॉली था?) दिखाई देता था। रास्ते में पड़ने वाले मर्सेइ में जहाज़ कुछ देर ठहरा जहाँ स्कूल में सीखी हुई फ्रेंच की पकड़ को परखा जा सकता था और आप ऐसे पोस्टकार्ड भी खरीद सकते थे जिन्हें देखने वाला शरमा जाए। आखिरकार टेम्स नदी के मुहाने पर टिलबरी में जहाज़ ने लंगर डाला, जहाँ से थोड़ी सी देर में ट्रेन से लंदन पहुँचा जा सकता था।

बंबई में जहाज़ के रवाना होने के इंतज़ार में मुझे दो रातें लैमिंगटन रोड के एक बेहद सड़ैले होटल में बितानी पड़ीं और हो न हो, वहीं मैं हैपेटाइटिस वाइरस की चपेट में आ गया, हालाँकि मुझे जर्सी पहुँचने तक पीलिया नहीं हुआ। बंबई को मैं कभी रास नहीं आया। अब उसका नया नाम मुंबई रख दिया गया है, तो हो सकता है मेरी किस्मत खुल जाए।

अदन मुझे अच्छा लगा। सहज-सरल सा था। हालाँकि मैं पेड़ों और जंगलों का चाहने वाला हूँ, लेकिन वहाँ रेगिस्तान में भी कुछ ऐसा था जो मेरे अकेलेपन की फ़ितरत को रास आ रहा है। लेकिन कुदरती रेगिस्तान ठीक है, इंसान की कारगुज़ारियों से बना नहीं। मुझे नहीं मालूम कि हमेशा रेत, खजूर के पेड़ों और ऊँटों से घिरे रहने वाले मकान में मेरा गुज़ारा होता या नहीं, लेकिन कंक्रीट के जंगल में—या फिर जर्सी में रहने से तो वह अच्छा ही होता!

और ऊँटों की भी अपनी शख़्सियत होती है।

क्या मैंने आपको राजस्थान में ऊँटों के मेले की दास्तान सुनाई है? खैर, धड़ल्ले से ऊँट बिक रहे थे और जो सबसे बढ़िया थे उनकी अच्छी कीमत लग रही थी। ऊँटों के एक बुज़ुर्ग से व्यापारी को एक ऊँट बेचने में दिक्कत आ रही थी, जिसने अपने मालिक की तरह कभी अच्छे दिन भी देखे थे। सूखा, मरियल, आधा अंधा सा ऊँट था जो इतनी ज़ोर का धचका खाकर चलता था कि ज़्यादा दूर जाने से पहले ही लोग गिर पड़ते थे।

'कौन खरीदेगा तुम्हारा यह सड़ियल सा, लंगड़ा बूढ़ा ऊँट?' उसे नीचा दिखाने की फिराक में रहने वाले ऊँटों के एक दूसरे व्यापारी ने पूछा। 'मुझे सिर्फ़ एक खूबी बताओ जिसकी वजह से इसे दूसरे ऊँटों से बेहतर माना जाए।'

बुज़ुर्ग ऊँट वाला बड़ी शान के साथ उठा और सच्चे राजपूतों वाले गुमान के साथ उसने जवाब दिया—'शख़्सियत भी तो कोई चीज़ होती है, नहीं होती हो तो कहो?'

एक लड़के के तौर पर क्या मेरी भी कोई 'शख़्सियत' थी? शायद अब जो कुछ है उससे कहीं ज़्यादा थी। मैं परेशानियाँ झेलने, रूखा-सूखा खाने और बीच-बीच में सुबह के नौ बजे से शाम पाँच बजे तक नौकरी भी करने को तैयार रहता था, बशर्ते मैं अपनी किताब पूरी करने या कोई नई कहानी लिखने के लिए रात को जाग सकूँ। तब से तकरीबन पचास साल बीत चुके हैं, मैं आज भी सीधी-सादी ज़िन्दगी जीता हूँ—एक अच्छा-सा मज़बूत सा पलंग, एक मेज़ जो न ज़्यादा बड़ी

और न ज़्यादा छोटी, मेरे इकलौते सूट के लिए एक कोट टाँगने वाला हैंगर और खिड़की के पास एक आरामदेह कुर्सी। इनके अलावा और सब बेकार की बात है।

जब वह जहाज़ अदन से रवाना हुआ, तभी मेरी सारी उमंगें मेरे अन्दर चल रही हैपेटाइटिस की सुगबुगाहट से ठंडी पड़ने लगी थी। शायद लैमिंगटन रोड वाले होटल के उस सामूहिक शौचालय में लगातार ऊँचे उठते पखाने के पहाड़ से इसका कुछ लेना-देना था। जिस दिन मैं जर्सी में अपनी आंटी के घर पहुँचा, उसी दिन मुझे पीलिया हो गया और फिर मुझे दो-तीन हफ़्ते बिस्तर पर बिताने पड़े। लेकिन आराम और सही खाने-पीने से जल्दी तबीयत ठीक हो गई। और जैसे ही मैं चलने-फिरने लायक हुआ, नौकरी की तलाश में जुट गया।

मेरे पास अब अपने सफ़र के लिए बचाई हुई रकम में से दो-तीन पाउंड ही बचे थे और पूरी तरह से रिश्तेदारों के भरोसे रहना मुझे पसन्द नहीं। मेरे लेखक बनने की बात उन्हें ठीक नहीं लगती थी। इसके अलावा, वे मुझ पर इस तरह तरस खाते थे जैसे कोई किस्मत या गुरबत के मारे किसी रिश्तेदार के बारे में सिर्फ़ इसलिए सोचता है क्योंकि वह रिश्तेदार है। वह मेरे साथ अपना फ़र्ज़ निभा रहे थे, यह उनका बड़प्पन था, लेकिन इससे मेरा चैन खो गया था।

जर्सी की राजधानी और बन्दरगाह सेंट हेलियर वकीलों के दफ़्तरों से भरा पड़ा था और न जाने कौन सी ताकत उनकी ओर धकेलती थी, बस मैं नौकरी के लिए पूछता, एक के बाद दूसरे वकील के दफ़्तर के चक्कर लगाया करता था। मुझे लगता है मैं यह सोच बैठा था कि वकीलों को बाबू-मुनीम की हमेशा ज़रूरत बनी रहती है। लेकिन बदकिस्मती से मुझे कहीं नौकरी नहीं मिली। बीस बरस की उम्र थी, मैं बहुत छोटा था और ज़मीनी सच्चाइयों का पता नहीं था। वकीलों की एक फर्म ने मुझे चाय पिलाने के काम पर रखने को कहा, लेकिन मुझे ढंग की चाय बनानी आती नहीं थी इसलिए मैंने न कर देने में ही भलाई समझी। आखिर में मुझे ला रिचीज़ नाम की बड़ी सी रोज़मर्रा के सामान की दुकान में काम मिल गया और चने-चबैने भर की रकम का इंतज़ाम हुआ। वहाँ मैं अपने जैसे दूसरे बाबुओं की तरह ऊँचे से स्टूल पर बैठा हमेशा सामान लेने वाले ग्राहकों के बिल बनाया करता था।

तब तक सर्दी का मौसम परवान चढ़ चुका था और मैं उजाला होने से पहले ही सुबह साढ़े सात बजे काम के लिए पैदल निकल जाता था और जब शाम छह बजे लौटता, तब तक और भी गहरा अंधेरा छा जाया करता था। उन दिनों काफ़ी

देर तक काम करवाने का चलन था! इसलिए मुझे, साप्ताहिक बन्दी के सिवा और किसी दिन सेन्ट हेलियर में ज़्यादा घूमने का मौका ही नहीं मिलता था।

शनिवार को आधे दिन के बाद छुट्टी हो जाती थी। लम्बे वाले रास्ते से चक्कर खाते हुए घर जाते हुए मुझे एक छोटा सा सिनेमाघर मिल गया था जहाँ पुराने ब्रिटिश कॉमेडी शो चलते थे। एकाध शिलिंग के बदले मैंने ऐसे हास्य कलाकारों को जाना जिन्होंने संगीत सम्मेलनों के ज़माने में अपनी जगह बना ली थी और जिनका सीधा-साफ़ मज़ाकियापन मुझे भाता था। शिमला के स्कूल में पढ़ाते हुए उनमें से कुछ—जॉर्ज फ़ॉर्मबी, सिडनी हावर्ड, मैक्स मिलर (जिनकी द चीकी चैपी को उसके द्विअर्थी संवादों के लिए जाना जाता है), टॉमी ट्रिंडर, ओल्ड मदर राइली (वास्तव में औरत के भेष में मर्द), लॉरेल एण्ड हार्डी और कई दूसरों से फ़िल्म *फ़न* नाम की अपनी पसन्दीदा कॉमिक के पन्नों के ज़रिये पहले से जान पहचान थी।

मुझे ला रिचीज़ स्टोर से चिढ़ थी। मेरे साथ जो दूसरे छोटे बाबू थे वे हमेशा नाक ही खखोला करते थे। बड़े बाबू को सिर्फ़ इंग्लैंड से रेस के नतीजों का इंतज़ार रहता था। दो-तीन लड़कियाँ थीं जो उस ज़माने के पॉप स्टार्स की तस्वीरें देख-देख कर लार टपकाया करती थीं। मुझे इस दौर की ज़्यादा बातें नहीं याद रही हैं, लेकिन इतना ज़रूर याद है कि जब महाराजा जॉर्ज षष्ठम् मरे थे तो हमने एक मिनट का मौन रखा था। फिर अपने बही-खातों में जुट गए थे।

जॉर्ज षष्ठम् लोगों के चहेते राजा थे। बेहद शान्त और दिखावे से दूर रहने वाले इंसान थे। लोग उनकी बड़ी इज़्ज़त करते थे क्योंकि लंदन पर हवाई हमलों के दौरान, जब कई महीनों तक हर रात शहर पर बम के गोले बरसते थे, तब भी वह राजधानी में ही रहे। मुझे लगा कि वह एक मिनट के मौन से ज़्यादा के हकदार थे। हिन्दुस्तान में तो हम किसी भी ऊँचे ओहदे वाले, या किसी बुलंदी के दावेदार तक के गुज़र जाने पर पूरे-पूरे दिन की छुट्टी कर देते थे और यहाँ क्या था—'द किंग इज़ डेड। लॉन्ग लिव द क्वीन!' यानी 'महाराज स्वर्ग सिधारे। जीती रहें महारानी!' का नारा लगाया जाता था। और फिर सुनाई देता था—'ख़्वाबों में मत खो जाओ, बॉन्ड। बिल बनाओ।'

समुद्र भी बड़ी राहत देता था। छुट्टियों और गर्मियों की शामों को समुद्र के किनारे टहलने चला जाया करता था। और वहाँ अपनी जानी-पहचानी चट्टानों को ज्वार-भाटे के चढ़ते-उतरते पानी में डूबते-निकलते देखा करता था। रविवार को कभी-कभी मैं पैदल ही जर्सी की सेन्ट हेलियर बीच पर चला जाता था, क्योंकि

वह मेरी आंटी के घर से बहुत पास थी। वहाँ जब ज्वार का पानी उतरता था, तो मैं उसके साथ टहलता हुआ दूर रेती में से निकली चट्टानों तक चला जाता था और दूर-दूर तक फैले भव्य एकान्त में धूप सेंकता था। पिताजी के स्वर्ग सिधारने के बाद भी उन दिनों जैसा अकेलापन कभी महसूस नहीं हुआ था।

मैं थोड़ा-बहुत तैर लेता था, लेकिन कोई जॉनी वाइज़मूलर (टारज़न का बेहतरीन किरदार निभाने के लिए मशहूर जर्मन तैराक) तो था नहीं, इसलिए ज्वार आने से पहले ही वापस सूखी रेती तक पहुँचने के लिए लौट पड़ता था। एक बार एक जोड़ी इन्हीं चट्टानों पर तेज़ लहरों की चपेट में आ गई और उन दोनों की लाशें दूसरे दिन किनारे लगीं। जब ज्वार आता था, तब मुझे लहरों को तेज़ी से किनारे बनी दीवार की ओर बढ़ते देखना, फिर उनके दीवार से टकराने पर खारे पानी की फुहारें उठना और उनका मेरे चेहरे पर पड़ना अच्छा लगता था। जाड़ों में तूफ़ानी हवाएँ चलती थीं और तब मुझे अपना सारा बोझ सामने से आती हवाओं पर डाल कर आगे बढ़ने में खूब मज़ा आता था। कभी-कभी हवाएँ इतनी तेज़ होती थीं कि मेरा सारा वज़न अपनी बाहों में थाम लेती थीं। हवा का ज़ोर पीठ पर लगने में कोई मज़ा नहीं था, क्योंकि ऐसे में हवा आपको सड़क पर बेहद बेहूदे ढंग से धकेलती थी जिससे आप ऐसे लगते जैसे चार्ली चैपलिन सरपट दौड़े चले जा रहे हों।

दुछत्ती वाला जो कमरा मेरे पास था, वहाँ आकर मैं अपने उपन्यास पर काम करने लगता था, जो कि देहरा में बिताए पिछले बरसों में लिखी मेरी डायरी पर आधारित था। था तो वह रोज़नामचा ही, लेकिन मैं उसके बीच-बीच में भारत के उस हिस्से के नज़ारे, वहाँ की आवाज़ें और गंध जैसी बारीकियाँ भरने में जुटा था, जिसे मैं बहुत अच्छी तरह जानता था। साथ ही, मैं अपने दोस्तों—सोमी, रनबीर, और किशन के किरदारों को नए सिरे से गढ़ने और किशन की माँ से बचपने में हुए प्यार का रस भरने में लगा था। उन दिनों के इस रोज़नामचे को मैं वैसा भी छोड़ सकता था, लेकिन तब उसे छापने के लिए कोई प्रकाशक न मिलता। 1950 के दौर में कोई प्रकाशक बाइस साल के ऐसे लड़के के दर्द-ए-दिल से भरा रोज़नामचा छापने में दिलचस्पी न लेता जिसकी कोई पहचान न हो। इसलिए उसे एक उपन्यास की शक्ल देना ज़रूरी था।

दिन शराब के और गुलाब के

जब मैं पीछे मुड़कर लंदन में बिताए दो बरसों पर नज़र डालता हूँ, तो मुझे इस बात का एहसास होता है कि वह मेरी ज़िन्दगी का ऐसा दौर रहा जिसमें मुझे ज़रा भी चैन नसीब नहीं हुआ। उस दौरान मैंने कितने मकान बदले और कितने अलग-अलग रिहायशी इलाकों में रहा। मैं बेलसाइज़ पार्क, हैवरस्टॉक हिल, स्विस कॉटेज, टूटिंग और कुछ और जगह पर रहा जिनके नाम भी अब मैं भूल चुका हूँ। मुझे नहीं पता कि ऐसा क्यों होता था, लेकिन मैं ज़्यादा दिन एक बोर्डिंग हाउस में नहीं रह पाता था। और ग्राहम ग्रीन जिस तरह के किरदार निभाया करते थे, उनकी तरह मैं किसी बुरे इरादे से पीछा करने वालों से बच कर भागा नहीं फिर रहा था। अगर आप निर्मला को बुरी नज़र रखने वालों में गिनें तो और बात है।

वह नेक-दिल लड़की मेरे एक दोस्त की बहन थी, जिसने अपने दिमाग में बैठा लिया था कि मुझे एक बहन की ज़रूरत है। और इसी सोच के साथ वह मुझे ऐसा लाड़ करती थी, जहाँ देखो मेरे पीछे चली आती थी जिस कारण मुझे ग्लेनमोर रोड वाली जगह छोड़ कर एक महीने के लिए दक्षिणी लंदन के टूटिंग इलाके में रहना पड़ा। मैं लंदन के उत्तरी इलाके में रहना चाहता था, क्योंकि वहाँ भारतीयों, अफ्रीकी और यूरोप के देशों से आए छात्रों की मिलीजुली आबादी बढ़ रही थी। मैंने शुरुआत में कुछ दिनों छात्रों के लिए बने एक होस्टल में रहने की कोशिश की लेकिन वहाँ खाना बेहद बेकार होता था और चैन से रहने के लिए एकान्त भी नहीं मिलता था। इसलिए मैं एक ऐसी जगह रहने लगा जहाँ सिर्फ़ एक कमरा भर था और खाने के लिए मैं आसपास के स्नैक बार और कैफ़े चला जाता था। स्विस कॉटेज के पास मुझे एक अच्छी सी जगह मिल गई थी जहाँ मैं रात को एक-दो गिलास शेरी के बाद थोड़ा बहुत खाकर पैदल अपने कमरे तक लौट, अपने उपन्यास के कुछ पन्ने लिख डालता था।

मेरा खाना-पीना ठीक नहीं चल रहा था और ज़रूर मुझे किसी चीज़ की कमी हो गई होगी, क्योंकि मेरी दाहिनी आँख धुंधलाने सी लगी और मुझे देखने में थोड़ी दिक्कत होने लगी। कुछ दिनों के लिए मुझे अस्पताल में भी रहना पड़ा। पता चला कि मुझे धीरे-धीरे हावी होने वाली अयेल्ज़ डिज़ीज़ घेर रही थी जिसका इलाज लम्बा चलता है और जो विरलों को ही होती है। इसी बात पर मैं मन ही मन इतराता फिर रहा था कि मैं भी खुद को उन 'महान' लोगों में गिन सकता हूँ जो इस बीमारी के किसी न किसी रूप में शिकार रहे थे—कीट्स, ब्रॉन्टे, स्टीवेंसन, कैथरीन मैन्सफ़ील्ड, अर्नेस्ट डावसन—और मैंने सोचा कि अगर मैं इनकी तरह लिख सकूँ तो मैं आँख की बीमारी के साथ भी खुशी से जी लूँगा!

लेकिन बीमारी ठीक हो गई (कुछ वक़्त के लिए ही सही), और मैं वापस काम पर जाने लगा, शारलेट स्ट्रीट पर फ़ोटैक्स में भारी-भरकम बही-खातों में आँकड़े जोड़ने लगा। जोड़ने वाली मशीनें (कैलकुलेटर) तब आनी ही शुरू हुई थीं, लेकिन मेरे मालिक अपने पुराने बही-खातों से ही खुश थे—और मैं भी। कई-कई घंटे, हफ़्तों और महीनों यही करते-करते मैं पाउंड, शिलिंग और पेनी जोड़ने के काम में खूब खरा हो गया था। काफ़ी खुश भी था--जोड़-घटाने से ज़्यादा आगे की गणित की ओर कदम बढ़ाने की ज़रूरत न रहने तक सब ठीक था! गणित पर मेरी पकड़ कभी अच्छी नहीं रही, जबकि मैं हमेशा खुद को याद दिलाता रहता था कि लुईस कैरल, जो हमेशा मेरे पसन्दीदा लेखकों में रहे, गणित की किताबें भी लिखा करते थे।

दुनियादारी की खातिर बाबूगिरी की नौकरी कभी मेरी लेखक वाली ज़िन्दगी में आड़े नहीं आई, हालाँकि अकसर अकेले ही लंदन, खासकर ईस्ट एंड इलाके में घूम-घूम कर डॉक्टर जॉनसन, डिकेंस और उनके किरदारों डब्ल्यू. डब्ल्यू. जेकब्ज़, जेरोम के जेरोम, जॉर्ज और वीडन ग्रॉसस्मिथ से जुड़ी बैरी के केनसिंगटन गार्डन, डिकेंस के बन्दरगाह, गिसिंग की बेरहम गलियाँ, फ़्लीट स्ट्रीट, पुराने म्यूज़िक हॉल, सोहो और उसके यूनानी और इतालवी रेस्तरां देखता फिरता था।

इन बाद वाली जगहों पर मैं 1890 के दौर के कवियों, खासकर अर्नेस्ट डावसन के बारे में सोचा करता था जो रेस्तरां में खाना परोसने वाली उस चुलबुली लड़की के प्रेम रस में रची कविताएँ लिखा करते थे जिसे शायद उनके होने की भी खबर नहीं थी। कुछ वक़्त के लिए तो मैं अपने डावसन के दौर में ही खो गया—उदासी और ख़्वाबों की दुनिया में, नाकामी के एहसास में डूबा, लुटा हुआ सा।

उनकी कुछ कविताएँ मुझे रट गई थीं, जैसे यह प्यारे बोल—

दे आर नॉट लॉन्ग, द डेज़ ऑफ़ वाइन्ज़ एण्ड रोज़ेज़ :
आउट ऑफ़ अ मिस्टी ड्रीम
अवर पाथ इमर्जेज़ फ़ॉर अ व्हाइल, देन क्लोज़ेज़
विदिन अ ड्रीम।

(बीत जाते हैं जल्द दिन गुलाब के, दिन शराब के
मिलती है बस झलक भर राह की
छाए रहते हैं धुंधलके ख़्वाब के
इतनी ही पहुँच है चाह की।)

बेचारे डावसन, भरी जवानी में चल बसे और वह भी आधे-अधूरे। मामूली कवियों में गिना गया उन्हें और कविता के पारखियों ने उन्हें बेमायने कह कर नकार दिया, लेकिन वह अपने दर्द भरे लाजवाब तरानों के साथ आज भी हमारे बीच मौजूद हैं।

मेरे दफ़्तर से बस ज़रा सा आगे ही स्काला थियेटर था और जैसे ही मेरे पास इतनी रकम जमा हो गई कि वहाँ का टिकट खरीद सकूँ (वैसे उन दिनों थियेटर जाना इतना महंगा नहीं था), मैं हर साल क्रिसमस पर होने वाला पीटर पैन का मंचन देखने पहुँच गया, जिसे मैंने तब पढ़ा था जब मैं अपने स्कूल की लायब्रेरी में बैरी की किताबें पढ़ रहा था। इस नाटक में मार्गरेट लॉकवुड पीटर का किरदार निभा रही थीं। चालीस के दशक में वह ब्रिटेन की सबसे लोकप्रिय फिल्म स्टार थीं और इस नाटक में भी सलोनी और चुलबुली नज़र आ रही थीं। जहाँ तक मुझे याद है, कैप्टन हुक की भूमिका में डोनाल्ड वुल्फ़िट थे जिन्हें स्वेंगाली की भूमिका निभाने के लिए जाना जाता था।

फ़ोटैक्स में मेरे साथ काम करने वाले, भले ही कविता-कहानी में ज़रा भी दिलचस्पी नहीं रखते थे, लेकिन मेरे साथ उनकी अच्छी पटती थी। मेरा साथी क्लर्क था केन जो अपने मारमाइट वाले सैंडविच मुझे भी खिलाया करता था। एक थी मेसी जिसके बाल सुनहरे थे और जिसके चाहने वाले लड़के उसे लगातार फ़ोन किया करते थे। और क्लैरेंस था, जो कुछ-कुछ औरतों जैसा था और लोगों को पता था कि वह सोहो की उन जगहों पर जाता था जहाँ 'गे' यानी समलैंगिक जाते थे। यह बात और है कि तब तक यह शब्द भी ईजाद नहीं हुआ था। और हमारे हेड क्लर्क

यानी बड़े बाबू थे, मिस्टर स्मेडली, जो जंग के दिनों में नौसेना में हुआ करते थे और नृत्य-नाटिकाओं में गहरी दिलचस्पी रखते थे। हम अकसर नई-नई नृत्य-नाटिकाओं की चर्चा किया करते थे—गाय्स एंड डॉल्स, साउथ पैसिफ़िक, पेंट योर वैगन, पाल जोई—ऐसी भव्य नृत्य-नाटिकाएँ जिनका मंचन महीनों और यहाँ तक कि सालों तक जारी रहता था।

मेरी मेज़ के सामने वाली खिड़की से एक बहुत बड़ी सी होर्डिंग दिखाई देती थी और कुछ नया होता था तो उसपर एक नया पोस्टर चस्पा हो जाता था। जिस फ़िल्म से पर्दे पर जूडी की वापसी हुई, उस फिल्म—*अ स्टार इज़ बॉर्न* के रिलीज़ होने से कई हफ़्ते पहले जूडी गारलैंड का पोस्टर लग गया था और मुझे अब भी याद है कि उसपर बड़ा-बड़ा लिखा था—जूडी, दुनिया तुम्हारी सुनहरी चकाचौध के लिए बेताब है! और फिर मर्लिन मुनरो तो थी हीं नियाग्रा में, जिसके पोस्टर में वह झरने से भी बड़ी दिख रही थीं और उनके बेहतरीन साथी कलाकार जोज़फ़ कॉटेन कहीं नज़र भी नहीं आ रहे थे।

मेरा दिल, जो भी हो, फ़ोटैक्स के दफ़्तर में नहीं लगता था। मुझे हेड क्लर्क बनने की कोई लालसा नहीं थी और न ही मैं काम-धंधे के गुर सीखना चाहता था। मेरे लिये तो वह सिर्फ़ नौ से पाँच की नौकरी थी जिससे मुझे गुज़ारे भर का मिल जाता था—हफ़्ते में छह पाउंड। और उस दौरान सोने से पहले मैं अपने उपन्यास को दूसरी, या शायद तीसरी बार लिखने में जुटा रहता था।

मैं ही जानता हूँ मैंने उस किताब पर कैसे काम किया! कभी मुझसे कहा जाता कि इसमें ये डालो, तो कभी कुछ हटाने को कहा जाता। शुरुआत में प्रकाशक ने सुझाव दिया कि इसकी भराई की ज़रूरत है। जब मैंने भराई कर दी, तो कहा गया कि इसमें बातों को कुछ ज़्यादा ही खींच दिया गया है और मैं इसकी कुछ छंटाई कर दूँ तो ठीक रहेगा! और जिसकी शुरुआत एक रोज़नामचे से हुई थी, वह पहले लिखने वाले की ज़बान में बयान दास्तान बनी और फिर उसके किरदार अपनी-अपनी कहने लगे। लेकिन सम्पादकों ने सिर्फ़ सुझाव दिए, मेरी भाषा या शैली के साथ कोई छेड़छाड़ नहीं की। और कहानी में वह 'एहसास' बना रहा—मेरे मन में हिन्दुस्तान के लिए, खासतौर से अपने दोस्तों के लिए जो लगाव था—वह पूरी कहानी में मौजूद रहा खरे सोने की लीक की तरह।

प्रकाशकों से अजीबोगरीब और उलटे-सीधे सुझाव ही वजह थी कि अपने पाठकों के सुझाव पर कुछ ज़्यादा ही चलते थे। और यह 'पाठक' दरअसल खुद

जाने-माने लेखक या समीक्षक होते थे जिन्हें छापने से पहले किताब पढ़ने को दी जाती थी, उनकी राय जानने के लिए, और इसके लिए उन्हें भुगतान भी किया जाता था। हाथ की लिखी मेरी किताब एक जाने-माने साहित्य समीक्षक विलियम ऐटकिंस के पास भेजी गई, जिन्होंने कहा कि मैं पैदाइशी लेखक हूँ और मुझे आयरलैंड में जन्मे अंग्रेज़ी लेखक स्टर्न जैसा बताया, लेकिन यह भी कहा कि मुझे और ठहर कर उपन्यास लिखना चाहिए। मेरा उपन्यास पढ़ने वाले एक और 'पाठक' लेसली लैंब ने कहा कि उन्हें कहानी में तो मज़ा आया, लेकिन उसे छापना एक किस्म का जुआ होगा।

किस्मत से, ऐंटनी ढल इस तरह के प्रकाशक थे जो एक नौजवान लेखक को छापने का जोखिम उठाने को तैयार थे, इसलिए किताब के लिए मना कर देने के बजाय उन्होंने पेशगी की रकम दे दी जिससे यह हुआ कि वह छापने का मन बनाने से पहले एकाध साल तसल्ली से सोच सकते थे!

इस दौरान मैं ढल की सम्पादक और उनके कारोबार में भागीदार डोना स्टीफ़ेन के बताए रास्ते पर चल रहा था। वह कम से कम मुझसे दस साल बड़ी थीं, लेकिन हम बहुत अच्छे दोस्त बन गए। वह मुझे खाने के लिए अपने फ़्लैट पर बुलाती थीं और कभी-कभी मेरे साथ सिनेमा या थियेटर देखने भी चली जाती थीं। वह लम्बे कद की, सुनहरे बालों वाली अलग सी दिखाई देती थीं। डोना मुझे पसन्द करती थीं। वह अच्छी सम्पादक होने के साथ खाना भी अच्छा पकाती थीं और मेरे खाने-पीने में गड़बड़ी के मद्देनज़र वह लज़ीज़ और सेहत के लिए बढ़िया खाने पर मुझे अपने यहाँ बुलाने लगीं। फ्रांस, इटली या चीन वाले चाहे जो कहते रहें, इंग्लैंड के बढ़िया खाने से अच्छा कुछ भी नहीं होता। बकरे की रान, ढंग से तली हुई मछली, मीट वाली सलाद, आलू और मीट से बनी शेपड्र्स पाई या आयरिश स्ट्यू यूरोप के देशों और सुदूर पूर्व के देशों में जो भी कुछ परोसा जाता है, उससे कहीं बेहतर होते हैं। मुझे लगता है कि यह बचपन की पसन्द-नापसन्द का मामला है। क्योंकि मेरे दिल में आज भी कहीं न कहीं तरी वाले कोफ़्ते खाने की इच्छा रहती है, क्योंकि दादी के घर पर हम उसका खूब मज़ा लिया करते थे। और हाँ, मिस केलनर के मरैंग की क्या बात थी! मरैंग, एक किस्म का मीठा व्यंजन, जो अब लगता नहीं कि कोई बनाता भी है।

लंदन में अपने पहले साल के दौरान मैंने खुद के साथ सचमुच लापरवाही बरती। खाना बनाने का कोई शौक तो था नहीं, मुझे हर सुबह टोटेनहैम कोर्ट रोड

तक के करीब पच्चीस मिनट के ट्यूब यानी मेट्रो के सफ़र पर निकलने से पहले अपने लिए अंडा बनाने के लिए भी खुद को बड़ी मुश्किल से तैयार करना पड़ता था। दोपहर को खाने की छुट्टी में मैं टहलता हुआ सड़क के उस पार नाश्ते की दुकान पर जाता और वही घिसा-पिटा राजमा-पाव खा लेता था। अगर हैसियत भी होती, तो भी दोपहर को कायदे का खाना खाने के लिए वक़्त नहीं होता था। शाम को मैं किसी छोटे से कैफ़े में थोड़ा तसल्ली से खा पाता था, लेकिन ज़्यादातर नाश्ते से ही मेरा गुज़ारा होता था। ऐसे में, कमज़ोर कर देने वाली बीमारी न होती तो क्या होता!

शायद लंदन में रहते हुए पहली बार राहत भरा दौर वह था जब मुझे हैम्पस्टेड जनरल हॉस्पिटल में पूरा महीना गुज़ारना पड़ा, जो एक खुशनुमा सी जगह निकली।

मुझे वहाँ भेजा गया था अयेल्ज़ डिज़ीज़ के इलाज के लिए जिसके लिए अकसर मेरी दाहिनी आँख में कॉर्टिसोन के इंजेक्शन लगाए जाते थे। लेकिन मुझे पूरा खाना खाने की छूट थी, बल्कि वह कहते थे कि मैं ढंग से खाऊँ बल्कि दोपहर के खाने के साथ मुझे गिनिस बीयर की एक बोतल भी दी जाती थी। कितने समझदार डॉक्टर थे, उन्हें लगता था कि मुझे थोड़ी ज़्यादा ताकत देने वाली चीज़ें लेनी चाहिए!

गिनिस की बोतल की वजह से मैं पूरे वॉर्ड की आँखों में खटकने लगा था, लेकिन लोगों का चहेता बनने के लिए मैं नर्स की नज़रों से बचकर थोड़ी गिनिस अपने पड़ोसियों को देने लगा। एक नर्स क्या गज़ब की खूबसूरत थी और वार्ड के आधे लोग उसे दिल दे बैठे थे।

वह जनरल वॉर्ड था और एक मरीज़—ट्रिनीडाड का वेस्ट इंडियन जिसका नाम जॉर्ज था—उसे लगने लगा कि डॉक्टर उसी को तरह-तरह की जाँच-पड़ताल के लिए इस्तेमाल कर रहे हैं। जब उसे रीढ़ की हड्डी में सूई लगाई जाती तब वह खूब हाय-तौबा मचाता था। मैं उसके बिस्तर पर बैठकर उसे शान्त करने की कोशिश करता और वह तो मेरे हौसला बढ़ाने का ऐसा मोहताज हो गया कि जब कभी उसकी जाँच-पड़ताल होती या इलाज के लिए कुछ किया जाता, तो वह चाहता था कि मैं उसके पास मौजूद रहूँ।

अस्पताल में रहते हुए मैंने बहुत कुछ पढ़ा—एक आँख से, एक छोटी सी कहानी लिखी और मिलने के लिए आने वालों से बड़े ढंग से मिलता था। मिलने वालों में फ़ोटैक्स में मेरे साथ काम करने वालों से लेकर मेरी किताब की होने वाली

प्रकाशक डोना स्टीफ़ेन, हैम्पस्टेड में रहने वाले मेरे कुछ भारतीय दोस्तों से लेकर मेरी नई माँ जैसी छवि वाली मकान-मालकिन भी शामिल थी, जिसके कुछ बच्चे यहूदियों के खिलाफ़ हिटलर की मुहिम का शिकार हुए थे।

जब मैंने अस्पताल छोड़ा, तब मैं थोड़ा सा अमीर हो गया था, तनख़्वाह के कुछ पाउंड बच गए थे और इलाज नैशनल हेल्थ स्कीम के तहत मुफ़्त में हुआ था। देखने में जो धब्बे से दिखाई देते थे, वह आँखों से साफ़ हो चुके थे और मेरा वज़न भी कुछ बढ़ गया था—दोपहर के खाने में मिलने वाले मटन चॉप और गिनिस की बदौलत।

जाने से पहले उस वेस्ट इंडीज़ वाले जॉर्ज ने मुझसे मेरा पता पूछा, लेकिन न जाने क्यों मुझे ऐसा लगा कि अब मुझे यह कभी नहीं दिखाई देगा।

देहरा वापसी

जर्सी में सारे जहाँ से कट कर अलग-थलग पड़े रहने के बाद लंदन तो ऐसा लगा जैसे आज़ादी नसीब हुई हो। थियेटर, किताबों की दुकानें, म्यूज़ियम, लायब्रेरी। इन सब की वजह से मेरा इल्म हासिल करने का सिलसिला आगे बढ़ रहा था। एक बार भी मन में डिग्री पाने के लिये किसी कॉलेज में दाखिला लेने के बारे में मैंने गम्भीरता से नहीं सोचा। किसी भी सूरत में, न तो मेरे पास इतनी रकम का इंतज़ाम था और न ही ऐसा कोई था जो मेरा खर्च उठाता। बल्कि मुझे दुनिया के मज़दूरों की जमात में शामिल होना पड़ा। लेकिन केनसिंगटन गार्डन्स, रीजेंट पार्क, हैम्पस्टेड हीथ और प्रिमरोज़ हिल में मुझे खुली और हरियाली से भरी जगह मिल जाती थी, जिनकी मुझे ज़िन्दा रहने के लिए ज़रूरत थी। कई मायनों में लंदन एक हरा-भरा शहर था। ईस्ट एंड में तो, वास्तव में, मैं शब्दों की दुनिया से जुड़े मुकाम ढूँढने जाया करता था।

लेकिन मेरी ज़िन्दगी में कुछ ऐसा था जिसकी कमी अखर रही थी। वू फ़ुऔंग हवा के झोंके की तरह आई और चली गई जिसके नाम पर उसका नाम रखा गया था। और उसकी जगह लेने वाला कोई नहीं था।

मेरे देहरा वाले दोस्तों का लगाव, अपनापन और मस्ती के सुख, हिन्दुस्तान के रंग और वहाँ का माहौल, इस सब से अपने जुड़ाव का एहसास—इसी सब की कमी सता रही थी मुझे।

हालाँकि मेरी परवरिश ही अंग्रेज़ी भाषा और उसके साहित्य से लगाव के माहौल में हुई थी और मेरे बाप-दादा ब्रिटिश थे लेकिन वास्तव में ब्रिटेन मेरी अपनी जगह नहीं थी। पिकडेली और लाइस्टर स्क्वैर की रोशनियों, या फिर केंट के सेब बागान और बार्कशियर के स्ट्रॉबेरी के खेतों से मेरा कोई वास्ता नहीं था। मेरा रिश्ता तो, पक्के तौर पर पीपल के पेड़ों और आम के बागों से था, हिन्दुस्तान भर में फैले

अलसाये से छोटे शहरों से, तपती धूप से, मटमैली नहरों से, गेंदे की तीखी गंध, घर की पहाड़ियों, मसालों की महक, गर्मी में बारिश से भीगी ज़मीन की महक, फूटती निंबौरी, खिलखिलाते साँवले चेहरों और इंसानी रिश्तों की अन्तरंगता से था।

इंसानी रिश्ते! सबसे ज़्यादा तो मुझे इन्हीं की कमी खलती थी। जिस दफ़्तर में काम करता था, वहाँ उनका नामोनिशान नहीं था, न ही मेरी मकान-मालकिन के घर में और न ही उन तमाम जानकार-समझदार लोगों के समाज में था जिनसे मैंने खुद को जोड़ रखा था और न ही उन मयखानों में जहाँ मैं कभी-कभी भूला-भटका पहुँच जाया करता था। गलतफ़हमी के डर के बिना किसी को छू लेने की आज़ादी, लालसा से नहीं लगाव के साथ किसी का हाथ पकड़ लेने की छूट, या फिर किसी की तमन्ना जान लेने की खातिर और तसल्ली के लिये। खुद को गैर महसूस किए बिना अजनबी लोगों के बीच होने के लिए। क्योंकि हिन्दुस्तान में कोई अजनबी नहीं होता!

मैं चार साल से हिन्दुस्तान से दूर था, लेकिन अपनेपन के तार बिलकुल पहले की तरह ही जुड़े थे और वापस लौटने की चाहत कभी कम नहीं हुई थी।

मैं हिन्दुस्तान जाने के बाद रोज़गार के लिए क्या करूँगा यह खुद मेरे लिए भी एक पहेली जैसा था। ऐसा तो होता नहीं है कि आप रोज़गार के दफ़्तर में घुस जाएँ और वहाँ आपको नौकरी तैयार मिल जाए। ऐसी कोई काबलियत नहीं थी मेरे पास। लिखने के सिवा मैं कुछ कर नहीं सकता था और इस काम में भी फ़िलहाल नया-नवेला था। अगर मैं खुद को बिना नौकरी किए पत्र-पत्रिकाओं के लिए लिखने वाले लेखक के तौर पर पेश करूँ और काम के लिए देश की हरेक मैग्ज़ीन के दफ़्तर पर धावा बोल दूँ, तो शायद गुज़ारे भर का कमा सकूँ। उस समय यही कोई आधा दर्जन अंग्रेज़ी की मैग्ज़ीन रही होंगी पूरे हिन्दुस्तान में, और अंग्रेज़ों के दौर के स्कूल-कॉलेज की किताबें छापने वालों के सिवा दूसरे प्रकाशक नहीं ही थे। इसमें कोई शक नहीं कि ज़्यादा कुछ नहीं हो सकता था लेकिन इससे मैं बिलकुल भी नहीं घबरा रहा था। मुझे खुद पर पूरा ऐतबार था, शायद कुछ ज़्यादा ही और हिम्मत बहुत थी। एक बात मैं हमेशा खुद से दोहराता था—'कभी मायूस मत हो। और अगर हो भी जाओ, तो मायूसी के बावजूद काम में जुटे रहो।' और ज़ाहिर है, जवानी में जो उम्मीदें होती हैं, वे तो थी हीं।

उधर डोना स्टीफ़ेन और एंटनी डल मुझसे लगातार यही कह रहे थे कि एक दिन मेरी किताब ज़रूर छापेंगे। आखिर मैं भी अड़ गया, उपन्यास पर और काम

करने से इनकार कर दिया। उनसे पचास पाउंड पेशगी वसूल कर ली, क्योंकि उन दिनों आमतौर पर पेशगी में इतनी ही रकम मिलती थी। इस शाही रकम में से मैंने एस. एस. बतौरी नाम के जहाज़ से बंबई जाने का टिकट खरीदा। पोलैंड का यह यात्री-जहाज़ भी कभी आलीशान हुआ करता था। अब मेरे पास उस कहानी की रकम बची थी जो मैंने बीबीसी को बेची थी और कुछ फ़ोटैक्स की तनख़्वाह से बचाई हुई रकम थी, जिससे मैंने अच्छा सा सूटकेस खरीदा और घर ले जाने के लिए कुछ तोहफ़े।

चलने से पहले मैं बहुतों से तो अलविदा भी कहने नहीं गया—सिर्फ़ अपने दफ़्तर वालों से मिला, जिन्होंने माना कि मैं और मेरा स्कॉटलैंड के मशहूर कॉलेडियन-गायक सर हैरी लॉडर की नकल उतारना उन्हें याद आएगा। और अपनी मकान मालकिन से मिला, जिन्हें अपनी गायकी के लिए मशहूर अमरीकी अदाकारा अर्था किट के रिकॉर्ड दिए—और अक्तूबर की शुरुआत में एक सर्द सुबह तख़्तों से बने गलियारे पर कदम बढ़ाता बतौरी पर चढ़ गया।

जल्दी ही हम गुनगुने मेडिटेरेनियन सी यानी भूमध्यसागर तक पहुँच गए और कुछ ही दिनों बाद और भी गर्माहट भरी रेड सी यानी लाल सागर में। गर्मी बढ़ने के साथ मज़ा आने लगा। लेकिन बतौरी अजीब जहाज़ था। लोग उसे मनहूस बताते थे। कुछ महीने पहले उसके पोलिश जहाज़ियों ने ब्रिटेन में राजनैतिक शरण ली थी। और अब जब हम स्वेज़ कैनाल से गुज़र रहे थे, तब एक जहाज़ी ने पानी में छलांग लगा दी और फिर नज़र ही नहीं आया। उम्मीद है तैर कर किनारे लग गया होगा।

फिर, जब हम अरब सागर में पहुँचे, हमें आधी रात को अपने बिस्तरों से निकलना पड़ा क्योंकि जहाज़ की खतरे की घंटियाँ घनघनाने लगी थी और हमें लगा कि बतौरी डूबने वाला है। क्योंकि डूबते जहाज़ से बचने के लिए नावें कैसे इस्तेमाल करनी हैं, इस बारे में कोई तैयारी नहीं करवाई गई थी और न ही किसी को इस बात का अन्दाज़ा था कि लाइफ़बैल्ट कैसे बाँधनी चाहिए, इसलिए लोगों में कुछ घबराहट थी। चीख-पुकार मची थी—'जहाज़ को छोड़ो!' 'कोई पानी में गिर गया है!' और 'पहले औरतें और बच्चे!'—लेकिन औरतों-बच्चों को पहले मौका मिल रहा हो, ऐसा कुछ नज़र नहीं आ रहा था। कुछ भी समझ में नहीं आ रहा था। आखिरकार बात खुली तो पता चला कि पोलैंड की वोदका कुछ ज़्यादा चढ़ाकर टल्ली हुआ एक मुसाफ़िर वाकई में पानी में गिर गया था। एक लाइफ़बोट उतारी गई और जहाज़ एक जगह ठहर कर हिचकोले खाता रहा। लेकिन मुसाफ़िर

को बचाया जा सका या नहीं, यह हमें नहीं बताया गया। और न ही मुझे यह पता चला कि वह कौन था, या कौन थी। जो भी हादसा हुआ था, उसे अंधेरे और समन्दर का हद से ज़्यादा फैलाव निगल गया।

बतौरी की दर्द भरी दास्तान अभी खत्म नहीं हुई थी।

ज्यों ही जहाज़ बंबई के बैलार्ड पीयर से लगा, उसके माल रखने वाले हिस्से में आग लग गई। ज़्यादातर मुसाफ़िरों का भारी सामान जल कर खाक हो गया। किस्मत से मेरा सूटकेस और टाइपराइटर मेरे साथ थे, मैं उन्हें सारे रास्ते सीने से चिपटाए विक्टोरिया टरमिनस तक और फिर वहाँ से देहरादून तक ले गया। मुझे पता था कि अब कुछ समय तक नए कपड़े और नया टाइपराइटर खरीदने की नौबत नहीं आने वाली थी।

जब ट्रेन देहरा पहुँची तो मैंने पाया कि देविंदर मेरा इंतज़ार कर रहा था। सोमी और रनबीर कलकत्ता चले गए थे।

देविंदर अपनी साइकिल से आया था। वह उन दिनों एक चाय बागान में काम करने वाले के घर के आउटहाउस में रह रहा था।

मैं देविंदर की साइकिल के डंडे पर बैठ गया और वह बड़ी शान से साइकिल चलाता उसी शहर के जाने-पहचाने रास्तों से मुझे अपने घर ले गया, जिसने मेरी ज़िन्दगी को ढालकर एक शक्ल दी थी।

ओडियन सिनेमा में बोगार्ट की एक पुरानी फ़िल्म चल रही थी। सड़क के किनारे छोटी-छोटी खाने-पीने की दुकानें खुली थीं। बोगनविलिया रंग बिखेर रहे थे। अमराई से आम की बौर की मीठी-मीठी महक आ रही थी। देविंदर बातें किए जा रहा था। और लड़कियाँ पहले से भी ज़्यादा सुन्दर-सलोनी लग रही थीं।

उस साल मैं चौबीस साल का हुआ था।

पुरानी दिल्ली में गर्मी के दिन

अगले साल मैं देहरा छोड़ दिल्ली चला गया, और राजधानी में कुछ साल रहा बिना कोई पक्की नौकरी किए जब जैसा मिल जाए, लिखने का काम करता रहा और कुछ वक़्त एक इंटरनैशनल रिलीफ़ एजेंसी में काम किया। दिल्ली में रहते हुए मैं कोई बहुत खुश नहीं था, लेकिन देहरा से निकलने की भी ज़रूरत मैंने महसूस की थी, क्योंकि वहाँ अंग्रेज़ी में लिखने वाले नौजवान हिन्दुस्तानी कलमकार के लिए बहुत थोड़े मौके थे। दिल्ली को मैं दिल नहीं दे पाया, क्योंकि वह तो हमेशा पहाड़ों में और उत्तर भारत के छोटे शहरों में रमा रहता था।

लेकिन दिल्ली की कुछ बातें मुझे पसन्द आने लगीं, यहाँ तक कि गर्मियों में भी। हिन्दुस्तान में जैसी गर्मी पड़ती है, उसकी भी अपनी एक महक होती है जिसे कभी भुलाया नहीं जा सकता। वह सिर्फ़ प्यासी धरती से उठने वाली सुगंध ही नहीं, बल्कि मैदानी इलाकों की गर्मी के मौसम से जुड़ी तमाम सारी बातें होती हैं जो इस मौसम को ऐसा बनाती हैं कि एक तरफ़ तो इसे सहा नहीं जाता और दूसरी तरफ़ इसकी मिठास को भुलाया भी नहीं जा सकता। क्योंकि कौन भूल सकता है कि यही गर्मी का मौसम मोगरे की महक लेकर आता है, जो शाम के झोंकों में बसी आम की बौर, रात की रानी और गोबर के उपलों के धुएँ की महक के साथ हमें छूकर आगे बढ़ जाती है।

हालाँकि मैंने अपनी ज़िन्दगी का ज़्यादातर हिस्सा पहाड़ों में गुज़ारा है, लेकिन मैं कुछ गरम जगहों पर भी रहा हूँ—उमस से भरे काठियावाड़ के बन्दरगाह, गुज़रे ज़माने की धूल भरी नई दिल्ली और गर्म जावा—घमौरियों, मच्छरों के ददोड़ों, उतर-उतर कर चढ़ने वाले बुखार, पेचिश और गर्म आबोहवा की दूसरी तकलीफ़ों से अनजान नहीं रहा। आज राजधानी दिल्ली के बाशिंदे प्रदूषण और ज़्यादा आबादी का दुखड़ा रोते हैं और मैं पहाड़ के अपने बसेरे के बदले में गर्मी में तपने को तैयार

नहीं हूँ, लेकिन आज आधे दिल्ली वालों के पास एअर-कंडीशनर, कूलर, रेफ्रिजरेटर और गर्मी को दूर रखने के दूसरे तरीके हैं। 1940 का दौर ऐसा था कि अगर आपके पास एक छोटा सा टेबल-फ़ैन भी हो तो समझिए कि आप खुशनसीब हैं, वह भी तभी असरदार होता था जब भिश्ती अपनी मशक लेकर आए और आपके खिड़की-दरवाज़ों पर लगे खस के पर्दों को तर कर दे, क्योंकि इसके बिना तो पंखा भी गरम हवा ही फेंकता। चालीस के दशक की शुरुआत में मैं दिल्ली में, अपने पिता के साथ रह रहा था और नई दिल्ली के बंगलों (उन दिनों क़ुतुब मीनार ही इकलौती ऊँची इमारत थी) के कमरों और बरामदों को ठंडा रखने वाली गीली खस की खुशबू को कभी नहीं भूल सकता।

हुमायूं के मकबरे के पास झाड़-झंखाड़ के जंगल के एक सिरे पर रॉयल एअर फ़ोर्स के लोगों के लिए छोटी-छोटी कुटियाँ बनी थीं जिनमें से एक में पिताजी और मैं रहते थे। तब यह जगह दिल्ली का एक सिरा हुआ करती थी, जहाँ बगीचे में मोर और गुसलखाने में साँप मिलने की पूरी उम्मीद रहती थी। भिश्ती और खस की बदौलत हमारी गर्मियाँ पार होती थीं। इनके अलावा डिब्बे जैसा चाबी भरने से चलने वाला ग्रामोफ़ोन भी बड़े काम का था जिस पर मैं एक के बाद एक लगातार रिकॉर्ड बजाया करता था, जिन्हें सपाट रखना पड़ता था ताकि वह गर्मी से टेढ़े-मेढ़े न हो जाएँ। मेरे पिताजी को ऑपेरा पसन्द था, और वे अपनी छुट्टी के दिन तार सप्तक में गाने वाले इतालवी ऑपेरा गायक करूज़ों के रिकॉर्ड बजाया करते थे। बड़ा अजीब लगता था उनके साथ पसीने से तर-बतर बिस्तरों पर बैठकर करूज़ों का कि जलीदा मनीना सुनना, जबकि उस इतालवी बोल के मायने कुछ यूँ निकलते थे—

नाज़ुक छोटे हाथ तुम्हारे हो रहे हैं बर्फ़ से
मुझे थमा दो इनमें गुनगुना दूँ, जान डाल दूँ!

मैं दस साल का था और गर्म इलाकों में रहकर बड़ा हो रहा था, इसलिए मुझे तो अन्दाज़ा भी नहीं था कि हाथ बर्फ़ से कैसे जम सकते हैं। इस एहसास के लिए मैं ज़्यादा से ज़्यादा अपने हाथ आइसक्रीम में सान सकता था।

1959 में मैं अब और बड़ी हो चुकी नई दिल्ली के एक दूसरे सिरे पर रह रहा था। बँटवारे के बाद पंजाब से आने वाले शरणार्थियों की वजह से राजधानी के बाहरी इलाकों में नई-नई कॉलोनी खड़ी होने लगी थीं और उस समय सबसे दूर पड़ता था राजौरी गार्डन का इलाका। कहने की ज़रूरत नहीं है कि वहाँ गार्डन यानी

बगीचे नहीं थे। बिना पेड़ों की कॉलोनी हरियाणा और राजस्थान से आने वाली गर्म हवाओं के थपेड़े झेलती थी। नजफ़गढ़ रोड के एक ओर मकान बने थे। दूसरी तरफ़ तब तक कोई शहरी बसावट नहीं थी। दूर तक गेहूँ और दूसरी फ़सलों के खेत थे जो वहीं के रहने वालों के थे। लगातार सताती रहने वाली शहर की ज़िन्दगी से बच निकलने की कोशिश में मैं सड़क पार करके खेतों में चला जाता था जहाँ पुराने कुएँ, गूल, ऊँट और भैंसों के अलावा वे परिंदे और छोटे-मोटे जानवर दिखाई दे जाया करते थे जो अब शहर में नहीं पाए जाते थे। अजीब सी बात है, शहर की ज़िन्दगी से उकता जाने की वजह से ही मैं क़ुदरती चीज़ों में ज़्यादा दिलचस्पी लेने लगा था। उससे पहले मैंने किसी चीज़ की अहमियत ही नहीं समझी थी।

उस दौर में मैं जो नोटबुक अपने साथ रखता था, वह अब मेरे सामने रखी है और उसमें सबसे पहले इंडियन रोलर यानी नीलकंठ के बारे में लिखा हुआ मौजूद है, वह पक्षी जो उन दिनों खुले इलाकों में खूब दिखाई दिया करते थे। जब बैठी होती है, तब यह चिड़िया बेहद मामूली सी लगती है लेकिन जैसे ही वह उड़ान भरती है, उसके डैनों के शानदार चटक नीले पंख और पूँछ के हल्के नीले पंख खुल कर छा जाते हैं। वह बिना हिले-डुले बैठी रहती है... लेकिन बड़ी-बड़ी काली आँखें घास में हर तरफ़ चौकसी रखती हैं। कोई टिड्डा या झींगुर की बस झलक भर दिखाई दे जाए, नीलकंठ सीधे अपने शिकार की तरफ़ तेज़ी से उड़ान भरते हैं। बसन्त और गर्मी के शुरुआती दिनों में यह अपने अंग्रेज़ी नाम को सही ठहराते हुए अपने साथी के साथ खूब तीखी आवाज़ें निकालते हुए हवा में ऊँचे जाकर कलाबाज़ी खाते हुए नीचे को गोते लगाते हैं। यह इनका हवा में सचमुच का रॉक-एंड-रोल करते हुए आपस में एक-दूसरे के लिए प्यार जताने का तरीका है।

नजफ़गढ़ रोड से कुछ दूर एक बड़ा सा गाँव का पोखर था, जिसके किनारे था एक शानदार बरगद का पेड़। आज हमारे पास बरगद के पेड़ों के लिए जगह ही नहीं बची है क्योंकि उन्हें अपने हाथ-पाँव फैलाने और आराम से रहने के लिए बहुत ज़्यादा जगह की ज़रूरत होती है। उसकी हवाई जड़ें काट दो तो लहीम-शहीम पेड़ लड़खड़ा कर गिर पड़ेगा—और आमतौर पर ऐसा ही किया जाता है उसकी जगह बड़े-बड़े कमरों वाले रिहायशी अपार्टमेंट बनाने के लिए। उस पेड़ के यही कोई सौ-एक हवाई जड़ों से बने खंबे सरीखे सहारे तो होंगे। दूर तक फैली डालों को थामे रखने के लिए और डालों पर छाया पत्तों का साया, जैसे किसी महल का बहुत बड़ा कमरा। कहा गया है कि बरगद की छांव में पूरी फ़ौज के आराम करने लायक

जगह होती है और शायद किसी ज़माने में ऐसा होता भी होगा। मैंने एक अलग ही किस्म की फ़ौज को गाँव के पोखर वाले उस बरगद पर आते देखा, तब जब उसपर गूलर होते थे। तोते, देसी मैना, गुलाबी मैना, कलगी वाली बुलबुल, बिना कलगी वाली बुलबुल, बसन्ते और कितने ही दूसरे परिंदे बड़े-बड़े सुर्ख गूलरों की दावत उड़ाने के लिए जमघट लगाते थे। ऋतुपर्व की मंगल ज्योनार!

नजफ़गढ़ रोड के और आगे एक बड़ी सी झील थी, जो मछलियों के लिए मशहूर थी। पता नहीं झील का कोई टुकड़ा अब भी मौजूद होगा, या फिर भराई के बाद वह वृहत्तर दिल्ली का हिस्सा बन चुकी होगी। झील किनारे किसी बबूल या कीकर के नीचे सुस्ताते हुए मछलीखोर किंगफ़िशर यानी रामचिरैया को पानी की सतह के पास मंडराते और छपाक से डुबकी मार कर झिलमिलाती मछली के साथ बाहर निकलते देखा जा सकता था। हमारे यहाँ आमतौर पर पाया जाने वाला कॉमन इंडियन किंगफ़िशर यानी रामचिरैया छोटा सा सुन्दर पक्षी होता है—नीली पीठ, गले पर सफ़ेदी और नीचे वाला हिस्सा नारंगी। जब मुझे कोई रामचिरैया पानी के ऊपर झूलती किसी झाड़ी या चट्टान पर बैठा दिखाई दे जाता तो फिर मैं उसे ताड़ता रहता था कि कब वह तीर की तरह पानी में जाकर वापस अपने अड्डे पर लौटता है अपने शिकार को खाने के लिए। चटक नीला रंग, बिजली सी तेज़ी से पानी पर आना और तीखी टिट-टिट-टिट की आवाज़ में शोर मचाना।

रामचिरैया को लेकर ढेरों पौराणिक कहानियाँ-कहावतें हैं—उनमें से एक जो मुझे सबसे अच्छी तरह याद है, वह महान फ्रांसीसी लेखक रोमाँ रोलां ने बयाँ की थी, जिसमें बताया गया है कि रामचिरैया पहले सादा सा बेरंगा परिंदा था और उसके पंखों को दमकते हुए रंग तब मिले जब नूह ने उसे अपनी कश्ती से छोड़ा और वह सीधे सूरज की ओर उड़ चला। उसके ऊपर वाले पंखों पर आसमान का रंग चढ़ गया, जबकि नीचे के पंख डूबते हुए सूरज की किरणों से झुलस कर लाल-गेरुए से हो गए।

गर्मी हो या सर्दी, मुझे धूल और गाड़ियों की भीड़भाड़ से बड़ी चिढ़ मचती थी और मैं पैदल ही सारी दिल्ली में घूमता था—राजौरी गार्डन से कनॉट प्लेस, जो कि पाँच या छह मील होगा, तो कभी दरियागंज से चाँदनी चौक और अजमेरी गेट से इंडिया गेट! किसी शहर को जानने का यही सबसे अच्छा तरीका होता है। मैं सारे लंदन में घूमा हूँ। अब मैं वही काम दिल्ली में कर रहा था। पुराने मकबरों और यादगार इमारतों, ऐतिहासिक सड़कों और पुराने मकानों को देखता-समझता, या

फिर इंडिया गेट के पास घास में बैठ कर जामुन खाता। मुझे जामुन का खट्टा-कसैला स्वाद खूब भाता था, जिसे अगर थोड़ा सा नमक लगा कर खाया जाए तो बहुत मज़ा आता है और उसका गहरा बैंगनी रंग भी मुझे पसन्द है। दिल्ली की अच्छी चीज़ों में से एक था जामुन।

छोटी सी शुरुआत

बारिश का मौसम बीत रहा था और सितम्बर के उस दिन पहली बार धूप खिली थी और मैं चीड़ के पेड़ों से पटी उस टेकरी पर पहुँचा जिस जगह मुझे शान्ति और बल मिलता था।

मसूरी... कभी सोचा भी नहीं था कि यह वह जगह होगी जहाँ पहुँचकर मैं आखिरकार बस जाऊँगा।

मेरी माँ का एक ऑपरेशन हुआ, जिसके बाद जल्दी ही वह चल बसीं और कुछ समय बाद ही मैं देहरा लौट आया। ज़िन्दगी अपने ढर्रे पर चलने लगी थी। लेकिन ज़्यादा दिन नहीं चली, क्योंकि एक दिन मेरे नाम एक कानूनी चिट्ठी आई जिससे मुझे पता लगा कि मसूरी में एक मकान का मालिकाना हक मुझे विरासत में मिला है। और वह भी और किसी से नहीं, केन अंकल से। बढ़ा-चढ़ा के नहीं कह रहा हूँ, मैं सचमुच सन्न रह गया था। मुझे तो कोई खबर भी नहीं थी कि केन अंकल इंग्लैंड से हिन्दुस्तान वापस लौट आए थे और उससे भी बुरा तो यह था कि मुझे न तो उनका कोई अता-पता था और न अब तक उनकी मौत की जानकारी थी। सब कुछ जानने की जल्दी ने मुझे बेचैन कर दिया था। क्या केन अंकल मुझे इतना चाहते थे कि मेरे लिए मकान—अपना मकान—मेरे नाम कर गए? उन्होंने इतने साल मुझसे मिलने, बात करने की कोशिश क्यों नहीं की? मसूरी कोई देहरा से ज़्यादा दूर भी तो नहीं था।

इन तमाम सवालों के बोझ से दबा मैं अपनी इस विरासत पर नज़र डालने के लिए निकल पड़ा। मायूसी हाथ नहीं लगी—एक पहाड़ी की ढलान पर था वह कॉटेज—कुटिया जैसी बनावट वाला छोटा सा दिलकश बंगला, जहाँ से बेहतरीन नज़ारा दिखाई देता था।

मैं सोचने लगा कि अब मुझे क्या करना चाहिए। शायद मेरे लिए उस कॉटेज

को किसी और को बेच, उसे भूल जाना बेहद आसान था। लेकिन क्या केन अंकल चाहते कि ऐसा हो? हो न हो, उन्हें अपना घर अच्छा ही लगता होगा और ज़रूर वह यही चाहते होंगे कि उसमें कोई ऐसा रहे जो उनके परिवार का हो—और अपने खानदान के जीवित लोगों में एक अकेला मैं ही बचा था जो हिन्दुस्तान में था। मैं देहरा नहीं छोड़ना चाहता था। मेरे सबसे अच्छे साल यहीं बीते थे। लेकिन मसूरी के इस मकान के ज़रिये मुझे एक जगह बस जाने का बेहतरीन मौका मिल रहा था और शिमला में स्कूल के दिनों से ही पहाड़ मुझे अपनी ओर खींचते थे। हाँ, मैं मसूरी के उस कॉटेज को अपना पक्का ठिकाना बनाऊँगा। इस तरह मैं यहाँ आ पहुँचा—मसूरी में।

जाती हुई बरसात में जैसी हरियाली होती है—खूब बढ़े हुए फ़र्न और फूलों से लदी तिकोने पत्ते वाली बेलों की बन्दनवार से सजी झाड़ियों के बीच से होकर—बीच-बीच में निकले हुए पत्थरों के पुल से पहाड़ी धारा को पार करके मैं चीड़ के पेड़ों से ढकी खड़ी चढ़ाई वाली पहाड़ी पर चढ़ने लगा।

यह वह जगह है जहाँ मैं कहानियाँ लिखूँगा। यहाँ से सब कुछ देख सकता हूँ—घाटी के उस पार अपनी कॉटेज। अपने पीछे, और ऊपर की तरफ़, पहाड़ी के कन्धे पर पसरा शहर और बाज़ार। बाईं ओर ऊँचे-ऊँचे पहाड़ और उस विशाल नदी के स्रोत की ओर जाती बलखाती सड़क। नीचे, फैली हुई घाटी, पहाड़ियों का एक और सिलसिला और उनके आगे दूर तक फैला मैदानी इलाका।

आज जब मैं हर तरफ़ नज़रें दौड़ाता हूँ, तो मुझे बगीचे में धूप दिखाने के लिए गद्दे फैलाता प्रेम सिंह भी दिखाई देता है। यहाँ से बस धब्बा सा ही नज़र आता है दूर उस पहाड़ी पर, लेकिन उसके खड़े होने के ढंग से मुझे पता चल जाता है कि वह प्रेम सिंह ही है। आदमी सौ तरह के भेस बदल ले, लेकिन उसके खड़े होने के ढंग से सारा भेद खुल जाता है। मेरे दादाजी को ही ले लें, जो भेस बदलने में माहिर थे और फलवाले या टोकरी बनाने वाले के हुलिये में घूमा करते थे। लेकिन उनके कुछ ज़्यादा ही आगे को झुक कर चलने की वजह से हम उन्हें हमेशा पहचान लेते थे।

प्रेम सिंह झुक कर नहीं चलता है, लेकिन उसकी आसमान की ओर देखने की आदत है (चाहे बादल हों या नहीं) और इस वक़्त वह आसमान की ओर देख रहा है।

प्रेम के साथ आठ साल हो गए हैं। जब मैंने उसे पहली बार देखा था, तब

वह कुल सोलह साल का लड़का था और अब उसकी बीवी और एक बच्चा है।

मुझे कॉटेज में रहते हुए साल भर से कुछ ही ज़्यादा हुआ था और वह रसोई के दरवाज़े के आगे वाली खुली जगह खड़ा था। लम्बा सा लड़का, साँवला, सजीले दाँत, गहरी आँखें, सफ़ेद सूती कपड़े पहने—और उसके पास यही एक जोड़ी कपड़े थे। काम की तलाश में आया था। देखने में मुझे अच्छा लगा, लेकिन...

'मेरे पास तो पहले से कोई है काम के लिए,' मैंने कहा।

'जी, सर। वह मेरे चाचा हैं।'

पहाड़ों में हर कोई भाई या चाचा होता है।

'तुम यह तो नहीं चाहोगे कि मैं तुम्हारे चाचा को नौकरी से निकाल दूँ?'

'नहीं, सर। लेकिन वही कहते हैं कि आप मेरे लिये नौकरी ढूँढ सकते हैं।'

'मैं कोशिश करूँगा। लोगों से बातचीत करूँगा। क्या तुम अभी सीधे गाँव से यहाँ चले आ रहे हो?'

'जी। कल मैं दस मील चलकर पौड़ी पहुँचा था। जहाँ बस मिली।'

'बैठ जाओ। तुम्हारे चाचा अभी चाय बनाते हैं।'

वह वहीं सीढ़ियों पर ही बैठ गया, अपने सफ़ेद किरमिच के जूते उतारे और पैर की उंगलियों को चलाया। उसके पैर बड़े-बड़े थे। लम्बे भी और चौड़े भी, लेकिन बेडौल नहीं थे। पहाड़ का लड़का होते हुए भी वह बेहद साफ़ था और यह कोई मामूली बात नहीं थी। दूसरे लड़कों के मुकाबले लम्बा भी था।

'तुम बीड़ी पीते हो?' मैंने पूछा।

'नहीं, सर।'

'सच कह रहा है,' उसका चाचा बोला। 'यह बीड़ी नहीं पीता। मेरे दूसरे सारे भतीजे पीते हैं, इसे छोड़कर। यह कुछ अलग सा है, कुछ नहीं पीता—न बीड़ी न हुक्का।'

'शराब पीते हो?'

'उससे तो मुझे उल्टी आती है।'

'भांग खाते हो?'

'नहीं, साहब।'

'तुम्हारे अन्दर तो कोई ऐब नहीं है। यह तो बड़ी अजीब बात है।'

'यह बड़ा अजीब है, साहब,' उसका चाचा बोला।

'क्या लड़कियों का पीछा करता है यह?'

'वो इसका पीछा करती हैं, साहब।'

'इसीलिए यह गाँव छोड़ कर नौकरी की तलाश में यहाँ चला आया है।' मैंने उसकी तरफ़ देखा। उसने खींसे निपोर दीं और दूसरी ओर देखते हुए अपने पाँवों को रगड़ने लगा।

'तुम्हारा नाम... ?'

'प्रेम सिंह।'

'ठीक है, प्रेम। मैं तुम्हारे लिए कुछ करने की कोशिश करूँगा।'

उसके बाद वह मुझे एक-दो हफ़्ते तक दिखाई नहीं दिया। उसके लिए नौकरी ढूँढने की बात भी मेरे दिमाग से उतर गई। लेकिन जब मैं दोबारा उससे मिला, बाज़ार के रास्ते में, तब उसने मुझे बताया कि उसे सर्वे में, कुछ समय के लिए, सर्वेयर के टेंट की देखरेख का काम मिल गया था।

'अगले हफ़्ते हम राजस्थान जा रहे हैं,' उसने बताया।

'वहाँ तो बड़ी गर्मी होगी। तुम पहले कभी रेगिस्तान में गए हो?'

'नहीं, सर।'

'वह पहाड़ों जैसा नहीं होता। और घर से बहुत दूर भी है।'

'पता है। लेकिन इस मामले में मेरे पास और कोई चारा भी तो नहीं है। मुझे शादी करने के लिए थोड़ी रकम जुटानी है।'

उसके इलाके में लड़के वाले लड़की वालों को एक रकम देते हैं। आमतौर पर दो हज़ार रुपये।

'तुम्हें शादी करने की इतनी जल्दी है?'

'मेरा सिर्फ़ एक भाई है और वह अभी बहुत छोटा है। माँ की तबीयत ठीक नहीं रहती है। उन्हें बहू चाहिए जो खेतों में, घर के कामकाज़ में, गायों की देखभाल में उनका हाथ बँटा सके। हमारा परिवार छोटा है, इसलिए काम ज़्यादा है, करने वाले कम।'

हर परिवार के पास कुछ सीढ़ीनुमा खेत होते हैं, सकरें और पथरीले जो आमतौर पर किसी धारा या नदी के किनारे उठ रही पहाड़ी ढलान पर होते हैं। उनमें धान, जौ, मक्का, आलू वगैरह उगाया जाता है—बस गुज़ारे भर का। अगर इतनी पैदावार हो जाती है कि उसे बाज़ार में बेचा जा सके, तो भी लोगों के लिए अपनी फ़सल को शहरी बाज़ार तक पहुँचाना मुश्किल होता है। गाँवों में पैसा कमाने का कोई ज़रिया नहीं होता, जबकि कपड़े, साबुन, दवाओं और घर के गहने साहूकार

से छुड़ाने के लिए रुपयों की ज़रूरत होती है। इसलिए नौजवान लोग गाँव छोड़ कर काम की तलाश में चले जाते हैं और काम की तलाश के लिए उन्हें मैदानी इलाकों की ओर रुख करना पड़ता है। जो खुशनसीब होते हैं, वह फ़ौज में चले जाते हैं। बाकी घरेलू नौकर के तौर पर चाकरी करते हैं, या फिर मोटर गैराज, होटल, स्कूल और सड़क के किनारे ढाबों में नौकरी करते हैं।

मसूरी की ओर इसलिए खिंचे चले आते हैं क्योंकि यहाँ बहुत सारे स्कूल हैं जहाँ खाना बनाने और परोसने का काम मिल जाता है। लेकिन जब प्रेम आया तब तक स्कूलों में सारी जगह लोग लग चुके थे। वह रुड़की में उस जगह भी गया जहाँ फ़ौज में भरती होती है, इस उम्मीद में कि शायद फ़ौज में नौकरी मिल जाए, लेकिन उन्हें उसके दाहिने पैर की बनावट में कोई गड़बड़ी नज़र आ गई, जो बारिश की एक अंधेरी रात को पहाड़ दरकने पर हड्डी टूटने के बाद रह गई थी। उसने कहा कि वह खुद को किस्मत वाला मानता है जो उसका पैर ही टूटा, सिर नहीं।

वह नौकरी के बारे में अपने चाचा को बताने और विदा लेने के लिए घर आया। मुझे लगा कि, एक और अच्छा शख़्स जा रहा जिससे मैं शायद फिर न मिल पाऊँ, रात के अंधेरे में गुम होता एक और जहाज़, जिसकी जगमगाती रोशनी जल्दी ही अंधेरे में समा जाने वाली है। मैंने कहा, 'फिर आना,' और उसे मुस्कराता देख खुद भी मुस्करा दिया ताकि उसे ज़्यादा अच्छी तरह याद रख सकूँ। फिर वापस पढ़ने-लिखने वाले कमरे में आ गया, टाइपराइटर के पास। टाइपराइटर लेखक के अकेलेपन का भंडार होता है। वह रोज़ाना उसकी ओर देख-देख कर उसका हौसला पस्त करने की पूरी कोशिश करता रहता है। हो सकता है मैं पुराने ज़माने वाला पंख का कलम और संगमरमर की दवात इस्तेमाल करना शुरू कर दूँ—शायद तब कहीं मैं खुद को असली लेखक समझ--बालज़ाक या डिकेंस जैसा—रात के कभी न खत्म होने वाले फैलाव तक कलम चलाता चला जाऊँ... इसमें कोई शक नहीं कि दिन और रात जितने बड़े होने चाहिए, उनसे बहुत छोटे लगते हैं! छोटे न होते, तो हमें इतनी हड़बड़ी क्यों मची रहती और हम इतना कम क्यों हासिल कर पाते, पुराने ज़माने के मुकाबले...

प्रेम चला गया, पहाड़ों से दूर मैदानों के ऐसे शहरों में समा गया जिनकी अपनी कोई पहचान नहीं है। वक़्त एक साल आगे सरक गया, या शायद मैं ही सरक गया था और एक दिन वह फिर मेरे सामने मौजूद था—पहले से दुबला, पहले से ज़्यादा साँवला और अब भी मुस्कराता हुआ और अब भी नौकरी की तलाश में।

मुझे पता होना चाहिए था कि पहाड़ के लोग पूरी तरह से गायब नहीं होते। चट्टानों में जो आत्माएँ होती हैं, वह अपने लोगों को भटक कर ज़्यादा दूर नहीं जाने देतीं, ताकि वे हमेशा के लिए उनसे जुदा न हो जाएँ।

मैं स्कूल में उसकी नौकरी लगवाने में कामयाब रहा। हेडमास्टर की बीवी को खाना बनाने वाले की ज़रूरत थी। मुझे ठीक से पता नहीं था कि प्रेम अच्छी तरह खाना बनाना जानता है या नहीं, लेकिन मैंने उसे उनके पास भेज दिया और उन्होंने कहा कि वह उसे खुद आज़मा कर देखेंगे। तीन दिन बाद हेडमास्टर साहब की बीवी मुझे सड़क पर मिलीं और लगीं शेखी बघारने। वह उस किस्म की थीं, जो बढ़ा-चढ़ा कर बातें करते हैं।

'हम आपके बेहद एहसानमंद हैं! आपका बहुत-बहुत शुक्रिया जो आपने हमारे लिए इतना प्यारा लड़का भेजा। वह इतना सलीकेदार है और खाना भी बहुत अच्छा बनाता है। बस, मेरे पति को कुछ ज़्यादा मसालेदार लगता है, वैसे उसका बनाया खाना होता बहुत लज़ीज़ है। संभाल के रखने लायक है—बड़ा ही प्यारा लड़का है।' और फिर उन्होंने मेरी तरफ़ बड़ी नटखट निगाहों से देखा—उनका देखने का यह अन्दाज़ मशहूर था और ऐसी नटखट निगाहों से वह हरेक बढ़िया नैन-नक्श वाले प्रशासक को देखती थीं और कहा जाता था कि प्रशासक बनता ही वह था जिसे वह पसन्द करती थीं।

मुझे पक्के तौर पर नहीं पता था कि उन्हें खाना बनाने वाले से ज़्यादा कुछ नहीं चाहिए और बस मैं यही उम्मीद कर रहा था कि प्रेम उन्हें हर तरह से सन्तुष्ट करेगा।

जब अपनी छुट्टी के दिन वह मुझसे मिलने आया तो काफ़ी खुश लग रहा था।

'कैसा चल रहा है?' मैंने पूछा।

'सुन्दर,' उसने कहा, बिना सोचे-समझे वह अपनी मालकिन का पसन्दीदा जुमला बोल गया था।

'क्या मतलब है तुम्हारा—सुन्दर से? उन लोगों को तुम्हारा काम तो पसन्द आ रहा है?'

'मेमसाहब को पसन्द आ रहा है। वह जब भी रसोईघर में आती हैं, मेरे गाल पर हाथ फेर देती हैं। साहब कुछ नहीं कहते। वह हर बार खाने के बाद दवा लेते हैं।'

'क्या वह हमेशा दवा लेते हैं—या अब जब से तुम खाना बनाने लगे हो, तब से?'

'मुझे पक्का नहीं पता। मुझे तो लगता है कि वह हमेशा से बीमार ही रहे हैं।'

वह हेडमास्टर साहब के बरामदे में सोता था और उसे साठ रुपये महीना मिल रहे थे। दिल्ली में खानसामा को एक सौ साठ रुपये मिलते थे और पेरिस या न्यूयॉर्क में खाना बनाने वाले को इसका दस गुना। मैंने प्रेम को इतना कुछ नहीं बताया। वह मुझसे न्यूयॉर्क में नौकरी लगवाने के लिए कह सकता था। उसके बाद तो वह मुझे फिर कभी दिखाई भी नहीं दिया! खा़नसामा के तौर पर उसे ब्रॉडवे पर तरीदार सब्ज़ियाँ बनाने का काम मिल सकता था। एक लेखक के तौर पर वहाँ से मेरी शुरुआत भी न होती। और सिर्फ़ मेरे केन अंकल इस बात का राज़ जानते थे कि बिना कोई काम किए रोज़ी-रोटी के लिए कमाई कैसे की जाती है। लेकिन उनकी तीन बहनें जो थीं। और तीनों की तीनों अच्छे-खासे अमीर पति की पत्नियाँ थीं। इसलिये केन अंकल पूरे साल को तीनों में बांट लेते थे। तीन महीने मेबेल आंटी के साथ नैनीताल में। तीन महीने बेरिल आंटी के साथ कश्मीर में। तीन महीने एमिली आंटी के साथ लखनऊ में। और तीन महीने दादी के साथ, जो कि उनकी आंटी थीं, और उन्हें खूब चाहती भी थीं। इस तरह वह कभी एक जगह इतने दिन नहीं रुकते थे कि कोई उनकी मौजूदगी से ऊब जाए। इस काम को कैसे करना है, केन अंकल ने बिलकुल पेशेवर लोगों जैसी होशियारी से तय किया हुआ था।

लेकिन बहनों के नाम पर मेरी तो एक भी नहीं थी और मैं हमेशा के लिए एक अच्छे उपन्यास से मिली रॉयल्टी की रकम के भरोसे नहीं रह सकता था। इसलिए मुझे तो और भी उपन्यास लिखने थे। इसलिए मैं पहाड़ों पर चला आया।

पहाड़ के लोग रोज़ी-रोटी कमाने मैदानों में जाते हैं। मुझे अपने लिये कमाने की कोशिश करने पहाड़ पर आना पड़ा।

'प्रेम,' मैंने कहा, 'तुम मेरे यहाँ काम क्यों नहीं करते?'

'और मेरे चाचा का क्या होगा?'

'वह तो किसी भी दिन मुझे छोड़ कर जाने के लिए तैयार बैठे हैं। उनका कहना है कि उनके दादाजी बीमार हैं, और वह घर जाना चाहते हैं।'

'उनके दादाजी तो पिछले साल ही मर गए थे।'

'मेरा वही मतलब है—उन्हें जाने की जल्दी मची हुई है। और अगर वह जाएँ

तो मुझे कोई परेशानी नहीं। इन दिनों उन्हें एक किस्म की सोने की बीमारी भी लग गई है। मुझे पहले उठ कर उनके लिये चाय बनानी पड़ती है...'

यहाँ मैं चेरी के पेड़ के नीचे हूँ, जिसके पत्ते पीले पड़ने शुरू ही हुए हैं। अपने घुटनों पर ठोड़ी टिकाए बैठे हुए मैं घाटी की ओर एकटक उधर देख रहा हूँ जहाँ बगीचे में प्रेम इधर-उधर घूम रहा है। आठ साल से लम्बे उस दौर पर नज़र डालता हूँ, जब से वह मेरे पास है, तो मुझे उसकी कुछ बड़ी प्यारी बातें याद आती हैं। यह यादें कोई सिलसिलेवार नहीं हैं, बस सिनेमा की झलकियों की तरह, दिमाग के पर्दे पर टुकड़ों-टुकड़ों में बनती-बदलती रंग-बिरंगी तस्वीरें हैं...

अपने नन्हे से बेटे को गोद में लेकर सुलाता—गुनगुनाते हुए और अपना बड़ा सा हाथ बच्चे के घुंघराले बालों पर धीरे-धीरे फेरता प्रेम। जब मुझे गिरफ़्तार करके (एक अश्लील लघुकथा लिखने के इल्ज़ाम में बंबई से जारी वॉरंट पर!) ले जाया जा रहा था तब मेरे पीछे-पीछे थाने तक जाने और मेरे बाहर आने तक बाहर इंतज़ार करने वाला प्रेम। उसकी मुस्कान, उसकी खिली-खिली, न रुकने वाली हँसी, जो सबसे ज़्यादा तब देखने को मिलती थी जब वह लॉरेल और हार्डी की फ़िल्म देख रहा होता था।

हाँ, ऐसे भी मौके आते थे जब उसे गुस्सा चढ़ जाता था और वह अपनी बात पर अड़ जाता था, चाहे उसमें बेवकूफ़ी के सिवा कुछ न हो और दूसरे की सुनने को तैयार ही नहीं होता था। नौकरी छोड़कर चले जाने की बात पर्चियों पर लिख-लिख कर मेरे पास पहुँचाने लगता था—लेकिन अपने मन की करने के ये तेवर नज़रअन्दाज़ करने में कभी दिक्कत नहीं हुई। एक अकेले आदमी की ज़िन्दगी को उसने इतने प्यार और खुशी से भर दिया था, इससे ज़्यादा क्या चाहिए?

अपने इसी जिद्दीपन की वजह से ही वह हेडमास्टर के घर बहुत कम समय रह पाया था। मिस्टर गुड बहुत कुछ सह जाते थे। लेकिन मिसिज़ गुड उस किस्म की औरतों में से थीं, जो अगर आपसे खुश हैं तो आपकी मदद करने के लिए, लाड़ करने के लिए, खुशामद करने के लिए किसी भी हद तक जा सकती थीं, लेकिन अगर नाराज़ हो जाएँ, तो बदला लेने पर उतर आती थीं और नुकसान पहुँचाने और बर्बाद करने के लिए किसी भी हद तक जा सकती थीं। मिसिज़ गुड अपना राज चलाना चाहती थीं—अपने पति पर, कुत्ते पर, अपने चहेते चेलों पर, अपने नौकर... अपने पति और कुत्ते पर तो वह पूरी तरह काबू रखती थीं, उनके कुछ बौखलाए से शिष्य भी एक हद तक उनके काबू में थे, लेकिन प्रेम पर उनका बस नहीं चलता

था जिसका मन उनके छल-फ़रेब से दूर था। वह उनके लाड़-प्यार को और जिस तरह वह उसके गालों पर चुटकी काटती थीं, या रसोई में उससे रगड़ खाकर निकलते हुए उसकी शक्ल-सूरत और तन-बदन की तारीफ के जुमले कसती थीं, उन्हें वह भाव नहीं देता था। उसे मालूम था कि मेमसाहब लोग उसके लिये नहीं होतीं। वह चेहरे पर कोई भाव लाए बिना मेहनत से अपने काम में जुटा रहता था। मेमसाहब को लगता था कि उनका अनादर हुआ और जैसे उन्हें उनकी औकात बताई गई। उनकी पसन्द चिढ़ में बदल गई। तारीफ़ के जुमलों के बजाय वह अब उसकी शक्ल-सूरत, कपड़ों और उसके तौर-तरीकों को लेकर उसे नीचा दिखाने वाली बातें करने लगीं। उन्हें उसके बनाए खाने में खामियाँ नज़र आने लगीं। अब कुछ भी 'सुन्दर' नहीं रह गया था। उन्होंने उसपर कुत्ते के खाने के लिए आया गोश्त पहाड़ी की तरफ़ रहने वाले एक गरीब परिवार को दे देने तक का इल्ज़ाम लगाया— और उसपर इससे ज़्यादा बड़े जुर्म का इल्ज़ाम लगाने की बात सोची भी नहीं जा सकती थी! मिस्टर गुड ने उसे काम से निकाल देने की धमकी दे डाली। इससे प्रेम ने जिद्द पकड़ ली। अगले दिन उसने कुत्ते का पूरा का पूरा खाना उसे देने के बजाय खड्ड में फेंक दिया जहाँ कई आवारा कुत्ते उसे चट कर गए और वह खुद सिनेमा देखने चला गया।

बस, तभी उसकी नौकरी जाती रही। 'अब मुझे घर जाना पड़ेगा,' वह मुझसे बोला। 'इस इलाके में तो अब मुझे काम मिलेगा नहीं। वो मेम मिलने ही नहीं देगी।'

'कुछ दिन रुको,' मैंने कहा।

'मेरे पास इतने ही पैसे हैं कि बस मैं घर जा सकता हूँ।'

'उन्हें घर जाने के लिए रखा रहने दो। काम तलाशते हुए कुछ दिन तो तुम मेरे पास रह सकते हो। तुम्हारे चाचा को तुम्हें अपने साथ खिलाने में कोई दिक्कत नहीं होनी चाहिए।'

लेकिन उसके चाचा को दिक्कत थी। उसे कतई पसन्द नहीं था कि उसे अपने भतीजे का भी काम करना पड़े, क्योंकि उसे लगता था कि यह कहीं से उसके काम का हिस्सा नहीं था। और उसे इस बात का डर भी था कि कहीं प्रेम उसका काम न हथिया ले।

लेकिन प्रेम एक हफ़्ते से ज़्यादा नहीं रुका।

यहाँ चीड़ वाले टीले पर घास बस पीली पड़नी शुरू ही हुई है। सर्दियों की

तरफ़ बढ़ते बादल आसमान पर छा गए हैं। पेड़ सहम से गए हैं। परिंदें चुप हैं। सिर्फ़ एक झींगुर बलूत के पेड़ से चिक-चिक किए जा रहा है। हो सकता है शाम से पहले तूफ़ान आए। वैसा ही तूफ़ान जैसा तब आया था जब प्रेम अपनी बीवी और बच्चे को लेकर कॉटेज पर आया था, लेकिन इस बीच में और भी तो बहुत कुछ हुआ था, जिसे छोड़कर आगे नहीं बढ़ सकते...

उसके गाँव लौट जाने के बाद, कई महीने बीत गए, तब कहीं मैंने उसे फिर से देखा। उसके चाचा ने मुझे बताया कि वह लखनऊ में नौकरी करने लगा है। उसने पता भी दिया। वह पूरा नहीं लग रहा था। लेकिन मैंने तय किया कि अब जब मैं लखनऊ जाऊँगा तो उससे मिलने की कोशिश करूँगा।

मौका मिला मई में, जब मैदानी इलाकों में लू चलती है। यह साल का वह समय होता है जब वे लोग जो खर्च उठा सकते हैं, पहाड़ों पर जाने की कोशिश करते हैं। लखनऊ तो मुझे कभी अच्छा नहीं लगता, फिर गर्मियों में तो उससे चिढ़ होती है। लोग बदमिज़ाजी और कमीनेपन में एक-दूसरे से मुकाबला करते हैं। लेकिन मुझे तो जाना ही था—अब मुझे याद नहीं रहा है कि क्यों, लेकिन उस वक़्त वहाँ जाना बहुत ज़रूरी ही रहा होगा—और मैंने प्रेम से मिलने का मौका समझा।

कुछ भी वैसा नहीं चल रहा था जैसा होना चाहिए था। ज़ाहिर है, पता पूरा गड़बड़ था और मैं दूरदराज़ की, धूल भरी एक कॉलोनी वसन्त बाग में घूमता रहा, जहाँ एक भी पेड़ नहीं था। दो घंटे तक घरों में काम करने वाला जो भी नौकर नज़र आता, मैं उससे पौड़ी गढ़वाल के कोली गाँव के प्रेम सिंह के बारे में पूछता। प्रेम सिंह तो मुझे बहुतेरे मिले, लेकिन कोली गाँव का कोई नहीं था। मैं अपने होटल लौट आया। घूमते हुए मुझे लू लग गई थी। ठीक होने में दो दिन लग गए, तब कहीं मैं मसूरी लौटा, ख़ुदा का शुक्रिया अदा करते हुए कि उसने पहाड़ बख्शे!

और फिर चाचा ने अपना फ़ैसला सुना दिया। उसे देहरादून में दूसरी नौकरी मिल गई थी, जहाँ तनख़्वाह ज़्यादा थी। वह वहाँ जाने के लिए बेचैन था। मैंने उसे रोकने की कोशिश ही नहीं की।

अगले छह महीनों तक कॉटेज में मैं बिलकुल अकेला था—घर का कामकाज करने वाला कोई नहीं था। वैसे मैं अकेले रहने का आदी था। मुझे काम के लिए किसी की कोई खास ज़रूरत नहीं थी, लेकिन बात थी किसी के साथ की। कॉटेज में सन्नाटा छाया रहता था। उसमें पहले कभी रहने वालों के भूत लोटा करते थे—मुझसे हमदर्दी रखते थे और मेरे काम में कोई दखल नहीं देते थे। व्हिसलिंग थ्रश

का सुन्दर गीत गूँजता था, लेकिन मुझे पता था कि वह मेरे लिये नहीं गा रही होती थी। घाटी में कहीं बजती बाँसुरी की धुन सुनाई देती थी, लेकिन बाँसुरी बजाने वाले को मैंने कभी नहीं देखा। मेरे कॉटेज से नीचे पहाड़ी पर घूमने वाली छोटी सी लाल लोमड़ी से मेरा नाता था। एक रात वह मुझे मिली और मैंने यह पंक्तियाँ लिखीं-

बीती रात जब मैं पैदल जा रहा था घर
देखी एक लोमड़ी नाचती फुदक-फुदक कर
चाँद की सर्द चाँदनी के तले
देखता रहा उसे वहीं खड़े-खड़े
यह सोच फिर पकड़ी दूसरी सड़क
कि रात पर पहले है उसका हक
शब्दों से आती है खरेपन की खनक जब
नाच उठता हूँ मैं भी अकेली लोमड़ी सा तब
सुबह की कोरी ओस पर।

बारिश के दौरान पेड़ों से पानी की बूँदें टपकते और घाटी से ऊपर को उठते धुएँ को देखते हुए मैंने बहुत कविताएँ लिखीं। अकेलापन कवियों-शायरों के लिए बड़े काम का होता है। लेकिन कविता से पैसा तो कुछ खास आता नहीं और पैसे की कमी चल रही थी। जब मैं सोच ही रहा था कि लगता है मुझे अपनी आज़ादी को गिरवी रख कर कोई नौकरी पकड़नी पड़ेगी, तभी एक प्रकाशक ने मेरी बच्चों की कहानियों की एक किताब छापने की पेशकश की और अपनी मर्ज़ी से रहने और लिखने की मेरी आज़ादी बहाल रही—अगले तीन महीने तक!

यह नवबर की बात है। इस खुशी में मैं दूर तक चहलकदमी करने निकल पड़ा और लंडौर बाज़ार से टेहरी रोड तक गया। टहलने के लिए अच्छा दिन था वह और जब मैं शहर के सिरे पर पहुँचा तब तक अंधेरा हो गया था। कॉटेज के सामने सड़क पर खड़ा कोई मेरा इंतज़ार कर रहा था। मैं झोंक में आगे बढ़ता गया।

अगर मैं ही नहीं अपना
तो कौन होगा मेरा?
और अगर रह आऊँ अपने भर का
फिर क्या हूँ मैं कैसा मेरा वजूद?
और अगर अभी नहीं, तो फिर कब?

बहुत पुराने दौर के यहूदी फ़कीर हिल्लेल के ये वचन न जाने कैसे मुझे याद

आ गए थे, इस बात पर खुद हैरान था। मैं उन्हीं सायों की तरफ़ लौटा जहाँ वह नौजवान खड़ा था और देखा तो पाया कि वह तो प्रेम था।

'प्रेम,' मैंने उसे पुकारा।

'तुम वहाँ बाहर ठंड में क्यों बैठे हो? घर के अन्दर क्यों नहीं गए?'

'मैं गया, सर, तो देखा कि दरवाज़े पर ताला लगा था। मैंने सोचा कि आप कहीं चले गए होंगे।

'और तुम यहीं रह जाते, सड़क पर?'

'आज ही की तो बात थी। सुबह मैं देहरा चला जाता।'

'आओ, घर के अन्दर चलो। मैं तुम्हारा इंतज़ार कर रहा था। मैंने तुम्हें लखनऊ में ढूँढा, लेकिन वह जगह नहीं ढूँढ पाया जहाँ तुम काम कर रहे थे।'

'अब मैं वहाँ काम छोड़ चुका हूँ।'

'और तुम्हारे चाचा मुझे छोड़ गए हैं। तो क्या अब तुम मेरे पास काम करोगे?'

'जब तक आप चाहेंगे।'

'जब तक देवता चाहेंगे।'

हम सीधे घर के अन्दर नहीं चले गए, बल्कि उलटे पाँव बाज़ार की तरफ़ लौट पड़े और सिंधी स्वीट शॉप में खाना खाया—गर्मागर्म पूड़ियाँ और कड़क मीठी चाय।

खिली हुई चाँदनी में नहाते हम घर पहुँचे। अकेले फुदकती नन्हीं लोमड़ी के बारे में सोचकर मुझे अफ़सोस हुआ।

उमरिया कटती जाए

प्रेम के बेटे लम्बे-तगड़े हो रहे हैं और जवानी की दहलीज़ तक पहुँच रहे हैं। जब जवानी का भरपूर जोश और हौसला मेरी नज़रों के सामने हो, तब मैं यह कैसे सोच सकता हूँ कि मैं बूढ़ा हो रहा हूँ? उन्हें देख कर मुझे सोमी और रणबीर की याद आ जाती है, जो इतने ही बड़े थे जब देहरा में उनके साथ मेरी जान-पहचान थी। लेकिन रणबीर और सोमी को याद करते ही मुझे मौत याद आ जाती है—क्योंकि रणबीर की भी भरी जवानी में मौत हो गई थी—और मैं एक बारगी प्रेम के बेटों को देखता हूँ और अचानक ही यह दुनिया छोड़ने का खौफ़ मुझ पर हावी हो जाता है और मैं दुआएँ माँगने लगता हूँ कि उनके साथ कुछ समय और बिता सकूँ।

सोमी और रणबीर... मुझे याद है—बारिश होने वाली थी। मुझे नज़र आ रहा था कि बारिश वाले बदलों के साथ फुहारें पहाड़ों को भिगोती चली आ रही थीं, और हवाओं में बारिश की महक पता चल रही थी। लेकिन वापस लौटने के बजाय, मैं आगे कदम बढ़ाता गया पत्तों पर चलते हुए, उस कम चलने वाले रास्ते में उग आए झाड़-झंखाड़ के बीच से जगह बनाते हुए। चलते-चलते जंगल में पहुँच गया। जब मैं पहाड़ी की तलहटी में था तो तेज़ी से बहते पानी का शोर सुनाई दे रहा था और जब तक मैं यह नहीं पता लगा लेता कि पानी की वह आवाज़ कहाँ से आ रही थी, मेरे वापस लौटने का सवाल ही नहीं पैदा होता था।

मुझे कुछ चिकनी चट्टानों पर फिसल कर एक संकरे खड्ड में उतरना पड़ा, तब कहीं मुझे पर्तों वाली चट्टानों के उधड़े किनारों पर टकराते हुए बहती एक धारा मिली। मैंने अपने जूते-मोज़े उतार दिए और धारा के बीच चलने लगा। जिधर से पानी आ रहा था, उस ओर। उस संकरी जगह के दोनों ओर की चट्टानों के बीच से, फ़र्न और घास के बीच से, जंगली फूलों के बीच से पानी की पतली-पतली धाराएँ फूट रही थीं। और इस संकरे खड्ड पर दोनों ओर खड़ी चड़ाई वाली ऊँची

पहाड़ियों का साया बना रहता था। चट्टानें सपाट थीं, चिकनी सी—कुछ धुएँ जैसी मटमैली और कुछ पीली। वहाँ एक छोटा सा तालाब सा था, जिसमें एक झरना गिर रहा था। जहाँ झरना गिर रहा था, उस जगह तालाब गहरा दिख रहा था। मैं वहाँ ज़्यादा देर नहीं ठहरा, क्योंकि साल के पेड़ों पर बारिश की बूँदों की सरसराहट सुनाई देने लगी थी और मुझे उस झरने के बारे में दूसरों को बताने की जल्दी मची थी।

आमतौर पर सोमी तय करता था कि हमें कौन से जोखिम भरे काम में हाथ डालना है और मैं बस कुड़कुड़ाते हुए उनके साथ हो लेता था। लेकिन यह तालाब तो मेरी खोज था और सोनी और रणबीर दोनों ही ने इस बात को माना। तय किया गया कि इस तालाब को 'रस्टी का तालाब' कहा जाएगा।

मुझे लगता कि उस तालाब ने दूसरी किसी भी चीज़ से ज़्यादा हमें एक-दूसरे के करीब लाने का काम किया। हमने अपनी खोज को दूसरों से छुपाकर रखा, अपने निजी तालाब की तरह और किशन के सिवा किसी को कभी वहाँ नहीं ले गए। वही किशन जिसे मैं अपना खर्च चलाने के लिए पढ़ाया करता था, जब मुझे मजबूरी में मिस्टर हैरिसन का घर छोड़ना पड़ा था। रणबीर तैरने में सबसे बढ़िया था। वह चट्टान पर से छलांग लगाता और पानी के अन्दर किसी लम्बी सी सुनहरी मछली की तरह लहराता चला जाता। सोनी पूरी ताकत लगाकर बुरी तरह हाथ-पैर ज़रूर चलाता था, लेकिन उसके तैरने में हुनर वाली कोई बात नहीं थी। चट्टान से छलांग तो मैं भी लगा लेता था, लेकिन आमतौर पर पेट के बल पानी में छपाका लगता था।

धारा के पानी में छोटी-छोटी रुपहली मछलियाँ थीं। पहले तो हमने उन्हें काँटे और डोर से पकड़ने की कोशिश की, लेकिन वह चारा तो चुग जाती थीं काँटे को मुँह में नहीं लेती थीं। फिर हम एक चादर लेकर आए और उसे धारा के एक सिरे पर तान दिया, लेकिन मछलियाँ उसके आसपास भी नहीं फटकीं। आखिरकार रणबीर बिना हमें बताए कहीं से डायनामाइट की एक छड़ी ले आया और उस दोपहर ऊँघते हुए सोमी, किशन और मैं पानी में अचानक बिजली चमकने जैसी तेज़ रौशनी और कानफाड़ धमाके से हड़बड़ाकर उठ बैठे। पहाड़ी के ढलान से पहाड़ जितना मलबा तालाब में आ गिरा था और उसके साथ रणबीर भी। हमने उसे बाहर निकाला और साथ में धमाके से सुन्न पड़ी मछलियाँ भी, लेकिन वह खाने के लिहाज से बहुत छोटी थीं और खाने लायक नहीं थीं। धमाके का जो नतीजा निकला, उससे सोमी को दूर की सूझी। उसने सोचा कि क्यों न अपने तालाब को बड़ा किया जाए—एक तरफ़ एक बाँध बना कर। हमने मिलकर इस काम को पूरा कर लिया।

लेकिन एक दिन दोपहर को बड़ी तेज़ बारिश आई और धारा में ऐसा पानी का सैलाब आया कि हमारा बाँध टूट गया जिससे खड्डु में बाढ़ आ गई। इस बाढ़ के साथ हमारे कपड़े भी बह गए और हमें रात होने का इंतज़ार करना पड़ा ताकि हम सब अंधेरी गलियों से होकर घर जा सकें। हम सब सारे कपड़े उतार कर नहाते थे, क्योंकि यही तो होती है मर्दों वाली बात।

तालाब में हम जो कुछ किया करते थे उसमें कुश्ती और भैंस की सवारी भी शामिल थी। धारा के साथ-साथ एक सफ़ेद रेती की पट्टी सी थी जिस पर हम कुश्ती लड़ते और जो एक-दो भैंसें तालाब पर पानी पीने और कीचड़ वाले हिस्से में लोटने आती थीं, हम उन पर सवारी भी करते थे। हम उनकी पीठ पर चढ़ जाते और चिल्लाकर और लातें मार-मार कर उन्हें चलाने की कोशिश करते थे, लेकिन वह आगे बढ़ने का नाम ही नहीं लेती थीं। ज़्यादा से ज़्यादा हमें अपनी पीठ पर लिये-लिये कीचड़ में जा बैठती थीं।

लेकिन भैंस देखने से ही बड़ा सुकून मिलता था। ज़मीन से जुड़े इस ठोस जीव को गुनगुनाहट भरे दिन और ठंडक पहुँचाने वाली नर्म-मुलायम मिट्टी पसन्द थी। बाकी सब कुछ भूल कर कीचड़ जैसी मिट्टी में लोटती और घास मुँह में भर कर देर तक जुगाली करती भैंसों को देखने से ज़्यादा सुक़ून और किसी चीज़ में नहीं मिलता। वह हमें सोयी-सोयी आँखों से देखा करतीं और शरीर में जगह-जगह चोंच मारते कौवों को बरदाश्त करतीं। जब हम गर्मी के दिनों की तपती धूप में पसीना बहाते थे, तब क्या वे हर समय कुछ सोचा करती थीं, या फिर बस नर्म और गीली मिट्टी के एहसास का आनन्द लिया करती थीं? नहीं, सोचना तो उन आलसी जीवों के लिए कुछ ज़्यादा ही कठिन काम होगा, बस गले तक पानी में घुसना ही उनकी ज़िन्दगी का इकलौता मकसद था।

इससे कोई फ़र्क नहीं पड़ता कि हम कितने कीचड़ में सन जाएँ, क्योंकि फिर से साफ़ होने के लिए बस तालाब में एक छलांग लगानी होती थी। बल्कि मिट्टी के गोले बना-बना कर एक-दूसरे पर मारना हमारे लिए एक खेल था, कुछ वैसे ही जैसे बर्फ़ के गोले मारे जाते हैं।

अगर सोमी, रणबीर, किशन और मुझे रात को बिना किसी को पता लगे चुपचाप घर से निकलने का मौका मिलता, तो हम चाँद की रोशनी में तालाब में नहाने चले आते थे। लेकिन रातों को हम बिना शोर मचाए बिलकुल शान्ति से नहाते थे, क्योंकि जंगल में रात के सन्नाटे में कुछ ऐसा होता है जो अपने वश में कर लेता है।

मुझे ठीक से याद नहीं है कि हमारा मिलना–जुलना कैसे बन्द हुआ, लेकिन उस वक़्त तो हमें इस बात का पता भी नहीं चला। ऐसा इसलिए हुआ कि हमने कभी ऐसा माना ही नहीं कि हम हमेशा के लिए जुदा हो रहे थे, या फिर कभी तालाब पर नहीं जा पाएँगे। करीब तीन साल बाद सोमी की स्कूल की पढ़ाई पूरी हो गई और अपने परिवार समेत वह कलकत्ता चला गया। पिछली बार जब हमने एक–दूसरे की खोज–खबर ली तब वह कलकत्ता के किसी दवाखाने में काम कर रहा था। तालाब से जुड़ी यादों का ज़िक्र करते हुए उसका जी भर आया, लेकिन वैसी नहीं थी उसकी यादें जैसे मेरी थीं।

सोमी से पहले रणबीर शहर छोड़ गया था और फिर मैं उसे अपने इंग्लैंड से आने के बाद तक नहीं देख सका। तब वह वायु सेना की वर्दी में था—लम्बा और सजीला। बचपन वाले फूले गालों वाले लड़के जैसा तो बिलकुल भी नहीं लग रहा था जो मेरे साथ तालाब में खेला करता था। इस मुलाकात के तीन हफ़्ते बाद मुझे सुनने को मिला कि हवाई जहाज़ के हादसे में उसकी मौत हो गई। प्यारे रणबीर... अब मैं तुम्हें अपने ज़्यादा करीब महसूस करता हूँ...

और तालाब का क्या हुआ?

मैं उसे देखने पहुँचा, पूरे तीस साल बाद। लेकिन तालाब नही मिला। मुझे वह खड्ड मिल गई जिसमें वह तालाब था, वह ऊबड़–खाबड़ सतह वाली चट्टानें भी मिल गईं जिनके ऊपर से धारा बहती थी। लेकिन पानी नहीं मिला। धारा ने अपना रास्ता बदल लिया था, ठीक वैसे ही जैसे हम अलग रास्तों पर चले गए थे।

मैं मायूस होकर लौट पड़ा, दिल में दबा–दबा सा दर्द लिये। तालाब का गायब होना मेरे साथ हुई ज़्यादती थी। यह ज़्यादती वक़्त की थी। लेकिन अभी मैं ज़्यादा दूर नहीं चला था कि मुझे ज़ोर से बहते पानी और बच्चों की आवाज़ें सुनाई दीं। जंगल की झाड़ियों के बीच से जगह बनाता हुआ मैं उस तरफ़ गया, तो मुझे एक दूसरी धारा और तालाब मिल गए जिसमें कोई आधा दर्जन बच्चे पानी में छपाके लगा रहे थे।

उन्होंने मुझे नहीं देखा। मैं पेड़ों के साये में खड़ा उन्हें खेलते देखता रहा। लेकिन मैंने भी वास्तव में उन्हें नहीं देखा। मुझे सोमी और रणबीर और आलसी भैंसें नज़र आ रही थीं। मैं वहाँ कोई घंटे भर तक खड़ा रहा और मेरी आत्मा फिर से हमारे अपने तालाब के कम गहराई वाले हिस्सों में उछल–कूद करती रही। सचमुच, कुछ भी तो नहीं बदला था। वक़्त की फ़ितरत ही ऐसी है।

❑❑❑